W0406843

Mamen Sánchez

Côte d'Azur

MAMEN SÁNCHEZ

Côte d'Azur

Roman

Übersetzung aus dem Spanischen
von Anja Rüdiger

THIELE VERLAG

Für die Superhelden von 2020

Kapitel 1

Jedes Mal, wenn Achille die Brille abnahm, verschwamm die Umgebung vor seinen Augen. Er hatte das Gefühl, mitsamt den Möbeln in seinem Büro von einem dichten Nebel verschlungen zu werden: dem Schreibtisch aus Nussbaumholz, dem Bücherregal, dem silbernen Schreibtischset. Der Raum verwandelte sich in eines jener Gemälde von Vincent van Gogh, in denen die Sterne zu kreisen und die Weizenfelder zu schwanken scheinen wie Wellen im stürmischen Ozean.

Sie sehen sowohl in der Nähe als auch in der Ferne verschwommen. Starker Astigmatismus. So können Sie Ihrem Vaterland nicht dienen, junger Mann. Am besten verstecken Sie sich, bis der Krieg vorbei ist. Ich könnte Ihnen da einen abgelegenen Bauernhof am Ufer der Yser empfehlen.

Wenn er sich die Brille auszog – dicke Gläser, schwarzes Gestell und breite Bügel –, konnte er sich nur tastend fortbewegen.

Kurz gesagt, der gute Achille war blind wie ein Maulwurf.

Er war gerade – wer hätte das gedacht – achtundfünfzig Jahre alt geworden, und das bei guter Gesundheit und gesegnetem Appetit. Der oberste Knopf des Jacketts ließ sich nur noch mit Mühe schließen. Sein Gesicht war rundlicher geworden, und sein Doppelkinn wurde vom Kragen des weißen Hemdes und der eleganten Krawatte ziemlich eingeschnürt. Er hatte kleine Ohren, gerade Zähne, einen dichten Schnurrbart, Grübchen in den Wangen, grau meliertes Haar, das ehemals schwarz gewesen war, und eine breite Stirn.

Achille rieb sich die Augen. Es war bereits kurz vor sechs, und der Tag war anstrengend gewesen. Er hatte sich eine Pause verdient.

In einer Schublade seines Schreibtisches bewahrte er den Beutel mit dem Captain-Black-Tabak auwf, die Holzpfeife, die Mundstücke zum Wechseln, die Reiniger und die Filter. Alles perfekt durchdacht und geordnet. Um Punkt sechs nahm er den ersten Zug.

Das war eine der wenigen Freuden, die er sich täglich gönnte. Er trank weder zu viel Alkohol, noch hatte er eine Schwäche für Frauen, dafür liebte er Spionageromane. Er sah sich auch gern Filme an. Vor allem Kriegsfilme. Jeden Mittwoch und jeden Samstag ging er mit Anna ins Kino.

Achille lehnte sich im Sessel zurück und schmeckte das Aroma des Tabaks. Der Pfeifenrauch mischte sich mit dem Nebel vor seinen kurzsichtigen Augen. Und der leichte, angenehme Schwindel, den er empfand, ließ ihn für einen Moment seine schwerwiegenden Probleme vergessen. Zumindest schob er sie für eine Weile beiseite, kehrte sie sozusagen unter den Teppich.

An diesem Morgen hatte er – nur um das Nächstliegende aufzugreifen – in der Abgeordnetenkammer ein Gesetz durchgebracht, das die Ferientage verdoppelte: von sechs auf zwölf Wochen im Jahr. Ohne Gegenstimmen. Was für ihn genau zum richtigen Zeitpunkt kam, weil er sich gerade ein zauberhaftes Ferienhaus an den Seen von Eau d'Heure gekauft hatte – zwischen Charleroi, Philippeville und Beaumont gelegen –, wohin er sich vom 1. Juli bis zum 1. Oktober (einschließlich) zurückziehen wollte, um sich auszuruhen. Konnte er sich diese großzügig bemessenen Ferien erlauben? Würde die Wirtschaft des belgischen Staates eine derart überzogene Freigebigkeit verkraften? Die bereits erwähnten Grübchen zeigten sich in Achille Van Ackers rundlichen Wangen, und sein Lächeln bekam etwas nahezu Kindliches.

Er nahm einen weiteren Zug aus seiner Pfeife und reiste in Gedanken zu seinem Haus am See. Er ließ seiner Phantasie freien Lauf und stellte sich ein Boot vor, das, nur wenige Meter vom

Garten entfernt, an einem kleinen Steg friedlich auf dem Wasser schaukelte. Eine sanfte Brise strich zärtlich über die bordeauxroten Segel, ein angenehmer Duft wehte herüber, und der Gesang der Vögel …

Ein furchtbares Quietschen riss ihn aus seinen lieblichen Gedanken, als die Tür seines Büros jetzt aufgerissen wurde (er musste das verdammte Ding endlich einmal ölen!), und ein heftiger Windstoß wirbelte alles auf, was sich ihm in den Weg stellte, einschließlich der fünfhundertdreiundsechzig Seiten des neuen Urlaubsgesetzes.

»*We zijn laat, lieverd!*«, rief die verschwommene Gestalt, die gerade, von jenem Tornado begleitet, ins Zimmer gestürmt war.

Dieser Satz, der für jemanden, der des Flämischen nicht mächtig war, äußerst bedrohlich klingen mochte, bedeutete indes nichts anderes als: »Wir sind spät dran, Liebling!« – Worte, die sich durchaus zärtlich anhörten, wenn man sie entsprechend feinfühlig aussprach. Und das war Anna im Grunde auch. Sanft und feinfühlig.

Sie trug einen entzückenden kleinen Filzhut, der mit Fuchsfell und einem Netzschleier geschmückt war und perfekt zu ihrer Nerzstola – einem Geburtstagsgeschenk – passte und auch zu den Wildlederhandschuhen, die ihr so gut gefielen. Als Tüpfelchen auf dem i hatte sie sich noch zwei große gelbe Orchideenblüten in das oberste Knopfloch ihrer Kostümjacke gesteckt.

All das erkannte Achille, nachdem er sich beherzt seine dicke Brille wieder aufgesetzt und festgestellt hatte, dass es sich bei dem Eindringling nicht um jemanden handelte, der in bösen Absichten kam, sondern um seine geliebte Frau Anna, die sich Sorgen machte, dass sie zu spät ins Kino kommen könnten.

»Du siehst zauberhaft aus, Liebes. Warst du beim Friseur?«

»Von dort komme ich gerade. Mit äußerst pikanten Gerüchten übrigens, von denen ich dir unbedingt erzählen muss. Ich kann nicht glauben, was man sich in der Stadt gerade erzählt. Und ich bin ziemlich fassungslos, aber mehr sag ich erst mal nicht.«

»Komm schon, erzähl!«

»Das mache ich lieber unterwegs. Wir kommen zu spät in die Vorstellung, also beeil dich. Und außerdem …«, sie senkte die Stimme, »traue ich diesem Zimmer nicht. Hier haben die Wände Ohren.«

»Da könntest du recht haben. Ich kann nicht ausschließen, dass in diesem Büro irgendwo versteckte Mikrofone angebracht sind. Wie sonst war es den Liberalen möglich, herauszufinden, was die Regierung geplant hat, und das noch bevor das Urlaubsgesetz überhaupt ausgearbeitet war? Dabei hat der Oppositionsführer bereits sechs Wochen Urlaub gehabt und geht jetzt davon aus, dass ihm weitere sechs zustehen. Dem ist nichts peinlich!«

»Es wurde also verabschiedet?«

»Ohne eine Gegenstimme.«

»Das kann ich mir vorstellen.«

Achille klopfte seine Pfeife aus – er rauchte nicht gern im Gehen und schon gar nicht, wenn er über die belebten Straßen Brüssels eilte –, sammelte, so gut es ging, die auf dem Teppich verstreuten Dokumente auf, stapelte sie auf dem Schreibtisch, sicherte sie mit einem hübschen Briefbeschwerer, einem Andenken aus Tirol, und nahm den Arm seiner Frau, die nach Rosenparfüm duftete. Er bemerkte, dass sie die Perlenohrringe trug. Die letztlich jedoch nicht wirklich zum Rest ihrer Garderobe passten.

»Welchen Film hast du für uns ausgewählt, Liebling?«, fragte er Anna, bevor er die Bürotür zweimal abschloss.

»Einen amerikanischen Spielfilm mit einem äußerst vielversprechenden Titel: *Der Mann, der zu viel wusste*. Klingt spannend, oder?«

»Das kommt drauf an, worüber dieser Mann zu viel weiß. Aber es ist nicht wieder eine dieser romantischen Komödien, die du so liebst, oder? Mit lächerlichen Tanzszenen und jungen Frauen im Badeanzug, die Pirouetten drehen oder plötzlich anfangen zu singen? Du weißt ja, dass ich mir gern Kriegsfilme anschaue, die wirklich viel besser sind. Ach, denk nur an *Rommel, der Wüstenfuchs* oder *Haben und Nichthaben* oder *Jakobowski und der* …«

»Es ist ein Spionagefilm!«, unterbrach Anna ihn pikiert. »Von Alfred Hitchcock, mit James Stewart und Doris Day.«

»Doris Day? Sehr gut. Hab ich dir schon mal gesagt, dass du dieser Schönheit mit der Stupsnase verblüffend ähnlich siehst?«

Es war ein angenehmer, heller Abend; der Juni meinte es immer gut mit den Belgiern. Achille fragte sich, warum Anna trotz des milden Wetters die Nerzstola und die Handschuhe trug. Weibliche Koketterie, beschloss er.

Als er aus dem Regierungsgebäude trat, sah er nach rechts und links und stellte fest, dass unter dem mickrigen Baum auf der anderen Straßenseite ein Mann stand und das Fenster seines Büros beobachtete. Als er dessen kantiges Gesicht nicht zuordnen konnte, entschied er sich, Vorsicht walten zu lassen. Anna protestierte. Sie warf ihm stets vor, paranoid zu sein, denn sie hasste es, überall zu spät zu kommen, nur weil er irgendwelche Verschwörungen vermutete, wo keine waren. Es stimmte, manchmal übertrieb er es ein wenig. Andererseits durfte man nicht vergessen, dass er dank dieser übertriebenen Vorsicht seit zehn Jahren ohne irgendwelche Zwischenfälle an der Regierung war.

»Kein Grund zur Beunruhigung. Das ist einer meiner Agenten«, konnte Achille seine Gattin nach einem kurzen Telefonat mit dem Leiter der Staatssicherheit beruhigen. »Ein gewisser Pierre Pierlot.«

»Oh, das hört sich an wie ein Deckname«, meinte Anna.

»So ist es auch. Pierre Pierlot ist sein Deckname aus der Zeit der Résistance, wenn ich das richtig verstanden habe. Über seine wahre Identität ist nichts bekannt.«

»Und stört es niemanden, dass er sich ausgerechnet Pierlot nennt? Schließlich verbindet jeder den Namen mit dem Grafen, deinem Vorgänger.«

»Niemand wird die beiden miteinander verwechseln, Liebling. Der Altersunterschied ist zu groß. Der alte Pierlot dürfte bereits um die siebzig sein, während dieser hier noch keine vierzig ist.«

Jedenfalls hinderte all dies Achille Van Acker und seine Frau nicht daran, den Agenten diskret und mit einem kaum wahrnehmbaren Kopfnicken zu grüßen, als sie an dem mickrigen Baum vorbeigingen. Dann setzten sie ihren Weg fort.

Sie nahmen nicht die Rue Royale, sondern eine parallel verlaufende abschüssige kleine Straße. Achille fand Hauptverkehrsstraßen ermüdend, und er vermied es generell, sich in Menschenansammlungen zu begeben. Wenn ihn in schmalen Gassen wie dieser dann doch jemand erkannte und auf ihn zukam, um ihm die Hand zu schütteln, vertrieb Anna den Störenfried mit dem freundlichen Hinweis, sonst den Film zu verpassen. »*We zijn laat*«, sagte sie dann entschuldigend.

Doch als sie jetzt durch die Gässchen liefen, blieben sie ungestört. Der rhythmische Klang ihrer Schritte und der Gesang der Vögel waren das Einzige, was an diesem Juniabend in jenem abgelegenen Winkel Brüssels zu hören war. Weit und breit war niemand zu sehen. Bevor sie um die Ecke bogen, blieb Anna stehen.

»Also«, flüsterte sie, »willst du nun, dass ich dir erzähle, worüber beim Friseur geredet wurde, oder nicht?«

»Sicher, Liebling, nur zu. Ich bin sehr gespannt.«

»Dann mach dich auf etwas gefasst. Die Geschichte ist höchst skandalös.« Anna drückte mit ihrer behandschuhten Hand den Arm ihres Mannes. »Ich hatte gerade die Lockenwickler im Haar und sollte unter die Trockenhaube, als Gräfin Madeleine von Brouchoven de Bergeyck mit großem Getue hereinkam.«

»Du meinst Madeleine Marie von Faille de Leverghem?«

»Genau die.«

»Seltsam.«

»Ich denke nicht, dass sie mich erkannt hat. Wie ich schon gesagt habe, saß ich gerade unter der Trockenhaube. Sie nahm neben mir Platz und wandte sich dann der Frau zu ihrer Rechten zu, bei der es sich um ihre Schwägerin Margarita handelte.

Ich konnte nicht das ganze Gespräch mithören – du kannst dir sicher vorstellen, wie laut es in einem Schönheitssalon ist –, aber es ist mir gelungen, ein paar einzelne Sätze aufzuschnappen. Der Gräfin war anzumerken, dass sie sehr aufgeregt war, sie kam gerade von einem Mittagessen im Plaza Hotel, glaube ich.« Anna senkte die Stimme noch etwas mehr. »Sie haben über SIE gesprochen«, raunte sie Achille ins Ohr.

SIE. Lilian Baels, Prinzessin von Réthy, wer sonst. Das Ziel sämtlicher vergifteter Pfeile. Die meist gehasste Frau Belgiens. Weil sie eine allzu prunkvolle Brosche getragen hatte oder ein viel zu teures Kleid. Für was hielt sich diese durchtriebene, neureiche Hochstaplerin, die – heimlich – den verwitweten König geheiratet und das Parlament quasi gezwungen hatte, diese Verbindung als rechtens anzuerkennen, weil sie bereits im dritten oder vierten Monat schwanger war? Als es schon nicht mehr möglich gewesen war, die Katastrophe zu verhindern!

Aber auch so hatte Anna Van Acker gute Gründe, diese Person zu hassen, denn die *question royale* hatte Achille einiges Kopfzerbrechen bereitet und dafür gesorgt, dass sie mehrere Jahre lang keinen Urlaub machen konnten.

Nun war zwar offiziell der junge Baudouin König von Belgien, doch es wurde allgemein vermutet, dass sein Vater und seine Stiefmutter noch immer diejenigen waren, die die Strippen zogen. Denn der junge Mann war zu zaghaft und zu schüchtern, um die Zügel in die Hand zu nehmen. Er war nichts weiter als eine dürre, kurzsichtige Marionette.

»Beim Friseur wird *immer* über sie geredet, Anna.« Achille lächelte.

»Weil es immer etwas zu erzählen gibt, Achille. Bitte lass mich ausreden. Denn diesmal handelt es sich wirklich um einen Riesenskandal. Das wird dich umhauen.« An dieser Stelle machte sie eine dramatische Pause. »Baudouin und Lilian verbringen ihre Nächte zusammen!«

Zwei Tauben, die auf einem Vordach der Kathedrale St. Michael und St. Gudula saßen, flatterten erschreckt in die Lüfte. Anna war, alle Vorsichtsmaßnahmen außer Acht lassend, mit dieser Neuigkeit herausgeplatzt. Ihr Kinn zitterte leicht, und ihr Blick hatte etwas nahezu Besessenes.

»Hast du den Verstand verloren, *lieverd*?«, versuchte Achille sie zu beruhigen.

»Kein bisschen«, versicherte sie. »Genau das haben die Gräfin und ihre Schwägerin behauptet. Dass Baudouin und seine Stiefmutter eine Affäre haben und dass sie sich vergangene Woche – um nicht allzu weit zurückzugreifen – ein Privatabteil im Nachtzug nach Innsbruck geteilt haben.«

»Unvorstellbar!«

Sie setzten ihren Weg fort, beide in Schweigen gehüllt und in Gedanken bei dem unglaublichen Gerücht, das, wenn es sich verbreitete, die ganze Nation destabilisieren konnte. Für Anna war es bereits eine Tatsache – und sie war bereit, jede rufschädigende Geschichte, die die Prinzessin von Réthy betraf, fleißig weiterzuerzählen –, Achille glaubte kein Wort davon … oder doch? Spürte er im Grunde seines Herzens nicht auch diesen brodelnden Lavastrom, der ihn zweifeln ließ? Der junge König war derart isoliert aufgewachsen, er hatte seine gesamte Kindheit fast wie ein Gefangener verbracht. Zuerst in Laeken, dann in Hirschstein und schließlich in Strobl. Ohne Kontakt zur Außenwelt, ohne irgendeine Verbindung zu Gleichaltrigen. Die einzige Frau, die Baudouin jemals kennengelernt hatte, war in der Tat diese Hexe Lilian Baels. Ob diese Harpyie wirklich in der Lage war, den jungen Mann zu verführen?

»Den eigenen Stiefsohn, um Himmels willen!«, rief Achille unvermittelt aus.

Inzwischen war die erleuchtete Fassade des Cinéma Galeries nicht einmal mehr einen Block entfernt, und einige Passanten sahen sich nach dem Paar um, als sie die unverwechselbare Stimme ihres Premierministers erkannten. Unnötig zu sagen, dass Achille Van Acker an diesem Abend das Kino verließ, ohne mitbekommen zu haben, wovon, zum Teufel, der Mann in dem Hitchcock-Film zu viel wusste.

Kapitel 2

Es stimmte nicht, dass Pierre Pierlot ein kantiges Gesicht hatte. Das war eine fälschliche Wahrnehmung, die am frühen Abend durch den Schattenfall des mickrigen Baumes verursacht wurde, unter dem er stand. In Wirklichkeit war sein Kinn perfekt gerundet, wenn auch mit einem Grübchen in der Mitte, und sein Gesicht wirkte insgesamt äußerst harmonisch. Er hatte eine breite Stirn und trug das Haar etwas länger und zur Seite gekämmt mit einer leichten Tolle, die mit genau der richtigen Menge an Frisiercreme in Form gehalten wurde. Und seine vollen Lippen schienen sich bis ins Unendliche zu erweitern, wenn er sie zu seinem unwiderstehlichen Lächeln verzog.

Der lässige Anzug und die schmale Krawatte, die er in seiner Funktion als Geheimagent tragen musste, passten nicht ganz zu seiner natürlichen Eleganz. Im Smoking gab er eine eindeutig bessere Figur ab. Oder in einer militärischen Uniform. So, in Zivil gekleidet, mit Jackett und Sonnenbrille büßte er ein wenig von seinem Charme ein. Trotz seiner aristokratischen Haltung. Er war ein Meter sechsundachtzig groß, und seine Schultern waren so breit wie die eines Olympiaschwimmers; seine großen Hände waren die eines russischen Pianisten und seine schmalgeschnittenen Augen die des männlichen Verführers in einem Hollywoodfilm. Kurz gesagt: Der junge Mann sah verdammt gut aus!

Pierre Pierlot war sein Deckname. Er gefiel ihm wesentlich besser als sein Taufname, den er, wenn seine Mutter ihn nicht ständig daran erinnert hätte, schon längst vergessen und begraben hätte.

Wenn man in der Résistance der Groupe G, also dem belgischen Widerstand im Zweiten Weltkrieg, angehören wollte, musste man sich von jeglichem Ballast trennen, unter anderem auch von der eigenen Identität, was nicht leicht war. Er hatte keinen Namen mehr, der ihm etwas bedeutete, keine Wurzeln, kein Heim, und noch weniger gab es eine Penelope, die geduldig und verliebt auf ihn wartete und dabei einen bunten Schal strickte.

Die einzige Verbindung zu seinem alten Leben, die noch bestand, war seine Mutter. Einmal im Monat besuchte er sie in ihrem kleinen Haus auf dem Land, wo sie Kuchen backte und den Garten pflegte. Er hatte ihr schon eine Million Mal gesagt, dass er nicht mehr wie sein Großvater H… hieß, sondern Pierre. »Pierre Pierlot, in Gottes Namen, Mama! Es kann doch nicht so schwer sein, sich das zu merken!«

Für alle anderen war Monsieur Pierlot in jeder Hinsicht nur ein langweiliger Staatsbeamter, der wie viele andere graue Männer in einem Büro der Nachkriegszeit versuchte, dem bürokratischen Durcheinander Herr zu werden. Ach, wenn nur endlich mal wieder etwas los wäre!

Mit gerade mal zwanzig Jahren war er der Groupe Général de Sabotage de Belgique (der sogenannten Groupe G) beigetreten, und seine Teilnahme an dem berühmten Sabotageakt an den Stromleitungen war legendär. Allein ihm war der große Stromausfall in der Wallonie zu verdanken, der dafür gesorgt hatte, dass die Deutschen für viele Stunden von jeglicher Kommunikation abgeschnitten waren.

Nach dem Krieg war Pierlot dafür ausgezeichnet worden, und man hatte ihm eine Stelle beim belgischen Geheimdienst, der Staatssicherheit, angeboten.

Diese Aufgabe, durch die er hoffte, endgültig zur Legende zu werden, reizte ihn sehr. Er hatte sogar von der Möglichkeit geträumt, an riskanten Spionageabwehrmissionen im stalinistischen Russland oder dem franquistischen Spanien teilzunehmen.

»Nein, Monsieur Pierlot, keine exotischen Staaten«, hatte Robert de Foy, der Leiter der *Veiligheid van de Staat* – wie die Staatssicherheit auf Flämisch hieß – ihm an dem Tag erklärt, an dem er ihn in sein Büro gebeten hatte, um mit ihm über seine zukünftigen Aufgaben zu sprechen. »Was wir brauchen, sind Sicherheitsagenten, um unseren Premierminister, den erlauchten Achille Van Acker, zu schützen.«

»Gibt es denn eine internationale Verschwörung, die ihn bedroht?«

»Nicht dass wir wüssten. Aber die Welt ist voller Anarchisten und Kommunisten, die Europa destabilisieren wollen. Kümmern Sie sich darum. Denn wenn Van Acker etwas zustößt, liegt die Zukunft Belgiens allein in den Händen von König Baudouin.«

»Gütiger Himmel! Sie haben recht, daran habe ich gar nicht gedacht!«

»Wir können also auf Sie zählen, Monsieur Pierlot?«

»Ja, Monsieur. Zu Ihren Diensten, Monsieur de Foy.«

So hatte Pierre die letzten Jahre also damit verbracht, den Premierminister zu eskortieren, was, wie er ungern zugab, eine recht enttäuschende Aufgabe war. Denn anders als Robert de Foy vorhergesagt hatte, näherten sich Achille Van Acker nur freundliche Bürger, die ihm für seinen Dienst am Staat danken wollten – vor allem jetzt nach der Erlassung des neuen Urlaubsgesetzes. Und um ihn von diesen harmlosen Zudringlichkeiten zu befreien, war ein Eingreifen bisher noch nicht nötig gewesen. Das schaffte seine Frau ganz gut allein.

Die meiste Zeit verbrachte Pierre also unter dem mickrigen Baum gegenüber des Bürofensters. Leger gekleidet. Billigen Tabak rauchend. In sehnsüchtiger Erinnerung an die alten Zeiten. Und das Schlimmste war: Trotz seiner treuen Dienste vermutete er, dass der Premierminister nicht einmal von seiner Existenz wusste. Tag für Tag wachte Pierlot vor seiner Haustür und begleitete ihn zur

Arbeit, grüßte ihn dezent, wenn er an ihm vorbeiging, und hob in einem kaum wahrnehmbaren Signal leicht die Augenbrauen, wenn sich zufällig ihre Blicke kreuzten. Doch Van Acker schien ihn nicht zu erkennen. Er ignorierte ihn, wie man einen Windstoß, den Schatten eines Vogels auf dem Asphalt oder einen Regentropfen am Hut ignoriert.

Er war unsichtbar geworden. Körperlos, wie Luft, ätherisch. Wenn das so weiterging, würde er eines Tages von der Erdoberfläche verschwinden, ohne eine Spur zu hinterlassen.

Aber nein. Genau die Fähigkeit, niemandem aufzufallen, war es doch, die seine Vorgesetzten im entscheidenden Moment auf ihn aufmerksam machte.

Eines Junimorgens – der mickrige Baum warf nur einen rachitischen Schatten – rief Monsieur de Foy Pierre an, um ihn sofort in sein Büro zu bestellen. Er habe eine heikle Aufgabe für ihn, wie er sagte. Deshalb solle er darauf achten, dass niemand ihn das Gebäude betreten sah, warnte de Foy den jungen Mann. Und als sich die Tür von de Foys Büro hinter den beiden geschlossen hatte, informierte der Chef der Staatssicherheit seinen Besucher, dass in Wirklichkeit Monsieur Van Acker nach ihm verlange. Also geleitete de Foy Pierre durch die Gänge des Regierungspalastes bis zu der Tür aus massivem Eichenholz, hinter der sich der Premierminister befand (und, dem Geruch nach Captain-Black-Tabak mit seiner typischen Mischung aus Burley und süßem Virginia-Tabak mit Aromen von Vanille und gebranntem Zucker nach zu urteilen, gerade eine Pfeife rauchte).

Nach der üblichen Vorstellung und dem Austausch eines festen Händedrucks konnte Pierre sich aus nächster Nähe von dem Astigmatismus, den Grübchen und dem perfekten Gebiss des Staatschefs überzeugen, während de Foy sich diskret zurückzog und die quietschende Eichentür hinter sich schloss.

»Bitte machen Sie es sich bequem, Pierlot«, sagte Van Acker, als sie allein waren, und wies auf einen Ledersessel, der dem Chestersofa gegenüberstand, auf dem der Premierminister selbst Platz nahm. »Erzählen Sie mir von sich. Wie ich gehört habe, wohnt Ihre Mutter in Charleroi ...«

»In Châtelet, Exzellenz.«

»Bitte nennen Sie mich nicht ›Exzellenz‹, wir sind doch unter Freunden. Wenn es Ihnen nichts ausmacht, würde ich vorziehen, dass wir von jetzt an beide unsere Decknamen benutzen: Ihren, Monsieur Pierlot, und meinen, Monsieur André. So können wir, falls jemand unsere Gespräche abhört, vermeiden, erkannt zu werden. Einverstanden?«

Pierre nickte. Er hatte keine Ahnung, von welchen Gesprächen die Rede war, aber die Sache klang gut. Endlich stand ihm eine wirkliche geheimdienstliche Mission bevor. Und er schöpfte neue Hoffnung: Ob diese Mission etwas mit dem sogenannten »Kalten Krieg« zu tun hatte? Oder mit dem Aufspüren von Nazis, die sich in fernen Ländern versteckten?

»Es ist hübsch dort«, fuhr Van Acker fort und lehnte sich auf dem Sofa zurück. »Meine Frau und ich haben gerade ganz in der Nähe ein kleines Ferienhaus gekauft. In dem kleinen Ort Four à Verre. Der Ihnen sicher bekannt ist, oder?«

»Vage«, entgegnete Pierre, dem die Sache immer besser gefiel.

»Das Haus hat eine sehr ruhige Lage. Direkt am See. Wir denken daran, uns im Sommer zur Erholung dorthin zurückzuziehen, wissen Sie? Meine Frau Anna hat ein Faible für Picknicks. Und ich bin ein leidenschaftlicher Angler. Wir werden morgens mit unserem Segelboot (das nicht viel größer ist als ein Ruderboot) auf den See rausfahren und die Sonne genießen. Anna wird einen Korb mit leckeren Kleinigkeiten mitnehmen. Sie ist ein sehr umsichtiger Mensch, müssen Sie wissen, und während ich die Angelschnur im Auge behalte, vertreibt sie sich die Zeit mit Lesen, oder sie sonnt sich ein bisschen. Möglicherweise werden unsere Kinder uns besuchen. Sie haben keine Kinder, oder, Monsieur Pierlot?«

»Nein, Monsieur André. Ich bin nicht verheiratet.«

»Eine Freundin vielleicht?«

Worauf wollte Van Acker mit diesen persönlichen Fragen hinaus?, wunderte sich Pierre, der sich in diesem Moment ein wenig unbehaglich fühlte. Was hatte sein Liebesleben mit der Spionage zu tun? Ob er Martha erwähnen sollte? Oder Teresa? Was war besser, eine Freundin zu haben oder nicht?

»Nein, zurzeit gibt es keine Frau in meinem Leben.«

»Das heißt, abgesehen von Ihrer Mutter würde Sie niemand vermissen und, sagen wir, versuchen, Ihren Aufenthaltsort herauszufinden?«

Erneut kamen Pierre Martha und Teresa in den Sinn. Mit ihren schmalen Taillen und den zarten Röcken. Den roten Lippen, ihrem süßlichen Parfüm und ihrer Freude am Tanzen.

»Meinen Aufenthaltsort herausfinden? Nein, ich denke nicht.«

»Sehr gut.«

Der Premierminister wandte sich einen Moment seiner Pfeife zu. Er zog genussvoll daran und genoss augenscheinlich den Geschmack des Tabaks.

»Rauchen Sie?«

»Sicher.«

»Na, dann nur zu, Pierlot, keine falsche Scheu!«

Pierre zündete sich eine seiner französischen Zigaretten der Marke Gitanes an und nahm einen langen Zug. Daraufhin wirkte er nicht mehr ganz so steif.

»Mein lieber Freund …« Van Acker räusperte sich. »Sie fragen sich sicher, was das Ganze soll. Was mich dazu bewogen hat, Sie herzubestellen und ein wenig auszufragen. Und wenn Sie jetzt den Verdacht haben, dass es sich um eine heikle Angelegenheit handeln könnte, haben Sie völlig recht. Sie werden verstehen, dass alles, was von nun an in diesem Raum gesagt wird, der höchsten Geheimhaltungsstufe unterliegt; es handelt sich also um Informationen, die … Ich vertraue auf Ihre Diskretion. Ich weiß, dass Sie bei der Sabotage der Stromleitungen dabei waren. Auch ich war Mitglied der Résistance, und glauben Sie mir, das war ein Coup, über den viel gesprochen wurde. Welches Sprengmittel haben Sie damals benutzt, Pierlot? Stimmt es, dass Sie sich dabei am Bein verletzt haben? Sodass Sie, sich am Boden windend wie ein Wurm, durch den Schlamm vor den Deutschen geflohen sind?«

Van Acker war noch immer nicht zum Kern der Sache vorgestoßen. In diesem Moment war er es, der sich wie ein Wurm wand, ohne zum Punkt zu kommen: der Krieg, der Frieden, die Ferien, und wie war das noch mal mit dem Sabotageakt?

Die Uhr schlug zehn. Eine kindliche Melodie war zu hören, und aus dem roten Fensterchen schaute ein hölzerner Kuckuck hervor. Pierre war nun schon seit einer Stunde in diesem Raum, und von einer geheimen Mission war noch nicht die Rede gewesen.

»Meine Enkel lieben diese Uhr. Habe ich Ihnen schon gesagt, dass meine Kinder uns im Sommer in Four à Verre besuchen werden?«

In diesem Moment wurde an die Tür geklopft. Es war Van Ackers hochnäsige Sekretärin mit dem strengen Dutt, und sie sagte etwas wie: »Sie kommen zu spät zu der Sitzung mit den Ministern«, und auf einmal hatte Van Acker es sehr eilig.

»Monsieur Pierlot«, begann er daraufhin feierlich, »Ihr Land braucht Sie!« Dann fuhr er in vertraulichem Tonfall fort: »Wir haben eine beunruhigende Nachricht erhalten, die unseren jungen König Baudouin betrifft. Wie es aussieht, versteht er sich sehr gut mit seiner Stiefmutter. *Zu* gut.« Der Premierminister hob die Augenbrauen. »Verstehen Sie? Verstehen Sie, was ich meine, wenn ich sage, er versteht sich zu gut mit seiner Schwiegermutter?«

»Ich verstehe, glaube ich«, entgegnete Pierre verwirrt.

Um Überraschung vorzutäuschen, fasste er sich theatralisch an den Kopf. Die ganze Geheimnistuerei drehte sich also bloß um die sogenannte *affaire royale*, von der jetzt ständig die Rede war.

Das Gerücht kursierte überall. Martha und Teresa sprachen genauso darüber wie alle anderen Plaudertaschen, aber niemand glaubte wirklich daran. Es war eines jener Gerüchte, die sich blitzschnell verbreiten und für viel Aufmerksamkeit sorgen, ohne dass viel Wahrheit dahintersteckt.

»Ihre Aufgabe wird es sein, die beiden zu überwachen und die Regierung über alle Eventualitäten zu informieren – also mich. Sie erhalten die Erlaubnis, die Kommunikation der beiden zu verfolgen, also ihre Telefongespräche abzuhören und ihre Briefe abzufangen und zu lesen. Beschatten Sie die beiden – unauffällig natürlich – und informieren Sie mich über jede Bewegung.«

»Aber bedeutet das, dass das Gerücht stimmt?«

»Genau das versuchen wir herauszufinden, Pierlot. Wie es aussieht, haben die beiden sich vor einigen Monaten ...« Van Acker senkte die Stimme, da ihm einfiel, dass auch seine Gespräche überwacht werden könnten. »... ein Privatabteil im Nachtzug nach Innsbruck geteilt.« Ohne sich dessen bewusst zu sein, benutzte der Premierminister die gleichen Worte wie seine Frau. Denn besser und korrekter konnte man diesen Vorfall nicht in Worte fassen. Pierre riss vor Überraschung die Augen auf. Er zog noch ein paarmal an seiner Zigarette und ließ sie dann im Aschenbecher verglühen. »Wir haben einen Hinweis erhalten«, fuhr Van Acker fort. »Wie es scheint, planen sie, eine längere Auslandsreise zu unternehmen. Sie werden Anfang Juli zur Côte d'Azur aufbrechen. Was Sie angeht, mein lieber Pierlot, so sollten Sie sich schon mal für eine Weile von Ihrer Mutter verabschieden«, warnte er Pierre vor. »Erzählen Sie Ihren Freunden und Bekannten, dass Sie in Urlaub fahren. Oder noch besser, sagen Sie gar nichts. Verschwinden Sie einfach.« Van Acker erhob sich recht mühsam vom Sofa und trat ans Fenster. »Schauen Sie, Pierlot.« Er wies mit der Pfeife auf etwas, was sich in der Nähe des Gebäudes befand. »Sehen Sie diesen roten Zweisitzer, der neben dem mickrigen Baum steht? Hier haben Sie den Schlüssel.« Der Premierminister lächelte. »Und kaufen Sie sich einen Smoking. Alles auf Rechnung der Staatssicherheit natürlich.«

Kapitel 3

Pierres geheime Mission begann am frühen Morgen des 1. Juli 1956 während einer unerträglichen Hitzewelle, als der Premierminister aus dem Palast die Nachricht erhielt, dass der junge König entschieden hatte, sich für ein paar Wochen von den Staatsgeschäften zurückzuziehen (das neue Urlaubsgesetz galt natürlich auch für ihn, verdammt noch mal!) und am nächsten Tag an die Côte d'Azur zu reisen. Ein Agent des Geheimdienstes hatte in Erfahrung gebracht, dass die belgische Königsfamilie von der französischen Akademie der Schönen Künste eingeladen worden war, den Sommer in der Villa Ephrussi de Rothschild in Cap Ferrat zu verbringen. Der junge König würde in Begleitung seiner Stiefmutter, der Prinzessin von Réthy, den Nachtzug nehmen. Sein Vater, König Leopold, war diesmal nicht mit von der Partie, da er sich bereits in den Ardennen befand, wo er seinen Bruder Prinz Karl von Belgien besuchte.

»Warum muss es ausgerechnet der Nachtzug sein?«, klagte Van Acker. »Dabei fahren die Züge doch rund um die Uhr. Können die nicht wie jeder normale Mensch am Morgen aufbrechen?«

»Ein König ist eben kein normaler Mensch, *Monsieur le Premier ministre*«, erinnerte ihn de Foy. »Wäre es nicht noch schlimmer, wenn sie dieses Abteil am Morgen aufsuchen und dann, engumschlungen am Fenster stehend, der Menge zuwinken würden, die sich am Bahnsteig versammelt hat? Was meinen Sie, was dann erst in den Friseursalons von Brüssel geredet würde?«

Pierre nickte bekräftigend. Van Ackers Büro schüchterte ihn nicht mehr so ein wie bei seinem ersten Besuch. Er fragte nicht mehr um Erlaubnis, bevor er sich eine seiner französischen Zigaretten anzündete, und auch nicht darum, es sich in dem Sessel gegenüber dem Chestersofa bequem machen zu dürfen. Hin und wieder wagte er sogar, sich in die Gespräche einzubringen – sein Standpunkt wurde durchaus ernst genommen –, nur wenn die beiden Schwergewichte der belgischen Politik unterschiedlicher Meinung waren, zog er es vor, sich herauszuhalten, und wandte sich nur abwechselnd dem einen und dem anderen zu, als verfolgte er ein Tischtennismatch.

»Der Zug fährt um zehn Uhr abends in Brüssel ab und wird am nächsten Morgen um zehn in Nizza sein. Die Entfernung vom Bahnhof zur Villa beträgt zwölf Kilometer. Am Bahnsteig werden die beiden Feriengäste von einer Abordnung der Stadt willkommen geheißen und mit dem Auto nach Cap Ferrat gebracht.«

De Foy schloss seine lederne Aktentasche und fuhr sich über die Augen.

»Das ist alles, was wir im Moment wissen.«

»Worauf warten Sie, Pierlot? Machen Sie sich auf den Weg!«, befahl Van Acker ungeduldig. »Sie müssen vor dem Morgengrauen in Nizza sein. Verabschieden Sie sich von Ihrer Mutter, packen Sie Ihren Koffer, und los geht's! Ich erwarte einen ersten Bericht von Ihnen, sobald der König und seine Stiefmutter aus dem Zug steigen.«

»Vielleicht sollten wir einen Decknamen benutzen, wenn wir über das Paar reden«, meinte de Foy, der ein erfahrener Spion war.

»Gute Idee, de Foy. Was schlagen Sie also vor? Die Turteltauben? Romeo und Julia?«

»Vielleicht etwas weniger Eindeutiges, Monsieur Premierminister …«

»Nennen Sie mich *Monsieur André*, wenn es Ihnen nichts ausmacht.«

»Wie wäre es mit Ginger und Fred? So heißen die Katzen meiner Mutter. Fred ist ein schwarzer Kater. Er sieht aus, als trüge er einen Smoking. Ginger dagegen ist rothaarig und sehr kokett«, sagte Pierlot, stolz auf seinen Einfall.

»Wie auch immer, junger Mann«, entgegnete Achille Van Acker ungeduldig. »Aber machen Sie sich endlich auf den Weg! Sie haben eine lange Reise vor sich. Und schicken Sie mir einen Bericht, sobald Sie angekommen sind.«

Die Straße wand sich gefährlich die Seealpen hinauf und wieder hinunter. Die Provence mit ihren Weinbergen, den Manoirs und Lavendelfeldern lag schon eine Weile hinter ihm. Und nun war in der Ferne das Blau des Meeres zu erahnen.

Pierre saß am Steuer seines Sportwagens, einem Mercedes 190 SL mit aerodynamischer Stahlblech-Karosserie, einem Vier-Zylinder-Otto-Motor, den Haifischkiemen und der Fuchsschnauze, hielt ab und zu eine Hand über die Windschutzscheibe, um bei mehr als hundertzwanzig Stundenkilometern den Fahrtwind an seinen Fingern zu spüren, und atmete die nach Pinien, Meersalz und Leder duftende Luft ein. Er trug ein leichtes grau-blaues Jackett, eine Chinohose und Leinenschuhe, dazu eine Sonnenbrille im Clubmaster-Stil und eine Sportuhr. Ein wenig Frisiercreme sorgte dafür, dass ihm seine Haartolle nicht ins Gesicht fiel. »Ziehen Sie sich nicht an wie ein Geheimagent, Pierlot, versuchen Sie, sich Ihrer Umgebung anzupassen. Vergessen Sie nicht: Sie sind ein belgischer Unternehmer auf Geschäftsreise. Elegant bis zu einem gewissen Grad. Diskret, klassisch … Welches Aftershave benutzen Sie eigentlich?«

Bereits die Tage vor Pierres Abreise waren äußerst aufregend gewesen. De Foy war nicht von seiner Seite gewichen und hatte ihn unablässig kontrolliert. Gemeinsam hatten sie die nötige Ausrüstung zusammengestellt, um die von Van Acker befohlene geheime Mission durchzuführen: Mikrofone, Kameras, Teleobjektive und sogar ein mobiles Telefon von Ericsson, das vierzig Kilo wog und mit dem man von jedem Ort in der Welt aus anrufen konnte.

De Foy, der um die sechzig war und seit kurzem einen Schnurrbart trug, freute sich wie ein Kind über jede neue technische Spielerei, die dem Instrumentarium hinzugefügt wurde. All das rief ihm die unglaublichsten Geschichten aus seiner großen Zeit als Geheimagent in Erinnerung – damals hatte er den Beinamen »Der Mann aus London« bekommen. Und in dem besonderen Moment, als Pierre seinen Smoking anprobierte, vertraute er ihm sogar den Namen der verführerischen Frau an, die es ihm ermöglicht hatte, während der Besatzungszeit mit der belgischen Résistance in Kontakt zu treten.

De Foy ließ seinen Schützling nicht einmal allein, als dieser, dem Rat des Premierministers folgend, mit seiner Mutter telefonierte, um ihr mitzuteilen, dass er für eine Weile ins Ausland reisen würde, um dort einen ausgedehnten Urlaub zu machen, vielleicht für einen Monat oder zwei, das werde sich noch ergeben.

»Mir kannst du nichts vormachen, mein Junge«, entgegnete seine Mutter, die sich in ihrem hübschen Haus auf dem Land in der Nähe der kleinen Stadt Châtelet befand. »Da ist sicher eine Frau im Spiel. Eine von diesen schamlosen Weibern, die auf der Jagd nach einem Mann sind. Ich warne dich, mein Sohn, wenn du so weitermachst, wirst du bald ein gewaltiges Problem haben.«

»Nein, das ist es nicht, Mama. Ich versichere dir, dass es sich nur um einen Urlaub …«

»Und nachher kommst du zu mir, um dich auszuheulen. Ist dir nicht klar, wie sehr es derzeit an heiratsfähigen Männern mangelt? Hier im Dorf zum Beispiel kommen auf einen Mann sechs Frauen. Es gibt mehr ledige Frauen als Schafe, mehr muss ich ja wohl nicht sagen. Und dabei sind die Witwen noch nicht mitgezählt. Die sind sowieso die Schlimmsten. Viele mit kleinen Kindern, die zum Teil schon vaterlos geboren wurden, die armen Kleinen. Und wer ist nun für sie verantwortlich? Wer ernährt, kleidet und kümmert sich um sie? Diese Frau, mit der du beabsichtigst, in Urlaub zu fahren, hat sie Kinder?«

De Foy warf Pierlot einen warnenden Blick zu, dann unterbrach er das Gespräch, ohne lange zu fackeln. Ein entschiedener Ruck am Telefonkabel, und das war's. »Man darf nicht zulassen, dass persönliche Dinge unsere Mission gefährden, Pierlot«, warnte er seinen Schützling. »Schreiben Sie Ihrer Mutter hin und wieder eine Postkarte, aber schicken Sie diese zuerst in einem Umschlag an mich, dann kümmere ich mich darum, dass sie aus dem alten Russland oder der exotischen Türkei kommt.«

Am Tag der Abreise kam de Foy noch einmal persönlich zu ihm, um ihn zu verabschieden, und möglicherweise – Pierre war sich da nicht ganz sicher, da er bereits in seinem Sportwagen saß und wegen des lauten Motors nicht alles verstehen konnte – gab er ihm einen letzten Rat aus den guten alten Spionagezeiten. Etwas wie: »Misstrauen Sie sogar Ihrem eigenen Schatten, mein Freund.« Aber seine Worte – wenn er sie denn wirklich so sagte – gingen im Geknatter des Mercedes-Coupés unter. Hätte es Pierres Schicksal verändert, wenn er seinen Vorgesetzten verstanden hätte? Mag sein. Doch wir werden es niemals erfahren.

Nach einer zwölfstündigen Fahrt taten Pierre sämtliche Knochen weh. Das azurblaue Meer hatte ihn in Fréjus willkommen geheißen und ihn wie ein schläfriger Beifahrer bis nach Nizza begleitet.

Es war bereits zehn Uhr abends an diesem heißesten Tag des Jahres, und noch immer hielten sich Gruppen von jungen Menschen jenseits der Promenade des Anglais am Strand auf, als Pierre vor dem Ziel seiner Reise, dem beeindruckenden Gebäude des Hotel Negresco, anhielt. Der Page, der ihn willkommen hieß, rieb sich die Hände, als er die Schlüssel des nagelneuen roten Mercedes-Sportwagens entgegennahm.

Noch nie in seinem Leben war Pierre an einem derart prächtigen Ort gewesen. Mit offenem Mund ließ er den Blick über die blendend weißen Wände, die rosafarbene Kuppel, die Marmortreppen und die goldgerahmten Spiegel schweifen. Und natürlich über den riesigen Kronleuchter aus Baccarat-Kristall, der an der gewölbten Decke des majestätischen Salon Royal hing.

»Gefällt Ihnen die Lampe?« Eine extravagante rothaarige Frau riss ihn aus seiner Erstarrung. Sie saß an einem Tisch und trank einen Champagner-Cocktail. Dabei streichelte sie einen kleinen Hund, der in ihrem Schoß lag. »Da geht es Ihnen genauso wie Zar Nikolaus, wissen Sie? Er wollte den Kronleuchter unbedingt haben und in seinem Palast aufhängen. Also wurde das kostbare Stück umsichtig verpackt und mit der Transsibirischen Eisenbahn verschickt, erreichte jedoch nie sein Ziel, weil in diesem Moment die Oktoberrevolution ausbrach. Was für ein Pech!« Sie stieß ein silberhelles Lachen aus, und das Hündchen knurrte leise.

Pierlot schenkte der rothaarigen Schönheit sein unwiderstehliches Lächeln, hielt sich aber lieber in sicherer Entfernung. Schlecht gelaunte Schoßhündchen lösten bei ihm eine irrationale Angst aus. Er mochte lieber Katzen.

»Ich heiße übrigens Jeanne Augier«, stellte die rothaarige Dame sich vor. »Es ist gut möglich, dass mein Vater in den nächsten Tagen dieses Hotel kaufen wird. Dann gehören dieser Leuchter, die Bilder, die Möbel und sogar die Bettlaken mir. Wissen Sie, was gut an diesen Ort passen würde? Ein Karussell mit Holzpferden, Musik und bunten Lichtern …«

Pierre nickte. Er würde sich erst noch an die Extravaganzen der Menschen, die in diesem Sommer des Jahres 1956 die Côte d'Azur bevölkerten, gewöhnen müssen. Einige besonders exzentrische Exemplare tanzten in diesem Moment zur Musik eines Orchesters unter der Glaskuppel des riesigen Salons.

Als Pierlot sich schließlich in seiner Suite befand, umgeben von einigen Ölporträts der Königin Marie-Antoinette, seidenen Baldachinen, Spiegeln in vergoldeten Rahmen und mit gelbem Stoff bezogenen Sesseln im Versailles-Stil, schrieb er den ersten Bericht an seinen Vorgesetzten. Dafür benutzte er ein modernes tragbares Telexgerät – ein feinmechanisches technisches Wunder –, das er auf dem Louis-XVI.-Schreibtisch installierte. Die Nachricht begann folgendermaßen: *Angenehm überrascht vom Nest der Turteltaube.*

Kapitel 4

Hätte er sich nicht auf die Mitteilung beschränken können, dass er heil und sicher angekommen ist?, fragte sich de Foy mit dem Telex in der Hand.

Der Premierminister (»Bitte, de Foy, nennen Sie mich *Monsieur André*, ich weiß nicht, wie oft ich das für Sie noch wiederholen muss?«) sah ihn mit offenem Mund und wirrem Haar verschlafen an, während er versuchte, Pierres Nachricht zu entziffern.

»Es kann sein, dass die Nachricht verschlüsselt ist. Vielleicht ist sie nach einem der Verfahren kodiert, die die Mitglieder der Résistance während des Krieges angewandt haben.«

»Oder er ist unter die Dichter gegangen. Wen, zum Teufel, meint er jetzt mit Turteltaube? Und von welchem Kristalllüster ist die Rede? Ganz zu schweigen von dem vanilleblauen Himmel? Können Sie mir erklären, was das sein soll – ein *vanilleblauer Himmel*?«

»Ist Pierlot vielleicht Alkoholiker?«

Van Acker schüttelte ratlos den Kopf. Zugegebenermaßen bot der Premierminister, den er gerade aus dem Bett geklingelt hatte, in seinem verknitterten Pyjama und mit nackten Füßen einen eher bescheidenen Anblick. Er hatte auf einmal so gar nichts Staatsmännisches mehr an sich. Und da er seine Brille nicht sofort gefunden hatte, hatte er de Foy gebeten, ihm Pierlots Nachricht vorzulesen.

»Nun, das Wichtige ist, dass unser Mann ohne Zwischenfälle in Nizza angekommen ist. Jetzt können wir ruhig schlafen.«

»Die paar Stunden, die uns noch bleiben, ja«, seufzte der Premierminister.

Anna war, von dem ganzen Zirkus mit dem Gepäck erschöpft, früh zu Bett gegangen. Der bestellte Möbelwagen, der bis obenhin mit »absolut unverzichtbaren« Haushaltsgegenständen wie Geschirr, Besteck und elektrischen Geräten beladen war, war am frühen Abend in Richtung ihrer neuen Sommerresidenz an den Seen von Eau d'Heure losgefahren. Achille hatte seiner Frau versprochen, dass sie beide am frühen Morgen des nächsten Tages mit dem Auto hinterherfahren würden, falls keine dringenden Staatsgeschäfte dazwischenkämen.

»Ich hoffe für dich, dass der Staat uns nicht die Ferien verdirbt, *lieverd*. Denn dann wären wir die einzigen belgischen Staats bürger, denen das Recht auf zwölf Wochen Ferien verwehrt bleibt, die dein neues Urlaubsgesetz uns zugesteht.«

Diese ganze Reise verursachte Anna ziemlich schlechte Laune. Es gab so viel zu organisieren! Die Möbel mussten mit Bettlaken verhängt und die Speisekammer geleert werden. Das Hauspersonal musste bereitstehen. Truhen und Kisten, durchwühlte Schränke, eifriges Hin- und Hergerenne, Rufe, die durchs Haus schallten. Das komplette Chaos. Sie hatte einen Imbiss für unterwegs vorbereitet, der aus Hasenpastete, Kirschen und süßem Wein bestand. Und da ihr der Gedanke, möglicherweise etwas vergessen zu haben, nicht aus dem Kopf ging, fiel ihr das Einschlafen schwer.

»Hast du auch meine Bücher eingepackt, Anna? Ich werde sicher die Enzyklopädie brauchen, denk bitte dran!«

»Das sind sechsundachtzig Bände, Achille. Brauchst du die wirklich alle? Es fangen doch so wenig Wörter mit Q, W oder Y an. Und wenn wir nur die mit den Vokalen mitnehmen?«

Um sechs Uhr abends hatten die Kopfschmerzen eingesetzt, die sich rasch auf den ganzen Körper ausgebreitet hatten. Als der Lieferwagen endlich am Ende der Straße verschwunden war, hatte Anna sich mit einer Aspirintablette und einem Glas heiße Milch zu Bett begeben. Dabei hatte sie für Achille nur ein erschöpftes »Gute Nacht« übriggehabt, obwohl es noch hell war und die Sonne schien.

Deshalb war sie ziemlich aufgebracht, als sie um Mitternacht durch aufgeregte Stimmen geweckt wurde. Im Erdgeschoss diskutierte jemand über eine Turteltaube und irgendwelche Katzen. Ginger und Fred? Verdammt, das hörte sich verdächtig nach de Foys Stimme an!

Anna sprang mit einem Satz aus dem Bett und stürzte wie eine Furie in den Salon, ohne auf ihr platt gelegenes Haar, die Gesichtsmaske oder ihr altes Nachthemd zu achten – die neuen waren alle mit dem Lieferwagen auf dem Weg zum See unterwegs. »Was ist hier eigentlich los, kann man mir das mal erklären? Ich möchte schlafen!«, schrie sie außer sich vor Zorn.

Robert de Foy, der Mann aus London, floh eilig durch die Terrassentür in den Garten und rannte, so schnell er konnte, bis er sein eigenes Haus erreichte, das nur vier Blocks entfernt lag.

»Meine Frau ist sanft und feinfühlig«, pflegte Van Acker immer zu sagen. Er sprach die Worte vor sich hin wie ein Mantra.

In dieser Nacht jedoch konnte nicht einmal dies das Bild des feuerspeienden Drachens vertreiben, der die beiden Männer unter Bedrohung von Leib und Leben ins Bett geschickt hatte.

Pierre Pierlot hingegen hatte zehn Stunden am Stück tief und fest geschlafen. Die Sonne stand bereits hoch am Himmel, als er die Fensterläden seiner Suite aufstieß und sich über der Promenade des Anglais aus dem Fenster beugte. Dank seines starken Fernglases konnte er die Badegäste am Strand betrachten, die unter den gestreiften Sonnenschirmen auf ihren Liegestühlen lagen. Er entdeckte ein paar äußerst hübsche Mädchen, die sich im Bikini sonnten. Die Damen trugen breite Strohhüte, die Männer kurze Hosen, und die Kinder hopsten in den sanften Wellen.

Ein weiß gekleideter Kellner servierte ihm ein kontinentales Frühstück auf der Terrasse. Anstatt eines Fruchtsaftes bestellte er einen gut gekühlten Mimosa-Cocktail. Rührei, französisches Weißbrot, knusprige Croissants. Nachdem er dieses Festmahl genossen hatte, zündete er sich eine Gitanes an und lehnte sich in seinem Korbstuhl zurück. Heute musste er dem Personal beweisen, wie gut er die Rolle des untätigen Millionärs beherrschte.

Er begann damit, dass er sein Cabrio vorfahren ließ, das sich ihm in hervorragendem Zustand präsentierte – blitzblank und vollgetankt –, und fuhr dann mit Rallye-Geschwindigkeit die Serpentinen der Basse Corniche entlang bis zu dem schönen Ort Menton an der italienischen Grenze. Zufällig entdeckte er am Rand eines Felsens eine kleine Trattoria, wo er die besten Ravioli seines Lebens, den besten Weißwein, die beste Aussicht, die beste Meeresbrise und ein langes Gespräch mit dem Besitzer des Restaurants genoss, der ihn liebenswürdigerweise auf den neuesten Stand der Ereignisse der letzten Monate brachte, wobei es hauptsächlich um die Ankunft der wunderschönen Schauspielerin Grace Kelly an Bord der *USS Constitution* ging, die gekommen war, um Fürst Rainier von Monaco zu heiraten. Eine Hochzeit mit allem Pipapo. Das damit verbundene Eintreffen von Scharen an Hollywoodstars, arabischen Millionären, türkischen Prinzen und griechischen Reedern, die nun alle an der Côte d'Azur und der Riviera weilten und die wichtigsten Bälle, Feste und Romanzen bevölkerten. Bettgeschichten und offene Geheimnisse bis hin zu dem ungelösten Verbrechen um ein bedauernswertes Mädchen, dessen Leiche nach dem Festival am Strand von Cannes angespült wurde.

»Um wie viel Uhr öffnet eigentlich das Casino in Monte-Carlo?«

»Um Punkt zwei Uhr, Monsieur. Und es schließt um vier Uhr nachts. Passen Sie auf, sonst finden Sie nie wieder hinaus. Dieses Gebäude ist die prächtigste Mausefalle im ganzen Universum.«

Pierre ruhte sich ein paar Stunden auf seinem Zimmer im Negresco aus, warf sich um acht Uhr in Schale und begab sich zum ersten Mal in seinem Leben nach Monaco. Am Eingang des Casinos nahm ein Page in Jackett und Kapitänsmütze – und das bei der Hitze, der arme Mann! – die Schlüssel seines Wagens entgegen. Von allen Autos, die gut sichtbar vor der Treppe parkten, war seines das diskreteste. Im Inneren des Gebäudes, das maschinell klimatisiert und mit Sauerstoff angereichert war, während eine ohrenbetäubend laute Bigband spielte, schienen die Frauen Wesen von einem anderen Stern zu sein.

»Trauen Sie keiner der Damen. Denn es sind nur wenige wirkliche Damen darunter. Sie verstehen schon …«

Einige Frauen flanierten mit grellroten Lippen und sehr langen Wimpern zwischen den Spieltischen entlang. Andere widmeten sich ihren deutlich älteren, dickleibigen Männern, die Havannas rauchten, während sie beim Black Jack um große Summen spielten.

Pierre in seinem nagelneuen Smoking und mit sorgfältig zurückgekämmtem Haar genoss einen Cocktail mit sehr viel Wodka und beobachtete das Geschehen.

Hatte er irgendwann vergessen, dass sein richtiger Name nicht Pierre, sondern H… war, dass sein Geld nicht einem üppigen Familienerbe entstammte und dass seine Mission nicht darin bestand, eine der anwesenden Damen zu verführen, sondern sicherzugehen, dass Ginger und Fred gesund und munter in der Villa Ephrussi de Rothschild ankamen?

Sicher ist jedenfalls, dass er sich selbst und seinen Mangel an Professionalität verfluchte, als er viele Stunden später barfuß und vollkommen durchnässt in einer steinigen Meeresbucht erwachte und keine Ahnung hatte, wie er dorthin gekommen war.

Wenn man ihm nicht die Uhr gestohlen hätte, hätte er feststellen können, dass es bereits nach zehn Uhr morgens war. Und damit hatte er den Zeitpunkt verpasst, an dem ein Willkommenskomitee, bestehend aus vierzehn Mitgliedern der französischen Akademie der Schönen Künste, König Baudouin und seine Stiefmutter bei ihrer Ankunft in Nizza mit Blumen und ehrfürchtigen Worten empfangen sollte. Um sie zu ihrer palastähnlichen Sommerresidenz zu begleiten, wo ihnen auf der Terrasse über dem Meer ein Imbiss serviert werden würde. Und wenn er sich noch an den Weg zu seinem Auto erinnert hätte, das er auf einem sandigen Platz zwischen Pinien geparkt hatte, um sich mit jener ungarischen (oder dänischen?) Aristokratin im wuchernden Rosmarin zu vergnügen, wäre er vielleicht noch rechtzeitig gekommen, um jenseits der Stadtmauer die belgische Nationalhymne zu hören.

Jedoch brauchte er mehr als eine Stunde, um das Auto zu finden. Und weitere bange vierzig Minuten, um den entstandenen Schaden zu evaluieren. Seine Schuhe, die Brieftasche, die Chips aus dem Casino – um die tausend Franc –, das silberne Zigarettenetui, das goldene Feuerzeug und seine Sonnenbrille waren verschwunden. Zum Glück war das tragbare Telefon noch in seinem Versteck unter dem Armaturenbrett (ein Vorteil, wenn man vierzig Kilo schwer und mit dem Chassis verbunden war) und klingelte schon seit einer ganzen Weile zum Verdruss der Einwohner des Örtchens Èze, die, mit Sonnenschirmen, Handtüchern und Picknickkörben beladen, den Pinienhain in Richtung Strand durchquerten. Das anhaltende Klingeln war es auch, das dem Geheimagenten schließlich den Weg zu seinem Wagen wies, der in einem bemitleidenswerten Zustand war: die Räder tief im Sand versunken, die Windschutzscheibe mit Piniennadeln und Möwenkot beschmutzt, das Leder der Sitze nass und das Radio herausgerissen.

»Pierre Pierlot am Apparat«, krächzte er mit belegter Stimme.

»Junge, das wurde aber auch Zeit!«, entgegnete de Foy im fernen Brüssel. »Wir versuchen schon seit einer Ewigkeit, Sie zu erreichen. Wo, zum Teufel, haben Sie gesteckt, Pierlot?«

»Ich konnte nicht früher ans Telefon gehen, Monsieur de Foy. Es ist mir gelungen, mich in das Nest des Königsadlers zu schmuggeln«, log er. »In Kürze werden Sie einen detaillierten Bericht darüber erhalten, was Ginger und Fred in den letzten Stunden getan haben.«

»Der Premierminister wartet ungeduldig auf eine Nachricht von Ihnen«, teilte ihm der Chef des Geheimdiensts mit. »Tatsächlich wollten er und seine Frau gestern ihren Urlaub antreten, doch angesichts Ihres unerklärlichen Schweigens haben sie entschieden, die Reise aufzuschieben, bis sie sicher sein können, dass alles auf einem guten Weg ist.«

»Genauso ist es. Alles ist auf einem sehr guten Weg«, erklärte Pierlot seufzend und trat versuchsweise gegen eines der Räder seines Mercedes.

»Ich will Ihren Bericht in einer Stunde. Nicht eine Minute später, bis zwanzig nach elf. Verstanden?«

Anna war seit vierundzwanzig Stunden sauer. Die Hitze in dem leergeräumten Haus war erstickend. Die Hasenpastete war schlecht geworden, und das Eis war geschmolzen. Sie hatte den ganzen Tag über kein Wort mit ihrem Mann gesprochen und wollte es erst wieder tun, wenn sie am See angekommen waren.

Sie hatte die Nase voll davon, dass alle ihre Pläne immer von irgendwelchen Staatsangelegenheiten durchkreuzt wurden.

Achille seinerseits war deutlich beunruhigt. Er zog ohne Pause an seiner Pfeife und zwirbelte seinen Schnurrbart. In der zweiten Nacht in Folge hatte keiner von ihnen beiden Schlaf gefunden. Und die Übermüdung machte sich inzwischen deutlich bemerkbar.

»*Lieverd!*«, verkündete Achille, nachdem er sich von de Foy am Telefon verabschiedet hatte. »In einer Stunde können wir aufbrechen. Hab noch ein wenig Geduld. Was ist denn los mit dir?«

»Nichts, *lieverd*!«, murrte Anna vor sich hin, ohne das Wort an ihren Mann zu richten.

Der zweite »Pierlot-Bericht« wurde um siebzehn Minuten nach elf am Morgen aus der Suite Marie-Antoinette im Hotel Negresco abgeschickt, unter Benutzung des hochmodernen tragbaren Telexgeräts, das auf dem Louis-XVI.-Schreibtisch mit den filigranen Blattgoldverzierungen stand. Drei Minuten später erreichte die Nachricht ohne irgendwelche Zwischenfälle die Zentrale des belgischen Geheimdienstes, wo einer der grauen Herren, die dort ihre langweilige Pflicht erfüllten, sie sorgsam zusammenfaltete, in einen weißen Umschlag ohne Absender steckte und diesen zum Schreibtisch eines anderen grauhaarigen Herrn brachte. Dieser kennzeichnete den Umschlag als »vertraulich« und legte ihn in das Körbchen mit der Post für Robert de Foy, wo bereits ein hoher Stapel gleich aussehender Umschläge wartete. Pierres Nachricht blieb dort etwa eine Stunde liegen, bis sich eine dienstbeflissene Dame der Briefe annahm, sie in eine Aktentasche aus schwarzem Leder steckte und an die Bürotür des Direktors klopfte. Da daraufhin niemand die Tür öffnete (de Foy wusch sich gerade die Hände im Badezimmer), stellte sie die Tasche in eine zugegebenermaßen recht versteckte Ecke des Büros und kehrte an ihren Arbeitsplatz am Fenster zurück.

Gegen halb eins beschimpfte Achille Van Acker, der sich immer noch in seinem Zuhause befand, de Foy am Telefon. Der ließ seine Wut an Pierlot aus, der versicherte, die Nachricht um siebzehn Minuten nach elf erfolgreich abgeschickt zu haben, wie der Beleg versicherte, den er danach erhalten hatte.

»Na, dann schicken Sie die Nachricht eben noch mal, verdammt, die andere scheint ja offenbar verloren gegangen zu sein!«

Um halb zwei an jenem Mittwoch, dem 3. Juli des Jahres 1956, brachen Achille Van Acker und seine stinkwütende Gattin endlich in Richtung der Seen von Eau d'Heure auf (ohne ein Wort zu wechseln), nachdem der Premierminister das Telex gelesen hatte, in dem Folgendes stand:

Um Punkt zehn am heutigen Morgen sind die Adler von der Herde feierlich empfangen worden. Eines der Schafe trug den Schlüssel der Stadt und übergab ihn an Fred, der ihn so inbrünstig küsste wie eine geliebte Frau, die er nach dem Krieg zum ersten Mal wiedersah. (Kurze Randbemerkung: Meine Mutter behauptet, dass so mancher Soldat bei der Rückkehr von der Front mit einem unerwarteten Kind überrascht wurde, dem er sofort seinen Namen gab, auch wenn er das Kind unmöglich aus der Ferne gezeugt haben konnte.)

Ginger ist mit der ihr eigenen Eleganz aus dem Zug gestiegen, wobei sie mehr einer Antilope glich als einem Raubvogel, sodass ich sie von nun an mit dem Decknamen »die Gazelle« bezeichnen werde, soweit das genehm ist. Das Problem dabei ist nur, dass es äußerst ungewöhnlich erscheinen mag, dass ein Adler sein Nest mit einer Gazelle teilt. Schließlich könnte er irgendwann in Versuchung geraten, sie zu verschlingen. Der Königsadler und die Gazelle haben gemeinsam ein Fahrzeug bestiegen und sich, von der Herde eskortiert, im Nest niedergelassen. Dabei ist mir aufgefallen – was einem weniger aufmerksamen Beobachter zweifellos entgangen wäre –, dass der Adler und die Gazelle sich in einem bestimmten Moment in die Augen gesehen haben. Des Weiteren habe ich einen karminroten Flecken am Hemdkragen des Adlers erspäht, bei dem es sich um die Farbe von Lippenstift handeln könnte (wobei dies nur eine Vermutung ist, die ich nicht hundertprozentig bestätigen kann, obwohl ich mein exzellentes starkes Fernglas benutzt habe, für das ich dem Mann aus London und seinen Leuten ein großes Kompliment machen muss).

Von einem hoch gelegenen Pinienhain mit einer atemberaubenden Aussicht auf das Meer, die Felsen und die Gärten des Nests mit ihren Steinskulpturen, Brunnen, Blumenbeeten, Rosenstöcken, schattigen Winkeln, Hollywoodschaukeln und Pavillons aus konnte ich beobachten, wie die Gäste vom Personal des Nests – in formeller Uniform – empfangen wurden, während der Anführer der Herde eine nicht enden wollende Rede hielt.

Und nun kommt das Interessante: Sobald das Empfangskomitee das Nest verlassen hatte, sind der Adler und die Gazelle ins Haus gegangen und waren für einige Minuten aus meinem Blickfeld verschwunden. Doch gleich darauf konnte ich dank des Fernglases – das, wie ich bereits sagte, von vorzüglicher Qualität ist – beobachten, dass eines der Fenster nach Süden auf den Garten hin diskret geöffnet wurde und Ginger und Fred darin erschienen. Dabei hatte die Gazelle ihren Kopf zärtlich an die Schulter des Adlers gelegt.

Daraus, meine Herren, schließe ich Folgendes: Der Adler und die Gazelle führen eine Beziehung, die der Natur widerspricht. Eine inzestuöse Verbindung? Nicht im strengen Sinne des Wortes natürlich, da keine Blutsverwandtschaft besteht, die aber dennoch für einen Skandal sorgen könnte, wenn die Öffentlichkeit davon erfährt.

Daher schlage ich vor, meine Überwachung fortzuführen, so lange es nötig ist, um zu vermeiden, dass die Flammen auf das Wäldchen übergreifen (Sie verstehen, was ich meine, oder?). Ich werde mich darum kümmern, das Feuer zu ersticken, bevor es außer Kontrolle gerät. Vertrauen Sie der Turteltaube.

Am Steuer seines Fiat 1400 zerbrach Van Acker sich den Kopf, um die verschlüsselte Nachricht zu verstehen. Aber nein, er hatte keine Ahnung, was Pierlot meinte, wenn von der Turteltaube, dem Wäldchen, der Herde, der Antilope, dem Königsadler und dem verdammten Nest die Rede war. Außerdem bezweifelte er, dass es wirklich nötig war, seinen Agenten mit einer neuen Uhr, einem neuen Zigarettenetui, einem neuen Feuerzeug und diversen anderen Luxusgegenständen auszustatten, die Pierlot auf der unendlichen Liste der Dinge, die er für seine Mission benötigte, als »unabdingbar« bezeichnete. Es war eine Sache, sich als wohlhabender Geschäftsmann auszugeben, und eine andere, ein Verschwender zu sein. Denn letztendlich repräsentierte Pierre Pierlot in gewissem Sinne auch sein Heimatland!

»Das Wäldchen ist Belgien!«, rief er plötzlich aus und weckte damit Anna, die auf dem Beifahrersitz tief und fest geschlafen hatte.

»Um Gottes willen, Achille, du hast mich zu Tode erschreckt!«

»Das tut mir leid, meine Liebe. Aber ich bin gerade auf die Lösung eines Rätsels gekommen. Was glaubst du, was ›die Turteltaube‹ bedeutet?«

Anna seufzte. Ihrem Mann war einfach nicht zu helfen, sagte sie sich und blickte aus dem Fenster. Sie fuhren gerade durch die kleine Stadt Châtelet mit ihrem terrakottafarbenen Zentrum und der Basilika St. Pierre und St. Paul mit den vier spitzen Glockentürmen. Der Premierminister lehnte sich nachdenklich im Sitz zurück. Wohnte hier nicht auch Pierre Pierlots Mutter?, erinnerte er sich plötzlich. Im Hintergrund waren leuchtend grüne Wiesen und Felder zu sehen und eine Reihe kleiner Häuser am Rand der Landstraße. Ja, sagte er sich, genau hier!

Als sie gerade um die letzte Kurve bogen, sprang plötzlich eine schwarze Katze von einer Mauer herunter und landete direkt vor ihnen auf der Straße. So ein Pech! Das arme Tier hatte offenbar bereits all seine sieben Leben verbraucht und konnte den Rädern nicht mehr ausweichen, die es voll erwischten und auf der Stelle töteten.

»Du hast eine Katze überfahren!«, schrie Anna entsetzt. »Sieh nur, da liegt sie! Tot! Mitten auf der Straße!«

»Die ist mir einfach vors Auto gesprungen«, protestierte Achille. »Es war unmöglich, noch zu bremsen. Ich konnte nicht mehr ausweichen.«

»Aber wir können sie doch nicht einfach hier liegen lassen. Wir müssen sie wenigstens von der Straße entfernen, damit sie nicht noch einen Unfall verursacht.«

Da Achille einen weiteren Streit mit Anna vermeiden wollte, hielt er an, sammelte das noch warme Fellbündel auf und legte es in den mit Gestrüpp überwucherten Straßengraben. Mit dem Fuß schob er etwas trockene Erde, Laub und kleine Steine über die tote Katze. Dies war wahrlich eine wenig ehrenvolle Bestattung für ein so schönes Tier!

Anschließend machte sich das Ehepaar Van Acker wieder auf den Weg. Schweigend.

Kapitel 5

Pierre Pierlot nahm sich fest vor, nicht noch einmal den Reizen der Côte d'Azur zu erliegen. Sein Magen grummelte, er hatte Kopfschmerzen, und seine Augen brannten. In diesem Zustand hatte es ihn große Mühe gekostet, seinen Bericht zu verfassen, und dann musste er ihn wegen bürokratischer Unfähigkeit auch noch ein zweites Mal formulieren, was eine echte Herausforderung gewesen war – es fühlte sich an, wie ohne Sherpa und ohne Sauerstoff den Mount Everest zu besteigen.

Seinen zweiten Tag in Nizza hatte er im Halbdunkel seiner Suite verbracht, in der Hoffnung, die Kontrolle über seinen Körper wiederzuerlangen. Der Page – der diesmal nicht ganz so breit lächelte, als Pierre ihm die Schlüssel des Mercedes anvertraute – hatte das Auto in die Werkstatt gebracht, sodass Pierre, wenn er das Hotel verlassen hätte, ohne Wagen, Geld, Zigaretten und Uhr eh nicht weit gekommen wäre.

Wurde in dieser Nacht der Himmel über Cap Ferrat von einem Feuerwerk erleuchtet? Fand in den Gärten der Villa Ephrussi de Rothschild ein Maskenball statt, an dem sämtliche Adlige und Millionäre teilnahmen, die sich an der Côte d'Azur tummelten? War es wirklich die Stimme Edith Piafs, die in der Ferne zu hören war?

Unmöglich, dies sicher zu sagen. Pierre Pierlot war außer Gefecht gesetzt. Sein dritter Bericht umfasste nur eine Zeile: *Im Nest nichts Neues.*

Als er seinen Körper schließlich wieder unter Kontrolle hatte, zog er sich eine beigefarbene Bundfaltenhose an, einen gestreiften Pullover im Marine-Stil, nahm eine leichte Mahlzeit ein und bat darum, dass man ihm seinen Mercedes vorfahren möge. Und als er im Handschuhfach seine Sonnenbrille fand, war seine Freude groß.

Die junge Frau mit dem Schoßhündchen kam ihm entgegen und lächelte ihn an, als er an ihr vorbeiging.

»Guten Morgen. Haben Sie gut geschlafen?«, rief sie ihm mit einem ironischen Lächeln zu. Es war halb neun am Abend.

Pierre zwinkerte ihr zu, während er den Rückspiegel einstellte. Der attraktive Playboy war zurück.

Er fuhr die Promenade des Anglais entlang und versuchte das vergnügte Treiben auf den sommerlichen Terrassen mit den hübschen Frauen, den Straßenmusikern, den mit Gin Tonic gefüllten Gläsern, das Lachen, die Tänze, die langen Beine und die verführerischen Ausschnitte zu ignorieren. Denn er musste sich nun auf die Mission konzentrieren, die ihn an diesen Ort geführt hatte, und sich von allem fernhalten, was ihn davon ablenken könnte. Also durfte er nur nach vorn sehen, keiner jungen Frau mit dem Blick folgen, die Straße nicht aus den Augen verlieren … Musste er wirklich alle Frauen ignorieren?

Ohne die Küstenstraße zu verlassen, ließ er das historische Zentrum der Stadt hinter sich, kam am Hafen vorbei, wo sich ein Heer an kleinen Segelbooten und luxuriösen Jachten tummelte, und durchquerte dann Villefranche-sur-Mer mit seinem riesigen Kiesstrand. Anschließend nahm er den Boulevard Napoléon III, der in die Avenue Denis Semeria mündete. Und von dort konnte er zum ersten Mal die beeindruckende Villa Ephrussi de Rothschild sehen, in deren Fenstern sich die orangefarbene Sonne spiegelte, während die Fassade im Licht des Sonnenuntergangs in einem tiefrosafarbenen Ton leuchtete, genauso wie die Wangen jener jungen Frau, die …

Pierre Pierlot bezog seinen Posten im Schatten eines windschiefen Baumes – ähnlich dem, der gegenüber dem Regierungsgebäude in Brüssel stand –, um mit seiner Überwachungsmission zu beginnen. Er hatte das hochmoderne Fernglas und ein Notizheft mitgenommen, den Stift jedoch im Hotel vergessen. Daher würde er sich wie bereits in den Zeiten der Résistance auf sein ausgezeichnetes Gedächtnis verlassen müssen.

In jenen Jahren hatte er eine außergewöhnliche Fähigkeit dafür entwickelt, sich Zahlen und verschlüsselte Nachrichten zu merken. Bei einer Gelegenheit, nach einer Festnahme in Antwerpen, musste er zwei beidseitig beschriebene Zettel auswendig lernen, bevor er sie zerkaute, herunterschluckte und in seinem Darmtrakt verschwinden ließ. Auf diese Weise hatte er im Laufe des Krieges eine Landkarte, ein Propaganda-Pamphlet und mehrere falsche Geldscheine entsorgt. Dadurch hatte er nicht nur sein Gedächtnis trainiert, sondern auch beneidenswerte Verdauungsfähigkeiten entwickelt. Immerhin.

Um ihn herum lauerten die ersten nächtlichen Schatten, in der Villa ging hinter einigen Fenstern das Licht an, und jemand kam heraus, um die Fensterläden zu schließen. Auf seinem Beobachtungsposten oben auf dem Hügel sinnierte Pierre über die friedliche Abendstimmung nach. Wie die Stille vor einem Gewitter, sagte er sich. Schon bald würde in der Stadt das nächtliche Leben erwachen. Die Bars würden öffnen, Musik würde die Stille verdrängen, und anstatt zu schlafen, würden die Menschen, von der Musik, der Meeresbrise und der Freude angesteckt, die Straßen füllen. Gesegnet sei die Fröhlichkeit!

Im Garten der Villa bellte ein Hund.

Pierre richtete instinktiv das Fernglas in diese Richtung. Die Steinmauer, die das Anwesen umgab, war an einigen Stellen von hängendem Jasmin überwuchert, der beinahe bis auf den Boden reichte – die perfekte Leiter für jeden Eindringling, der in den japanischen Garten gelangen wollte, dachte Pierre.

Durch sein Fernglas entdeckte er eine schlanke Gestalt, die elegant und wendig wie eine Katze über die hintere Mauer kletterte. (Dieses Fernglas war einfach großartig!) Der Hund hatte die Anwesenheit des Eindringlings bereits gewittert und zog heftig an seiner Kette, um sich auf die Beute zu stürzen.

Hinter zwei oder drei weiteren Fenstern ging das Licht an. Eine korpulente Person beugte sich hinaus und rief: »Hallo? Ist da jemand?« Dann verlor die Stimme sich in der Ferne.

Pierre stellte fest, dass sein Herz schneller schlug: Es beschleunigte in zwei Sekunden von null auf hundert wie ein Rennwagen. Er warf das Fernglas auf den Beifahrersitz, startete den Motor und trat das Gaspedal durch. Keine Gefahr scheuend, reihte er sich in den Verkehr ein, wobei er am Straßenrand ins Schleudern geriet. Dann raste er den Hügel hinab wie auf einer Rutsche, um die Stelle zu erreichen, an der er den Eindringling gesehen hatte. Dort war er versucht, aus dem Auto zu steigen, doch jemand hatte den Hund – die Hunde? – losgelassen, und das Gebell klang nun ohrenbetäubend laut.

Auf jedem Balkon des Hauses streckte jemand den behaarten, kahlen, ungekämmten oder wohlfrisierten Kopf durch die Tür nach draußen. Von denen vielleicht einer der des jungen Königs war (schwer zu überprüfen).

Was dann geschah, dauerte kaum eine Zehntelsekunde.

Die Gestalt kletterte, geschmeidig wie ein Zirkusartist, das Jasmingebüsch hinauf. Ihr Kopf, der mit einer Sturmhaube bedeckt war, erschien oberhalb der Mauer, und mit einem katzengleichen Sprung landete sie, nur wenige Zentimeter von Pierres rotem Mercedes-Cabrio entfernt, in der schmalen Straße.

»Schnell, steigen Sie ein!«, rief der belgische Agent, ohne an das Risiko zu denken, das er einging, wenn er einen möglichen Dieb, Entführer oder Mörder in sein Auto ließ. Es war sein Instinkt – was sonst? –, der ihm eingab, so zu handeln. Denn zur Zeit der Résistance war jeder Flüchtende ein Bruder gewesen, jeder Verfolgte ein Kamerad.

Die Hunde rannten bereits knurrend und mit Schaum vor dem Mund den Abhang herunter. »Halt! Stehen bleiben!«, rief ein mit einer Pistole bewaffneter Polizist.

Der schwarze Panther – der, aus der Nähe betrachtet, weiblich war – landete mit einem Satz auf dem Beifahrersitz neben Pierre. Der gab Gas, raste die Straße hinunter und verschwand in der sternenklaren Nacht. Als sie schließlich in Sicherheit waren, zog sich die Flüchtende in einer der engsten Kurven der Corniche die Sturmhaube vom Kopf und befreite damit eine blonde Mähne, die in diesem Moment irgendwie irreal wirkte, wie ein Geysir oder eine Flamme, die Pierre ins Gesicht schlug.

»Sie sind aber eine ganz bezaubernde Flüchtige«, musste Pierre zugeben, als er in die katzenhaften grünen Augen der jungen Frau blickte.

»Danke.«

»Mein Name ist Pierre«, fügte er hinzu.

»Ich heiße Gudula.«

»Gudula? Sie sind nicht zufällig Belgierin?«

»Zufällig? Wieso sollte es ein Zufall sein, dass jemand, der Gudula heißt, Belgierin ist?«

»In der Tat«, entgegnete Pierre. »Und dann ist es wahrscheinlich genauso wenig ein Zufall, dass Sie eben von dem Anwesen geflüchtet sind, in dem sich der belgische König aufhält?«

»Ganz und gar nicht. Natürlich ist das kein Zufall. Die königliche Familie ist … Wie soll ich das erklären …? Sie steht der Familie meines Mannes ziemlich nah.«

Gudulas wehendes Haar behinderte den belgischen Agenten beträchtlich beim Fahren. Das und die Dunkelheit, die den roten Zweisitzer und seine Besatzung einhüllte.

»Wie es aussieht, ist uns niemand gefolgt«, stellte Pierre fest, nachdem er einen Blick in den Rückspiegel geworfen hatte. »Wenn Sie mir sagen, wo Sie hinmüssen, bringe ich Sie sicher nach Hause.«

»Nach Hause? Und was soll ich Ihrer Meinung nach mit dem Motorrad machen?«, fragte sie.

»Mit welchem Motorrad?«

»Meiner Gilera. Was denken Sie denn, wie ich zur Villa Ephrussi de Rothschild gelangt bin? Geflogen?«

Die schwarze Gilera war dicht bei der Villa in einer dunklen Gasse versteckt. Sie fanden sie dank der Teile, die aus Aluminium waren und das Licht der Autoscheinwerfer reflektierten, hinter ein paar riesigen Lorbeersträuchern.

»Danke«, sagte Gudula. »Ohne Sie hätte ich die wohl nie mehr wiedergefunden.«

Sie setzte sich die Sturmhaube wieder auf – da das Haar sie beim Fahren störte, wie sie erklärte – und startete die Maschine, deren Motor in der stillen Gasse dröhnte. Danach schoss sie wohin auch immer davon wie eine Rakete.

Pierre, der allein in seinem Auto zurückblieb, sah ihr verblüfft hinterher und fragte sich, was er nun tun sollte. Schließlich hatte er gerade einer Frau die Haut gerettet, die vielleicht eine Kriminelle war. Sollte er seinen Vorgesetzten in Belgien davon berichten? Oder sollte er ihr lieber folgen und herausfinden, was sie vorhatte?

Das Licht eines Scheinwerfers, der mit einem Mal hinter ihm auftauchte, riss ihn aus seinen Grübeleien.

»Los, Pierre! Worauf warten Sie?«, rief Gudula ihm vom Motorrad aus zu. »Wollten Sie mich nicht sicher nach Hause bringen?«

Kapitel 6

Nach einer halsbrecherischen Fahrt über die gefährliche Basse Corniche bog Gudula auf ihrer Gilera Richtung Menton ab, dem letzten französischen Ort vor der italienischen Grenze. Dicht gefolgt von Pierre Pierlot. Sie fuhren wie auf einer Achterbahn die Straßen rauf und runter, bis sie zum Hafen kamen, und von dort aus gelangten sie über einen steilen Weg auf eine Felsenklippe hinauf.

Von hier ist eine Flucht unmöglich, sagte sich Pierre leicht misstrauisch, als er den Autoschlüssel herauszog.

»Das ist eine Aussicht, was?«, meinte Gudula und wies auf den Lichtteppich, der ihnen zu Füßen lag: Menton. Eine bunt zusammengewürfelte Ansammlung dicht beieinander liegender Häuser auf dem Hügel gegenüber. Und der Hafen: eine Reihe kleiner Schiffe, die tief unten im Meer schaukelten. Die Sterne: eine Handvoll schimmernder Reis, die nach einer Hochzeit vor der Kirche in die Luft geworfen worden war.

»Eine hübsche Ecke. Abgelegen. Einsam. Der perfekte Ort, um ein Verbrechen zu begehen«, entgegnete Pierre.

»Stimmt«, gab Gudula zu. »Aber auch der perfekte Ort, um gemeinsam etwas zu trinken, während Sie mir erzählen, was Sie mitten in der Nacht bei der Villa Ephrussi de Rothschild zu suchen hatten.«

»Ich? Darf ich Sie daran erinnern, dass Sie es waren, die unerlaubt das Grundstück betreten hat. Ich bin nur zufällig dort vorbeigekommen und ...«

Gudula, die bereits keine Sturmhaube mehr trug, zog langsam den Reißverschluss ihrer Lederjacke hinunter, woraufhin in ihrem Ausschnitt zwei wunderbare, perfekt gerundete Wölbungen zum Vorschein kamen. Auch ihre Hose war aus Leder. Aus samtweichem, dehnbarem schwarzem Leder.

»Wie auch immer. Kommen Sie in mein Haus, und erzählen Sie mir alles.«

Direkt vor ihnen befand sich eine elegante Villa, die nicht besonders groß, sondern eher diskret war, eine rosafarbene Fassade hatte und weiße Balkone. Eine Hälfte des Hauses lag unter ihren Füßen, da es direkt auf den Felsen gebaut war, und die Terrasse, die es umgab, hing wie das Nest einer unschuldigen, wagemutigen Möwe direkt über dem Abgrund. Der Zugang von der Straße aus war von Glyzinien überwuchert. Auf der Bergseite befand sich ein Garten mit Zitronenbäumen und Zwergorangen, und auf der anderen Seite führte ein mit Steinen gepflasterter Weg zu einem Felsvorsprung hinunter, wo ein kleines Schwimmbad in den Fels gehauen worden war (oder vielleicht war es auch ein riesiges Vogelbecken).

Gudula drehte den Schlüssel im Schloss und stieß die Tür auf. Als Erstes blickte Pierre auf ein wunderschönes Gemälde – möglicherweise von Velázquez oder einem Meister der flämischen Schule –, auf dem dargestellt war, wie sich ein Heer kniend und mit aufgerichteten Lanzen einem anderen ergab. Das Bild dominierte die Wand in der geräumigen Eingangshalle. Auch alle anderen Wände waren mit Gemälden behängt, genauso wie der Treppenaufgang, die Gänge, die im Hintergrund zu sehen waren, und alles andere. Es gab nicht einen weißen Flecken in dieser pompösen Pinakothek.

»Ein kleines Haus mit vielen großen Bildern«, meinte Gudula. »Wollen Sie mein Lieblingsgemälde sehen?«

Pierre folgte ihr staunend und blieb hier und dort stehen, um all die Gemälde unterschiedlichster Stilarten, Größen und Epochen zu betrachten, die dichtgedrängt im ganzen Haus hingen.

Gudula trat in den Salon, ohne Licht anzumachen. Auf der einen Seite des Raums befand sich ein offener Kamin, auf der anderen Seite standen mehrere Sofas und ein Spieltisch. An der Wand hing ein antiker Spiegel. Sie ging durch das Zimmer und machte das Fenster Richtung Osten weit auf. Vor ihnen lagen die Umrisse Mentons mit seinen Lichtern, Glockentürmen und Gassen, und weiter unten waren das Meer und jede Menge Boote zu erkennen, die in der Ferne leuchteten wie die Kerzen auf einem Geburtstagskuchen.

Pierre trat neben Gudula und beugte sich auch aus dem Fenster. Ihr langes Haar wehte erneut in sein Gesicht, und eine Strähne, die seine Lippen berührte, schmeckte nach Salz. Die Nähe dieser Frau verursachte ihm eine Gänsehaut.

»Dieser Ausblick ist das schönste Kunstwerk im ganzen Haus«, erklärte sie seufzend. »Bitte warten Sie auf der Terrasse auf mich. Mögen Sie einen Wodka?«

»Mit Orange bitte.«

Pierre zündete sich eine Gitanes an und machte es sich auf einem von Weinreben umrankten Sofa bequem, und kurz darauf kam Gudula mit den Gläsern. Die Szenerie wurde nur von einer kleinen Laterne erhellt. Es gab kein lästiges Licht und keine störenden Geräusche.

»Und?«, begann Pierre und brach damit die Stille. »Haben Sie denn wiedergefunden, was Sie in der Villa Ephrussi de Rothschild verloren haben?«

»Ja, glücklicherweise.«

»Es war ein Ring, oder?«

»Woher wissen Sie das?«

Er lächelte zufrieden. Seine Mutter wäre äußerst stolz auf seine detektivischen Fähigkeiten gewesen. Sie liebte Kriminalromane. Was sollte man machen? »Sie haben gesagt, dass Sie verheiratet sind, aber Sie tragen keinen Ehering.«

Gudula steckte die Hand in die Tasche ihrer Lederhose und zog einen beeindruckenden Ring mit einem in Gold gefassten Smaragd hervor. Sie lächelte verschmitzt, während sie ihn sich an den Finger steckte.

»Das Schlimmste, was eine Frau in einer kompromittierenden Lage verlieren kann, ist ihr Ehering, denken Sie nicht?«

Pierre stellte sich die Szene vor: ein Maskenball, ein Glas zu viel, ein attraktiver Fremder, der eine schöne Frau betörte, die vielleicht in einer unglücklichen Ehe gefangen war, Orchestermusik, ein versteckter Winkel nahe der Mauer, der Jasmin, die Nacht, die Sterne …

»Der junge Baudouin ist sehr leidenschaftlich«, sagte Gudula.

Und Pierre verschluckte sich fast an seinem Wodka.

Während er hustete, hörte er Gudulas Lachen.

»Köstlich! Wenn Sie Ihr Gesicht sehen könnten!« Gudula schlug ihm kräftig auf den Rücken. »Haben Sie wirklich geglaubt, dass ich eine Affäre mit dem König habe?«

Tatsächlich kam die Geschichte, die Gudula daraufhin beschrieb, Pierres Phantasie recht nah.

Es hatte wirklich ein Maskenball stattgefunden, und es gab ein Zimmer, in dem sie um Mitternacht gewesen war, und einen *caballero* mit spanischem Akzent.

»Leider ist er mir ein wenig zu groß«, versicherte Gudula. »Der Ring, meine ich.«

Und mit ihrer Ehe mit einem angeblich illegitimen Nachkommen von Prinzessin Marie Luise, König Baudouins Urgroßmutter, stand es auch nicht zum Besten. Der angebliche Bastard, von dem die Rede war, Louis Anton Lacouture von Hohenzollern-Sigmaringen und von Orléans, kam in keiner geschichtlichen Abhandlung vor. Sein Sohn Bertrand hingegen verfügte in dem kleinen Fürstentum Monaco, wo man Namen, die von hochadliger Abstammung zeugten, großes Wohlwollen entgegenbrachte, über eine gewisse inoffizielle Anerkennung.

»Bertrand ist Kunsthändler«, berichtete Gudula zwischen zwei Schluck Wodka Orange. »Er kauft Gemälde in Paris und verkauft sie in Monaco. Seine Kunden sind Menschen mit viel Geld … und bescheidenem Geschmack. Ich weiß nicht, ob Sie mich verstehen: Diese Leute interessieren sich vor allem für Stillleben und Bilder von Schlachten und wissen Picasso oder Matisse nicht zu schätzen. Laden Sie mich auf eine Zigarette ein?«

Die Villa Favorite gehörte Bertrands Familie seit der Mitte des neunzehnten Jahrhunderts.

Wie Gudula erklärte, war sie, was sich aus offensichtlichen Gründen unmöglich überprüfen ließ, »ein Geschenk von Prinzessin Marie Luise an ihren Sohn Louis Anton« gewesen.

»Sie hat ihren kleinen Bastard vergöttert«, führte Gudula weiter aus. »Sein Vater, Pierre Antoine Lacouture von Orléans hingegen wollte sich nicht um seinen Sohn kümmern. Das ist die Wahrheit.«

»Dann ist Ihr Mann also ein Prinz von Orléans.«

»In der Tat.«

»Und Sie sind durch Ihre Heirat eine Prinzessin.«

»So ist es. Aber letztendlich ist es in Frankreich nichts Besonderes, eine Prinzessin zu sein. Jedenfalls ist es nichts, dessen ich mich rühmen könnte.«

Gudula nahm einen tiefen Zug und machte es sich bequem. Von Westen wehte eine angenehme Brise herüber.

»Jetzt sind Sie dran«, sagte sie. »Erzählen Sie mir Ihre Geschichte. Ich bin ganz Ohr.«

Pierre trug wie aus der Pistole geschossen seine von de Foy erdachte Tarnung vor, das Märchen von dem belgischen Unternehmer mit finanziellen Interessen in Monaco, der allein an der Côte d'Azur Urlaub machte, von seiner heldenhaften Vergangenheit, der luxuriösen Gegenwart und der brillanten Zukunft. Und Gudula tappte wie eine Maus, die nur den Käse sieht, in die Falle.

»Sind Sie verheiratet, Pierre?«

»Spielt das eine Rolle? Sie sind verheiratet, und es scheint Sie nicht im Geringsten zu stören.«

»Mein Mann verbringt sehr viel Zeit in Paris, wie ich bereits gesagt habe. Er wird erst in einigen Tagen zurückkommen. Solange habe ich die Villa Favorite für mich allein.«

»Und was ist mit Ihrer letzten Eroberung?«

»Rubi?« Gudula errötete mit einem verschmitzten Lächeln. »Er ist zauberhaft. Und er hat mit meinem Mann zusammen schon mehrere Geschäfte abgewickelt. Hier an der Côte d'Azur ist er der Star auf sämtlichen Partys. Morgen zum Beispiel sind wir zu einem Ball bei den Agnellis eingeladen, in der wundervollen Villa Leopolda in Villefranche-sur-Mer. Möchten Sie mich vielleicht dorthin begleiten? Sie werden begeistert sein, diesen Palast kennenzulernen. Er ist wirklich überwältigend.«

Was für eine großartige Gelegenheit, dachte Pierre, am Arm einer Prinzessin in die erlesene Gesellschaft eingeführt zu werden. Das Haar nach hinten gekämmt, im frisch gebügelten Smoking und mit diesem unverwechselbaren männlichen Eau de Toilette, das alle Gäste des Negresco benutzten. Das würde ihm genügend Stoff für einen weiteren Bericht einbringen. Es war sogar möglich, dass König Baudouin und Prinzessin Lilian dem Fest einen Überraschungsbesuch abstatteten. Schließlich war es allgemein bekannt, wie gut sich die beiden mit den Eigentümern von Fiat und der Villa, die König Leopold II. einst für seine Geliebte Carolina Lacroix bauen ließ, verstanden.

»Mit dem größten Vergnügen«, nahm er die Einladung an. »Ich werde um Punkt acht hier sein, um Sie abzuholen.«

»Ich werde von halb acht an auf Sie warten«, entgegnete sie in verführerischem Tonfall.

Ein neuer Name nistete sich in seinem Kopf ein: »die Schwalbe«. Der vierte Pierlot-Bericht würde mit einem unübertrefflichen Satz beginnen: *Die Turteltaube und die Schwalbe fliegen jetzt gemeinsam* würde er schreiben. Und Van Acker würde sich bei dem Versuch, die Bedeutung der Nachricht zu ergründen, wieder den Kopf zerbrechen.

Kapitel 7

»Wo kann dieser Kater nur sein?«, fragte sich Pierre Pierlots Mutter, während sie zusah, wie Ginger sich über das Abendessen hermachte.

Es war nicht ungewöhnlich, dass Fred hin und wieder verschwand; er war ein Freigeist und gönnte sich bei Vollmond regelmäßig eine Auszeit. Aber üblicherweise kehrte er wenige Tage später hungrig, schmutzig, erschöpft und mit einem neuen Kratzer zwischen den Ohren nach Hause zurück. Im Allgemeinen schien es Ginger nichts auszumachen, dass ihr Hausgefährte ein notorischer Fremdgänger war. Sie würdigte ihn keines Blickes, das schon, denn sie war eine äußerst würdevolle und elegante Katzendame und hätte niemals zugelassen, dass Fred ihren weiblichen Stolz mit Füßen trat. Schließlich hatte sie mehrere Würfe kleiner Katzen allein durchgebracht. Wobei der letzte ziemlich verdächtig erschien, da die dunklen Gene des vermeintlichen Vaters sich so gar nicht durchgesetzt hatten. Aber konnte man Ginger das vorwerfen? Nein, natürlich nicht. Schließlich war sie nicht diejenige, die bei Vollmond über die Dächer streifte. Wenn Fred also schwarze Kinder haben wollte, dann sollte er gefälligst zu Hause bleiben und seine Pflicht erfüllen.

Das Problem war nur, dass seit dem Vollmond bereits drei Nächte vergangen waren und dieser Mistkerl sich immer noch nicht hatte sehen lassen. Beunruhigt lief Ginger im Haus auf und ab oder blickte in der Hoffnung aus dem Fenster, ihn in der Ferne zu erspähen. Wenn Pierres Mutter in den Garten ging, um die Wäsche aufzuhängen, begleitete sie die alte Dame und strich mit schmeichelndem Schnurren um ihre Beinen, wobei sie heimlich schnüffelnd nach Fred Ausschau hielt und hoffte, sein Heimweh zu wecken.

»Mir geht es genauso, Ginger«, vertraute die alte Dame ihrer Katze an. »Dass er so lange wegbleibt, ist wirklich ungewöhnlich.«

Entschieden nahm sie ein Notizbuch aus einer Schublade und schrieb in ihrer kantigen Handschrift: *Vermisst. Schwarze Katze, die auf den Namen Fred hört. Finderlohn.* Gefolgt von ihrer Telefonnummer.

Dies wiederholte sie etwa dreißig Mal. Dann zog sie sich die Schuhe an, legte sich einen Schal um die Schultern – allmählich wurde es kühl –, nahm die Tasche über den Arm, richtete sich die Frisur und trat, mit ein paar Reiszwecken bewaffnet, auf die Straße hinaus. Zwei Stunden später hing an jeder Ecke ein kleines Plakat.

Doch niemand meldete sich, weder an diesem Abend noch am nächsten Tag. Die Strategie brachte nicht den erhofften Erfolg. Die arme Ginger hatte sich traurig in einer Ecke zusammengerollt. Sie wirkte wie eine jener Frauen, die sich vor Sehnsucht verzehren, während sie darauf warten, dass ihr Mann in den heimischen Hafen zurückkehrt.

»Wir müssen Nägel mit Köpfen machen«, sagte Pierre Pierlots Mutter laut, obwohl außer der Katze niemand in der Küche war, um ihr zuzuhören.

Sie machte den Herd an, mischte die Zutaten ihres geheimen Brioche-Rezepts, und während die Köstlichkeit im Ofen aufging, griff sie zum Telefon und rief alle ihre Freunde und Bekannten an.

»Du bist heute bei mir zum Tee eingeladen«, trommelte sie alle mit einer gewissen Dringlichkeit in der Stimme zusammen. »Ich brauche deine Hilfe. Meine Katze ist verschwunden, und ich möchte einen Suchtrupp zusammenstellen, um sie zu finden.«

»Einen Suchtrupp so wie früher?«, entgegnete der ein oder andere. »Darf ich dich daran erinnern, dass wir nicht mehr im Krieg sind, Agatha. Diese Zeiten sind vorbei, und ich möchte lieber nicht an den Erinnerungen rühren, denn einige davon sind äußerst schmerzhaft, liebe Freundin.«

Doch letztlich sagten alle zu. Eine Katze ist nicht das Gleiche wie ein verlorener Sohn, klar, aber auch ein solcher Verlust tut weh.

Auf den Speichern wurde nach verstaubten Landkarten, Taschenlampen und Funkgeräten gefahndet. Und um fünf Uhr am Nachmittag hatte sich in dem kleinen Wohnzimmer im Haus von Pierre Pierlots Mutter eine beachtliche Gruppe Helfer versammelt, viele von ihnen über siebzig Jahre alt und nicht mehr so rüstig und entschlossen wie in alten Zeiten. Das Gespenst des Krieges war in Châtelet noch deutlich zu spüren.

»Zuletzt gesehen haben wir Fred am Mittwochnachmittag, stimmt's, Ginger? Es war furchtbar heiß, und es ging kein Lüftchen. Wahrscheinlich wollte er sich draußen ein wenig abkühlen. Er zieht sich gern in seinen Unterschlupf im Gemüsegarten gegenüber zurück, im Werkzeugschuppen meines Nachbarn Philippe, aber normalerweise kehrt er bei Sonnenuntergang zurück, weil er weiß, dass es um Punkt acht etwas zu essen gibt. Und wie ihr seht, hat er sein Fressen nicht angerührt: Hackfleisch mit Reis, seine Lieblingsspeise.«

»Meine Liebe«, wandte eine Nachbarin mit gerümpfter Nase ein, »du solltest diese Schweinerei schleunigst in den Müll werfen. Das Zeug stinkt zum Gotterbarmen und zieht die Fliegen an.«

»Es stimmt schon, dass Vollmond war«, fuhr Agatha fort, als hätte sie nichts gehört, »und mein Fred ist ein unverbesserlicher Schürzenjäger. Da kommt es schon mal vor, dass er die Nacht außer Haus verbringt. Sicher sind euch schon mal die vielen schwarzen Katzen hier im Ort aufgefallen. Das sind alles seine Kinder. Unzählige!«

»Dann solltest du diesen Kater nicht frei herumlaufen lassen«, fiel ihr dieselbe Nachbarin erneut ins Wort. »Meine Dorothea hat bereits vier Mal geworfen. Sie ist vollkommen erschöpft.«

»Dann sperr du doch deine Katze ein!«, schimpfte Agatha. »Was kann denn mein Fred dafür, wenn deine Dorothea sich ihm bei Vollmond an den Hals wirft?«

»Weißt du was?«, entgegnete die Nachbarin beleidigt. »Ich geh wieder nach Hause und hör mir ein Hörspiel an. Viel Glück bei der Suche!«

Die Nachbarin knallte die Tür hinter sich zu. Die restlichen Mitglieder des Suchtrupps blickten betreten zu Boden und konzentrierten sich auf ihre Brioche.

»Wenn wir anfangen, uns zu streiten, finden wir Fred nie«, sagte der Nachbar von gegenüber und legte Agatha besänftigend den Arm um die Schultern. »Lasst uns loslegen. Ihr wisst schon: immer zu dritt in einem bestimmten Suchgebiet und Lichtzeichen. Paul, hast du die Trompete dabei?«

Um kurz nach sieben ging die Suche los. Drei Stunden später würde es dunkel werden, aber der zu durchkämmende Bereich war nicht allzu groß; der Kater hielt sich im Allgemeinen in der Nähe seines Zuhauses auf.

»Vorsicht, zertrampelt mir nicht die Möhren!«, mahnte Agathas Nachbar mit lauter Stimme.

Nicht der kleinste Winkel entging der gründlichen Suche, und es tauchten die erstaunlichsten Dinge auf: eine Schere, die jemand vor Wochen verloren hatte, ein durchweichtes Zigarrenpaket, ein paar Gartenhandschuhe und Pauls Brille, die der Trompeter seit Monaten vermisste. Aber keine Spur von Fred.

Schließlich versammelte sich der Suchtrupp erneut in Agathas Wohnzimmer. Erschöpft und mit hängenden Köpfen verabredeten sie sich für den nächsten Tag. Der Besitzer des Gemüsegartens war der Letzte, der sich verabschiedete.

»Du solltest H. informieren«, empfahl er seiner Nachbarin leise. »Vielleicht hat er eine Idee, was man sonst noch tun könnte.«

»Hoffentlich kann ich ihn erreichen«, jammerte Agatha. »Ich hab schon seit Tagen nichts von ihm gehört. Er hat sich Urlaub genommen, du weißt ja … wegen dieses neuen Urlaubsgesetzes, und das Letzte, was ich von ihm erhalten habe, war eine knappe Postkarte von einem Ort namens Ios. Du hast nicht zufällig eine Ahnung, wo das sein könnte?«

»Natürlich.« Der Nachbar holte tief Luft. »Ios ist eine griechische Insel, die zur Gruppe der Zykladen im Ägäischen Meer gehört.«

Agatha seufzte. Dieser Mann überraschte sie immer wieder. Mit seinen guten Manieren und seiner Bildung. Witwer, ein interessanter Mensch, liebenswürdig … Sie sollte ihn dieser Tage mal einladen und ihren Hutspot probieren lassen.

Nachdem sie die Tür hinter Philippe geschlossen hatte, blieb sie im Dunkeln in der Küche stehen und sah ihm durchs Fenster nach. Er überquerte die Straße, ging die wenigen Meter bis zu seinem Gemüsegarten, und bevor er das Tor öffnete, wandte er sich noch einmal zu Agatha um, als hätte er ihren Blick gespürt.

Sein Name war Philippe Depée. Er war ein Kriegsveteran; des Ersten Weltkriegs natürlich, wie fast jeder in diesem Ort. Und er bewunderte H. für seine Teilnahme an der berühmten Sabotage der Stromleitungen. Wenn der junge Mann bei seiner Mutter war, suchte Philippe stets die Begegnung, um ein wenig mit ihm zu plaudern. Er vermutete, dass H. ein Geheimagent war. Die fadenscheinige Erklärung, dass er als Staatsbeamter arbeitete, nahm er ihm nicht ab.

Genauso wenig wie er den Quatsch mit dem Urlaub auf Ios glaubte. Denn was sollte ein junger, gutaussehender lediger Mann auf einer solchen Insel zu suchen haben? In den letzten fünfzehn Jahren waren die Zykladen-Inseln von den Italienern, den Deutschen, den Engländern und denGriechen besetzt worden. Und das Einzige, was dort übriggeblieben war, waren – wie er aus Erfahrung wusste – Ruinen und Trostlosigkeit. Kein geistig gesunder Mensch würde freiwillig an einen solchen Ort reisen.

Philippe kratzte sich am Kopf. Aber warum sollte H. seine alte Mutter an der Nase herumführen? War er vielleicht mit einer Mission betraut, die so geheim war, dass er sie nicht einmal seiner Mutter anvertrauen durfte?

Auf der einen Seite des Gemüsegartens befand sich der Werkzeugschuppen, in dessen Schatten sich üblicherweise der Kater seiner Nachbarin zurückzog. Es war eine winzige Hütte von nur wenigen Quadratmetern, auf denen gerade genug Platz für einen Tisch, einen Stuhl und die Funkstation war, die er zu Kriegsbeginn heimlich dort installiert hatte. Die Wände des Schuppens waren mit Landkarten und Zeitungsausschnitten bedeckt, von denen einige bereits so alt waren, dass man sie kaum noch lesen konnte. Dort hatte Philippe während der Besatzungszeit die Deutschen abgehört. Und in einigen Fällen hatte er eine entscheidende Rolle gespielt. Was bei dem unschuldigen Gemüsebauern, der den halben Ort mit Tomaten und Kartoffeln versorgte, niemand vermutet hätte. Denn keiner hatte sich die Mühe gemacht, die Vergangenheit dieses Mannes zu ergründen, der sich zu Beginn der 1940er Jahre, vorzeitig pensioniert und gerade verwitwet, in Châtelet niedergelassen hatte. Sie hatten ihn einfach nur liebenswürdig empfangen (die Leute in dieser Gegend waren sehr gastfreundlich) und ihn in Ruhe gelassen (die Leute in dieser Gegend waren auch sehr diskret).

Und nachdem die Deutschen aus Belgien abgezogen waren, hielten seine Kontakte in Brüssel es für eine gute Idee, Monsieur Depée als Reservisten zu behalten. Denn letztendlich – so dachten sie – wusste man nie, ob ein so hervorragender Spion – vorsichtig, höflich und gebildet – nicht noch einmal von Nutzen sein konnte. Und nun konnten sie sich freuen, denn der Kommunismus bedrohte die Stabilität in Europa, und auf diesem Weg konnten sie Depées Dienste jederzeit reaktivieren.

Philippe seinerseits unterhielt sich unterdessen damit, die Privatgespräche seiner Nachbarn zu belauschen. Denn es war äußerst vergnüglich, auf diese Art an privilegierte Informationen über seine Mitmenschen zu kommen. Und in der Sache mit dem verschwundenen Kater konnte dies sehr nützlich sein, sagte er sich, denn vielleicht wusste irgendein Nachbar etwas über das arme Tier, was er nach außen hin lieber für sich behielt.

Er hatte gerade das Funkgerät eingeschaltet und war dabei, die Frequenz einzustellen, als es an der Haustür läutete.

»Bist du da, Philippe?« Es war seine Nachbarin Agatha, die noch immer ihre Gummistiefel trug.

»Ich komme sofort. Ich bin gerade im Werkzeugschuppen.«

»Im Werkzeugschuppen? Um diese Uhrzeit?«

»Ich wollte noch einmal nachsehen, ob dein Kater sich vielleicht doch zwischen meinen Werkzeugen versteckt hat«, log er.

Seine Nachbarin wartete unter dem Vordach über dem Hauseingang auf ihn. Sie wand ein Küchentuch in ihren Händen und wirkte nervös.

»Möchtest du vielleicht meinen Hutspot probieren?«, fragte sie ihn. »Mit viel Speck und leckerem Gemüse.«

Philippe war hungrig. Und sehr einsam.

»Was für ein freundliches Angebot!«, sagte er.

Wenige Minuten später saßen die beiden gemeinsam am Esstisch und genossen das Abendessen bei Kerzenschein. Agatha war beunruhigt, denn sie fragte sich unaufhörlich, wo ihr geliebter Kater Fred stecken konnte.

»Außerdem bin ich auch wegen H. leicht besorgt«, erklärte sie. »Es scheint mir doch äußerst seltsam, dass er einfach so ohne irgendwelche Erklärungen mir gegenüber im Ausland Ferien macht. Ich fürchte …«, sie senkte die Stimme, »es könnte eine Frau im Spiel sein.«

»Und du sagst, dass er dir eine Postkarte von der Insel Ios geschickt hat?«

»Genau.«

»Dürfte ich sie mal sehen?«

Agatha stand auf und verschwand aus dem Zimmer. Ginger hingegen blieb auf dem Boden sitzen und fixierte Philippe, als wolle sie ihm jeden Moment auf den Schoß springen. Nach einer Weile kam Philippes Gastgeberin, eine Postkarte in der Hand schwenkend, zurück.

»Bitte, hier ist sie«, sagte sie und las vor: »›Liebe Mama, ich bin in Urlaub und komme bald wieder zurück. Gruß und Kuss, Pierre.‹«

»Pierre?«, wunderte sich Philippe.

»Ja. Pierre Pierlot. Das ist sein Deckname«, erklärte Agatha. »Er legt Wert darauf, dass ich ihn so nenne. Der Name seines Großvaters gefällt ihm nicht. Was meinst du?«

Der Nachbar untersuchte die Karte ganz genau. Fuhr mit der Spitze seines Zeigefingers über die Oberfläche, hielt sie ins Gegenlicht und roch daran.

»Da ist was faul«, versicherte er anschließend. »Der Poststempel ist von gestern.«

»Unmöglich«, protestierte Agatha. »Die Karte ist schon vor drei Tagen gekommen.«

Gleich darauf fasste sie sich erschreckt an den Kopf. Wurde bleich. Und begann zu zittern.

»Glaubst du, meinem Sohn ist etwas zugestoßen? Vielleicht hat er ja auch mit dem Verschwinden des Katers etwas zu tun.«

Philippe eilte der armen Frau sofort zu Hilfe. Er stand höflich auf, ging um den Tisch und barg seine Nachbarin in einer schützenden Umarmung.

»Vertrau mir«, sagte er. »Wenn es einen Menschen gibt, der dieses Rätsel lösen kann, dann bin ich das. Aber frag mich nicht, wie ich das mache«, fügte er geheimnisvoll hinzu. »Denn ich möchte dich nicht unnötiger Gefahr aussetzen.«

»Oh, Philippe«, sagte sie weinend und klammerte sich an seinen Arm. »Ich habe eine solche Angst …«

Kapitel 8

Um Punkt acht Uhr klingelte Pierre an der Tür der Villa Favorite. Eine Portugiesin in der Uniform eines Hausmädchens öffnete die Tür.

Hinter ihr tauchte, majestätisch die Treppe herunterschreitend, Gudula auf, beziehungsweise eine göttliche Version von ihr, die direkt aus dem Olymp zu kommen schien. Eine ihrer Schultern war unbedeckt, die andere mit einem goldfarbenen Seidencape verhüllt, das sich perfekt an ihre Brust und ihre Hüfte schmiegte.

»Wenn ich mich so in die Flagge der Vereinigten Staaten wickeln würde, sähe ich aus wie Lady Columbia«, sagte die Göttin, als fiele ihr nicht auf, in welchen Zustand ihre Erscheinung ihren Besucher versetzte, der in seinem ganzen Leben noch keiner derartigen Schönheit begegnet war.

»Ich habe keine Ahnung, wovon du sprichst«, stotterte er und ging, ohne es zu merken, zum Du über, was die Göttin nicht zu stören schien.

»Doch, klar. Die Frau, die immer vorher bei den von Columbia Pictures produzierten Filmen gezeigt wird«, erklärte die Göttin und ließ erneut ihr glockenhelles Lachen ertönen.

Zum Glück hatte Gudula ihr Haar zu einem griechischen Zopf geflochten, denn an diesem Abend ging ein leichter Wind, und wenn Pierre in dem Zustand der Verzückung, in dem er sich nach wie vor befand, auch noch ihre Haarsträhnen vor die Augen geweht worden wären, hätte er sicher einen Unfall gebaut.

Wenige Minuten später erreichten sie die Villa Leopolda. Am Eingang, der in der abendlichen Sonne erstrahlte, kümmerten sich mehrere Herren um die Autos. Sie parkten sie auf einem Vorplatz, wo die Chauffeure sich zum Kartenspiel zusammensetzten.

In dem palastartigen griechisch-römischen Innenhof mit seinen Mosaiken, Säulen und Skulpturen hatten sich bereits einige Gäste zusammengefunden und tranken Champagner. Die Unterhaltungen wurden in der offiziellen Sprache der Côte d'Azur geführt: Französisch, aber mit diversen Akzenten gespickt. Die Gastgeber waren Italiener so wie auch viele ihrer Gäste – neben zahlreichen weiteren Ausländern, wie unschwer an den fremdländischen Gesichtszügen zu erkennen war. Pierre erkannte einige von ihnen: die Begum Yvonne, deren Juwelen doppelt so viel wert waren wie das Gewicht ihres Mannes in Gold aufgewogen; Aristoteles Onassis und seine Gattin Athina Livanos, deren Glamour mit dem ihrer Schwester Eugenia und deren Ehemann Stavros Niarchos wetteiferte; den Schah von Persien in Begleitung seiner Ehefrau, der schönen Soraya; den Herzog und die Herzogin von Windsor natürlich und das derzeit angesagteste Paar: Fürst Rainier und seine wunderschöne Gattin Gracia Patricia, umgeben von einem Pulk aus Hollywood-Stars und monegassischen Untertanen.

War die Fürstin bereits schwanger?, fragten sich die Zeitschriften der halben Welt. Doch sie gab sich mysteriös, lächelte liebenswürdig und machte keine Anstalten, das Gerücht zu entkräften, während sie schützend ihre Handtasche vor ihren Bauch hielt.

Gudula grüßte nach rechts und links, war so liebreizend, wie nur sie sein konnte, und stellte Monsieur Pierlot ihren Freunden vor, den belgischen Finanzier, der im Hotel Negresco logierte, »während er nach einer hübschen Villa sucht, um von nun an jeden Sommer an der Côte d'Azur zu verbringen, nicht wahr, mein lieber Pierre?«

Nachdem alle wichtigen Daten ausgetauscht waren – die Pierre als guter Spion sofort in seinem Gedächtnis speicherte, um sie später in einem seiner ausführlichen Berichte zu erwähnen –, zog Gudula ihn in den Garten zum Buchsbaumlabyrinth.

»Komm bloß nicht auf falsche Gedanken, Landsmann«, rief sie ihn grausam zur Ordnung, als sie sich sein gutgläubiges Gesicht in der Dunkelheit vorstellte. »Ich habe dich nicht hierhergebracht, damit du mich küsst.«

»Schade«, entgegnete er gespielt beleidigt.

»Darf ich dich daran erinnern, dass ich eine verheiratete Frau bin«, fügte sie hinzu. »Der Grund ist, dass ich hier mit jemandem verabredet bin, den ich nicht warten lassen möchte.«

Als sie sich dem grünen Irrgarten näherten, kam ihnen ein attraktiver, sonnengebräunter Mann entgegen, dessen Smoking garantiert eine Maßanfertigung war. Er musste um die fünfzig sein, hatte jedoch kein einziges graues Haar. Am Aufschlag seines Smokings hatte er eine weiße Nelke befestigt. Sein Haar war auf die gleiche Art frisiert wie das von Pierre, allerdings akkurater geschnitten, und natürlich waren seine Fingernägel perfekt manikürt (wie er feststellte, als er ihm die Hand gab. Diese glatte Haut! Diese makellosen Fingernägel! Dieser männliche Duft nach Leder und Orangen!).

»Porfirio Rubirosa«, stellte sich der Mann mit einem offenen Lächeln und dem spanischen Akzent vor, von dem Pierre und Gudula unter dem Sternenhimmel in der vergangenen Nacht mit einem Wodka Orange in der Hand gesprochen hatten.

»Welches Eau de Cologne benutzen Sie?«, hörte Pierre sich fragen, wobei seine Stimme nicht so wie sonst klang, sondern wie die irgendeines vorbeilaufenden Tölpels, der seine Neugier nicht bezähmen konnte.

»Rubi benutzt kein Eau de Cologne«, entgegnete Gudula. »Sondern eine von ihm selbst auf der Basis von Honig hergestellte Creme.«

Sie nahm ein Zigarettenpäckchen aus ihrer Tasche. Der galante Herr erahnte die Absicht der Dame sofort und brachte, ohne auch nur eine Sekunde zu verlieren, wie durch Zauberei ein goldenes

Feuerzeug zum Vorschein, mit dessen Flamme er dem Gesicht der griechischen Göttin gefährlich nahe kam.

»Außerdem ist er der schnellste Cowboy im Wilden Westen«, scherzte diese.

Der in der Dominikanischen Republik geborene Herr konnte einen Lebenslauf wie aus einem Roman vorweisen: Er genoss das uneingeschränkte Vertrauen von Diktator Trujillo, der ihn mit seiner Tochter Flor de Oro verheiratet und als Botschafter nach Berlin und Paris geschickt hatte. Nach der Scheidung wuchs die Liste seiner aufeinanderfolgenden Geliebten im gleichen beachtlichen Maße an wie deren Vermögen und die edle Abstammung, sodass seine letzten Eroberungen beinahe als Staatsgeheimnis zu betrachten waren. Er spielte Polo, steuerte Flugzeuge, fuhr ein Ferrari-Cabriolet und hatte am 24-Stunden-Rennen von Le Mans teilgenommen. Er hatte in der Karibik nach Schätzen gesucht, die reichsten Frauen des Planeten geheiratet und für mehrere Skandale gesorgt, und es hieß, dass sein Leben verfilmt werden sollte.

Als sie dem Mann nachsahen, der sich auf einen Gehstock mit einem Griff aus Elfenbein stützte, vertraute Gudula Pierre an, was geschehen war, als Rubirosa einmal von seiner Frau zum Zigarettenholen geschickt worden war: »Erst nach drei Tagen kehrte er zurück. Wie es schien, hatte er unterwegs eine ehemalige Geliebte getroffen, die ihn davon überzeugte, gemeinsam etwas trinken zu gehen. Und dann führte eines zum anderen.«

»Warum hinkt er?«

»Er wurde bei einem Attentat auf seine zweite Frau, die französische Schauspielerin Danielle Darrieux, in Paris angeschossen. Das verursacht ihm vor allem bei feuchtem Klima manchmal noch Schmerzen. Er besitzt eine beeindruckende Sammlung an Gehstöcken«, erklärte Gudula seufzend. »Ach, dieser kleine Makel macht ihn nur noch attraktiver, findest du nicht?«

Gemeinsam kehrten sie zur Aussichtsterrasse zurück, wo bereits das Abendessen serviert wurde. Sie schwiegen, weil Pierre nicht nach reden war. Und Appetit hatte er eigentlich auch nicht.

Gudula hingegen war in ihrem Element. Sie ging mit ihrer entblößten Schulter von einem Grüppchen zum nächsten, und überall war ihre Stimme zu hören. Sie warf den Kopf zurück, berührte leicht den Arm ihres Gesprächspartners und verursachte ein kleines Erdbeben an Begierde und Eifersucht. Die Frauen hassten sie. Die Männer beteten sie an. Sie kümmerte sich nicht darum und ließ ihr glockenhelles Lachen erklingen.

Nach dem Essen sang ein Sopran (Pierre kamen fast die Tränen), und dann begann das Fest, auf dem ein Orchester von Weltruhm für die Musik sorgte. Um Punkt Mitternacht gab es ein Feuerwerk, und es war, als ob der Sternenhimmel über Villefranche-sur-Mer zu ihnen herunterkäme.

Pierre jedoch war derart mutlos, dass er sich in eine abgelegene Ecke zurückzog, um das Knäuel an Gefühlen zu entwirren, in das er sich verheddert hatte. Nach einer Weile wurde eine aristokratisch wirkende Frau auf den jungen Mann aufmerksam, der, im Lorbeer verborgen, Trübsal blies.

»Tanzen Sie nicht?«, fragte sie ihn leise.

Die Dame hatte Ähnlichkeit mit seiner Mutter (auf eine gewisse Weise, denn während seine Mutter bequeme Kleidung und Gummistiefel anzog, war diese Frau in ein Seidenkleid gewandet und trug das beeindruckendste Smaragdcollier des Abends). Aber das Glänzen in ihren Augen – das echt war und nicht zur Verkleidung gehörte – erinnerte ihn an Agatha. Erstaunlich! Vielleicht war das der Grund dafür, dass er tief Luft holte und ihr anvertraute, dass er eine unglaubliche Frau kennengelernt hatte. Die ihn behandelte wie einen alten Freund, obwohl ihre Freundschaft erst kurz währte und – zumindest, was ihn anging – alles andere als brüderlich war. Die Gefühle in ihm geweckt hatte, die er nie zuvor empfunden hatte, und die ihn dazu brachte, einen Mann zu hassen, der ihm gerade erst vorgestellt worden war, nur weil dessen Feuerzeug schneller war als das seine. Obwohl er es erst am Tag zuvor bei Cartier gekauft hatte, was ihn ein Heidengeld gekostet hatte.

»Anstatt sich hier zu verstecken, sollten Sie diese Frau lieber zum Tanz auffordern. Wer ist sie? Vielleicht kenne ich sie.«

»Sie heißt Gudula, aber sie ist verhei...«

»Oh, das tut mir leid!«, unterbrach ihn die Dame. »Ich weiß genau, von wem Sie sprechen, und muss Ihnen leider sagen, dass Sie sich keine Hoffnungen machen sollten. Denn obwohl sie erst vor zwei Monaten Prinz Bertrand Lacouture von Hohenzollern-Sigmaringen und von Orléans geheiratet hat, trifft sie sich heimlich immer noch mit diesem dämonischen Dominikaner.«

»Rubirosa.«

»Genau dem. Es ist ein echter Skandal. Und hier an der Côte d'Azur in aller Munde. Sie ziehen von Fest zu Fest (er wird von den Damen eingeladen und sie von den Herren), und um Mitternacht verschwinden beide gleichzeitig und tauchen erst nach einer ganzen Weile wieder auf. Böse Zungen behaupten, dass sie die Vorstellung erregt, beim Liebesspiel in irgendeinem Versteck überrascht werden zu können.«

Pierre rief sich die Nacht ins Gedächtnis, in der Gudula über die Mauer der Villa Ephrussi de Rothschild geklettert und direkt neben seinem Auto gelandet war. Sie habe ihren Ring verloren, hatte sie ihm anvertraut, an einem Ort, von dem niemand wissen durfte, dass sie dort gewesen war. Nun konnte er sich die Szene bildlich vorstellen: Porfirio Rubirosa mit seinem Duft nach Leder und Orangen und seiner weichen, seidigen Haut, die süß wie Honig war. Und Gudula, die ihm ins Netz ging, obwohl sie jung verheiratet war und ...

»Haben sie wirklich erst vor zwei Monaten geheiratet?«, wunderte sich Pierre. Der arme Prinz von Hohenzollern-Sigmaringen und von Orléans, dachte er. Der bedauernswerte Mann hatte wahrscheinlich nicht mal die Zeit gehabt, sich Hörner wachsen zu lassen, so schnell wie ihn seine Frau betrog. Auf einmal spürte er eine rasende Wut auf diese Frau, die es offenbar genoss, gefühlvolle Herzen wie das seine zu brechen. Oje, wenn seine Mutter wüsste, in was für einen Schlamassel er geraten war! Denn natürlich musste er inzwischen unentwegt an Gudula denken. Wie sie in Rubirosas Armen lag. Wie sie mit Prinz Bertrand das Bett teilte. An Gudula im Licht der Sterne, die so hell neben ihm erstrahlte, als wäre sie selbst einer. Eine jener Sternschnuppen, die eine Lichtspur am Himmel zeichneten und danach verlöschten, vom Himmel verschwanden oder ins Meer fielen.

An diesem Punkt angekommen, war der Kloß in Pierres Kehle so dick geworden, dass er ihm die Luft abschnürte und ihn zu ersticken drohte. Er fürchtete, vor der freundlichen Dame, die ihn – wenn auch nur entfernt – ein wenig an seine Mutter erinnerte, in Tränen auszubrechen. Daher beschloss er, die Villa Leopolda zu verlassen, wo der belgische König sich weder hatte sehen lassen noch erwartet wurde, ganz zu schweigen von seiner Stiefmutter, der Prinzessin von Réthy, die schließlich der Hauptgrund – na ja, der einzige Grund – für seine Anwesenheit an der Côte d'Azur darstellten. So war der Wind sein einziger Begleiter, als er sich auf den Weg machte, und die Suite im Hotel Negresco sein einsames Ziel.

In jener Nacht schrieb Pierre im Dunkeln seinen vierten Bericht. Dabei konnte er nicht vermeiden, dass zwischen den Zeilen seine unaussprechlichen Gefühle für die Schwalbe deutlich wurden. (Ja, Pierre Pierlot hatte seinen romantischen Moment, nachdem er zu viel Champagner getrunken hatte.) Er schrieb von Grausamkeit, von Dreistigkeit und führte neue Charaktere in die Handlung ein: den Hirsch und die Viper. Schließlich beendete er seinen Bericht mit dem üblichen Satz: *Nichts Neues im Nest.*

Robert de Foy befolgte seinen Befehl, steckte das Telex in einen Umschlag und übergab es einem Motorradboten, der um sieben Uhr morgens in Brüssel losfuhr und in einer Rekordzeit von dreieinhalb Stunden die Seen von Eau d'Heure erreichte.

Als er auf seinem Weg in Châtelet vorbeikam, wurde er dort von einer Gruppe Rentner, die mitten auf der Straße standen, angehalten.

»Sie haben unterwegs nicht zufällig eine schwarze Katze gesehen, junger Mann?«, fragten sie ihn.

Kapitel 9

Der Tag hatte friedlich begonnen. Mit einem leichten Nebel, der über den See strich, der orangefarbenen Sonne, die in der Ferne erwachte, und dem Gesang der Amseln, die in einem Busch im Garten ihr Nest gebaut hatten, direkt neben dem Fenster, aus dem sich Anna Van Acker jeden Morgen lehnte, um ihrem Mann das Wetter zu verkünden. Achille pflegte, auf ein großes Daunenkissen gestützt, im Bett zu frühstücken, einen Milchkaffee, einen Orangensaft und ein gekochtes Ei, was Anna umsichtig auf einem Tablett anrichtete und ihm ins Schlafzimmer brachte. Hin und wieder, besonders an Tagen wie diesem, wenn es nach nasser Erde roch, setzte sie sich zu ihm, während er aß, und trällerte ein Tiroler Lied. Denn sie hatte eine schöne Stimme und wusste, dass dies eine der Eigenschaften war, die ihr Mann am meisten an ihr schätzte. Die anderen Vorzüge, dank derer sie ihn in ihrer Jugend erobert und ihn dazu veranlasst hatte, vor ihr niederzuknien (er, der in seinem ganzen Leben noch nie vor irgendjemandem auf die Knie gegangen war) und sie zu bitten, ihn zu heiraten, waren: ihre köstliche Hasenpastete, die Grazie, mit der sie Swing tanzte, die Art, wie sie beim Gehen die Hüften schwang, und ihre Schönheit, wenn sie Zöpfe trug.

Obwohl an diesem Morgen nur ein leichter Wind ging, hatten sie vor, in ihrem kleinen Segelboot über den See zu fahren, und Anna war früh aufgestanden, um etwas frisch gebackenes Brot mit Schinken zu belegen, das sie zusammen mit einer Flasche Weißwein, ein wenig Obst, Käse und Butterkeksen in einen Korb gepackt hatte.

Durchs Fenster konnten sie das kleine Boot sehen, das mit seinem sorgsam eingezogenen bordeauxroten Segel und dem frisch gebeizten Holzbug fröhlich im Wasser schaukelte und sie wie ein geduldiges Haustier am Steg erwartete.

Achille verließ das Bett und schloss sich im Badezimmer ein. Unterdessen räumte Anna das Schlafzimmer auf. Dabei stellte sie zuerst das Tablett auf den Nachttisch, um anschließend das Laken glatt zu ziehen, die Kissen aufzuschütteln und die Decke zu falten. Zuletzt warf sie die schmutzige Wäsche auf einen Haufen, bückte sich, um sie aufzuheben, und dann sah sie es: Aus der rechten Tasche von Achilles Hose schaute ein weißer Umschlag hervor, der weder einen Absender noch eine Adresse trug, keinen Poststempel und gar nichts und der nun wie ein Herbstblatt im Wind zu Boden flatterte.

Sie runzelte die Stirn. Setzte sich auf den Sessel neben dem Nachttisch, faltete den Brief auseinander, den sie in dem Umschlag fand, und begann zu lesen:

Die Schönheit der Schwalbe ist unbeschreiblich. Manchmal wirkt sie eher wie ein wilder Panther, und in ihren Augen scheint ein Feuer zu lodern. Aber es sind grüne Flammen, die niemals verlöschen und einem bösen Zauber unterliegen, der die menschlichen Schwächen kennt. Darin ruht ihre Macht. Und wenn sie ihren Blick erst auf ihr Opfer gerichtet hat, ist der Unglückliche für immer gefangen und sehnt sich mit verzweifeltem Hunger nach ihrer Aufmerksamkeit, der Berührung ihrer zarten Haut und dem salzigen Geschmack ihres Haars. In genau diesem Zustand befinde ich mich gerade. Nichts Neues aus dem Nest.

Anna blinzelte ein paarmal, wie sie es immer tat, wenn etwas Unvorhergesehenes sie aus dem Gleichgewicht brachte. Dann las sie das Ganze noch einmal. Dabei hielt sie nach jedem Wort, nach jedem Satz inne. Und sie kam zu dem Schluss, dass dieser Brief das Geständnis der verbotenen Liebe zu dieser Schwalbe enthielt.

Es fällt nicht schwer, sich vorzustellen, wie bestürzt sie war: Achille, der unter der Dusche sang, das Segelboot, das am Steg im Wasser schaukelte, der gepackte Picknickkorb in der Küche, und sie fand durch einen Zufall heraus, dass ihr Mann eine tiefe heimliche Liebe zu einer anderen Frau empfand.

Das Blatt Papier begann in ihren Händen zu zittern; eine Träne verwischte die Tinte. Anna steckte den Brief wieder in den weißen Umschlag und versteckte ihn unter dem Kissen. Wütend rieb sie sich die Augen und verließ dann, die Tür hinter sich zuknallend, das Schlafzimmer.

Im selben Moment trat Achille mit einem Handtuch um die Hüften aus dem Badezimmer.

»*Lieverd?*«, fragte er verwundert.

Aber niemand antwortete ihm.

Mit siebenundfünfzig Jahren wird eine Frau so gut wie unsichtbar, dachte Anna, während sie durch den Wald lief, der ihr Haus umgab. Dann kann sie ungefährdet in der Dunkelheit spazieren gehen. Dann braucht sie auch nicht mehr sonderlich auf ihre Garderobe zu achten oder die Zeit im Schönheitssalon zu verschwenden. Denn wohin sie auch geht, wird es immer jüngere Frauen geben, die die Blicke der Männer auf sich ziehen. Und dabei ist es völlig egal, ob sie verheiratet, abgrundtief hässlich oder bereits hundert Jahre alt ist; ausnahmslos alle Männer erliegen dem Zauber einer jungen Frau, nur weil sie eben genau das ist: jung. Und kein Mann stellt dabei seine eigenen Verführungskünste infrage. Im Gegenteil. Sie halten sich alle für unwiderstehlich. Vor allem, wenn sie beruflich erfolgreich und vermögend sind und die Welt gesehen haben. Drei Eigenschaften, die perfekt zu Achilles Profil passten. Aber sah er denn nicht, was für eine Figur er hatte, wenn er sich auszog? Sein schütteres Haar? Hörte er nachts nicht sein dröhnendes Schnarchen? Fiel ihm nicht auf, dass sein Atem nach dem Aufwachen alles andere als angenehm roch?

Genau diese eitlen älteren Herren, die über eine gewisse Macht verfügten und geschäftstüchtig oder gute Politiker waren, waren in Fragen der Liebe völlig naiv. Sobald irgendeine Zwanzigjährige mit glattem Gesicht und festem Hintern ihnen mit verträumtem Blick bedingungslose Liebe schwor, gingen sie mit dem Vertrauen einer Klosterschülerin in die Falle, davon überzeugt, dass sie sich ihren jugendlichen Charme bewahrt hatten. Hatte nicht schon Henry Kissinger gesagt, dass Macht das stärkste Aphrodisiakum sei? Aber warte mal ab, Achille Van Acker, wenn der Tag kommt, an dem du nicht mehr Premierminister bist! Wer wird sich dann um dich kümmern?

Achille in kurzer Hose und Segelschuhen fragte sich unterdessen, wo seine Frau steckte. Auf der Anrichte in der Küche stand der gepackte Picknickkorb, und der Sonnenschirm, den Anna benutzte, um ihre Haut vor den intensiven Strahlen der Sonne zu schützen, lag bereit. Natürlich ahnte Achille nicht, dass an diesem wolkenlosen Tag in Annas Kopf ein Gewitter tobte: dicke schwarze Wolken, wirbelsturmartige Böen, Blitz und Donner und faustdicke Hagelkörner.

Er durchsuchte das Haus von oben bis unten, vom Speicher bis zur Hütte im Garten. Er rief sie mit zärtlichen Worten – »Zuckerstückchen«, »Honiglöffelchen« –, und als er sie nirgendwo fand, zuckte er mit den Schultern, setzte sich in den Schatten einer Birke und gönnte sich in aller Seelenruhe eine Pfeife.

Vor seinen Augen erstreckte sich der See wie ein endloses Silbertablett. Brüssel und die Sorgen um den Staat waren so weit weg!

Endlich hatte er die Gelegenheit, einige Zeit mit seiner angebeteten Anna zu verbringen; ihr die Größe seiner Liebe zu zeigen.

Sie waren bereits seit mehr als dreißig Jahren verheiratet, und ihre Kinder hatten längst das Nest verlassen. Er hoffte, die Jahre, die ihm noch blieben, in einer Art ewigen Hochzeitsreise an Annas Seite verbringen zu können, um sie zu hegen, überschwänglich zu lieben und mit hübschen Kleinigkeiten und Aufmerksamkeiten zu verwöhnen.

Achille stellte fest, dass um die Birke herum wilde Blumen wuchsen. Mühsam – denn ihm taten dabei alle Knochen weh – bückte er sich und pflückte einen Strauß aus Margeriten und Mohnblumen. Als er fertig war, band er die Stiele mit einer Binse, die am Wasser wuchs, zusammen. Das Ergebnis war entzückend. Diesen Strauß würde er Anna mit seinem schönsten Lächeln überreichen, und Hand in Hand würden sie gemeinsam über den See fahren.

In einer Entfernung von etwa zwanzig Kilometern, erreichbar nur über unbefestigte Straßen, befand sich der wunderschöne Ort Châtelet mit seinen Höfen und kleinen Häusern. Die meisten Einwohner der ruhigen Kleinstadt waren nicht mehr jung, und wenn man dort spazieren ging, konnte man sich das friedliche Leben der Menschen gut vorstellen: das gemeinsame Boulespiel, die Sommerabende am Brunnen … Aber was einem garantiert nicht in den Sinn kam, war, dass es sich bei einem der unschuldigen älteren Herrschaften in Wahrheit um einen der wagemutigsten Kriegshelden der Résistance handelte.

Philippe hatte sich mehr als zehn Jahre über ruhig verhalten. Gut getarnt hatte er auf den Moment gewartet, in dem sein Eingreifen nötig war. Mit perfekt instand gehaltener, sauberer und gut geölter Ausrüstung, als handelte es sich um ein schussbereites Gewehr. Doch obwohl sie sich im Kalten Krieg befanden, erinnerte sich niemand an ihn. Und allmählich war er das beschauliche Leben zwischen Tomaten und Kürbissen leid, das er zur Tarnung gewählt hatte und das immer mehr zu seiner einzigen Realität wurde. Er sehnte sich nach den bewegten Zeiten, als sein Leben voller Gefahren war. Als er gegen die Nazis gekämpft hatte, indem er jene chiffrierten Nachrichten entwarf, die so schwer zu entschlüsseln waren, dass dies nur den hochbegabten Mathematikern der Résistance gelang, die dabei in ihren Verstecken Blut und Wasser schwitzten.

Und nun war der Moment gekommen, um die Staatsmaschinerie zu nutzen, um Gutes zu tun, sagte er sich, nachdem er den Hutspot seiner Nachbarin verdaut hatte, der guten Witwe von gegenüber, die so sehr unter dem Verschwinden ihres Katers litt. Denn wenn er von seiner Funkstation aus eine Nachricht sandte, würde die sich blitzschnell in der ganzen Provinz verbreiten, weil die vielen Zuhörer so gut vernetzt waren, dass der Flügelschlag eines Schmetterlings genügte, um in weniger als einem Augenblick die Grenzen der Wallonie zu erreichen.

Philippe nahm auf dem Drehstuhl vor seiner Funkstation Platz, setzte sich den Kopfhörer auf, stellte die Frequenz ein und schickte seine Botschaft über den Äther: *SOS. Fred verschwunden. Pierre Pierlot dringend gesucht.*

Kapitel 10

Es war kurz nach zehn am Morgen, als Pierre endlich den Mut aufbrachte, aufzustehen. Da er keinen Hunger hatte, frühstückte er Sprudelwasser und Cracker auf der Terrasse der Suite Marie-Antoinette, während er mit melancholischem Blick zusah, wie die Badegäste an den Strand gingen. Diesmal machte er sich nicht einmal die Mühe, das Fernglas auszupacken, um Bikinis zu zählen. Er zündete sich eine Zigarette an, lockerte den Gürtel seines Morgenmantels und rauchte lustlos den geschmacklosesten Tabak seines Lebens.

Schuld an diesem katatonischen Zustand war keine andere als Gudula, die flatterhafte Schwalbe, die sich in seinem Kopf eingenistet hatte.

Wer hätte gedacht, dass Pierre Pierlot, der Held der Résistance, nicht in der Lage wäre, ihrem Charme zu widerstehen?

Dabei war die Liebe, die er dieser zügellosen Prinzessin gegenüber empfand, nicht nur unpassend, sondern auch ehebrecherisch und schamlos und damit genau das, wovor seine Mutter ihn immer gewarnt hatte. Ach, wenn die Arme wüsste, in was für einem Schlamassel er steckte! Aber nun gab es kein Zurück mehr.

Er hatte in der ganzen Nacht kein Auge zugetan und unentwegt an Gudula gedacht, an ihr Haar und ihren Mund, ihre grünen Augen, ihre katzenhaften Bewegungen …

In diesem Moment riss ein lautes Klopfen, gefolgt von ein paar Fußtritten, ihn aus seinen Gedanken. Jemand malträtierte die Tür zu seiner Suite.

»Mach auf! Ich weiß, dass du da bist!«, zeterte eine wütende Frau auf dem Gang.

Jegliche Vorsicht außer Acht lassend, schoss Pierre hoch und riss die Tür auf, ohne zu fragen, wer da was von ihm wollte. Der daraufhin folgenden Ohrfeige konnte er nicht ausweichen. Gudulas Hand zeichnete sich wie der Abdruck einer Pfanne auf seiner linken Wange ab und sorgte für ein unerträgliches Brennen in seinem Gesicht und Sternchen vor seinen erschrocken zusammengekniffenen Augen.

Sie stieß ihn zurück und marschierte mit großen Schritten in seine Suite ein, als beträte sie ihr eigenes Haus in der Erwartung, ihren Ehemann vorzufinden, der sie mit einer anderen Frau betrog.

»Mit wem hast du die Nacht verbracht?«, schnauzte sie ihn wütend an, den Blick auf das ungemachte Bett gerichtet.

Pierre, der sich instinktiv die Hand an die Wange gelegt hatte, betrachtete sie verblüfft von der Tür aus.

»Ich habe allein geschlafen«, stotterte er.

»Noch schlimmer!«, entgegnete Gudula. »Wenn du wenigstens das Glück gehabt hättest, eine von diesen furchtbaren Millionärinnen auf der Party zu erobern, hättest du immerhin eine gute Entschuldigung, warum du mich in der Villa Leopolda allein zurückgelassen hast!«

Also das war es. Die Schwalbe beschwerte sich mit lautem Gezeter, weil sie sich allein gelassen fühlte. Aber was hatte sie denn erwartet? Dass er, wenn sie von ihrem Stelldichein mit Porfirio Rubirosa zurückkam, geduldig auf sie wartete wie ein treuer Diener oder ein Chauffeur mit Schirmmütze? Um ihm dann, wenn er sie brav im Morgengrauen vor ihrer Villa Favorite absetzte, herablassend ein Trinkgeld zuzustecken?

»Hör mal, Prinzessin«, sagte er und war kurz davor, etwas wie »Ich bin weder dein Lakai noch dein Sklave« hinzuzufügen. Aber sie war stinkwütend und hielt ihm eine Standpauke, die sich gewaschen hatte, wobei sie redete wie ein Wasserfall, nein, wie die

Niagarafälle und die Iguazú-Wasserfälle zusammen. Eine Salve an Vorwürfen, die sie abschoss wie mit einem Maschinengewehr.

»Ich habe dich überall gesucht, was unglaublich peinlich war. Am Ende waren nur noch Giannalisa Gianzana Barzini und ich übrig. Und sie hatte keine andere Wahl, als mir anzubieten, mich mitzunehmen. Die Agnellis wollten schlafen gehen. Du kannst dir nicht vorstellen, wie die mich zugequatscht hat! Sie hat den ganzen Weg über von ihrem kommunistischen Sohn geredet, Giangiacomo Feltrinelli. Dass er einen Verlag gegründet hat. Dass sein Leben in Gefahr ist. Dass er in was weiß ich welche düsteren Angelegenheiten mit den Russen verwickelt ist …«

All das ließ Gudula einfach so auf Pierre los, als würde sie ihn mit Steinen bewerfen, und der versuchte das Ganze zu verarbeiten.

Ein Kommunist, der an der Côte d'Azur einfach so frei herumlief, konnte natürlich eine Gefahr für König Baudouin darstellen. Vielleicht sollte er diesen Namen, Feltrinelli, auf die Liste möglicher Bedrohungen setzen. Schließlich reduzierte sich seine Mission nicht nur auf die mögliche Liebesaffäre, die Van Acker so sehr besorgte, sondern bestand auch darin, das Staatsoberhaupt zu schützen.

Während Pierre schweigend nachdachte und sich im Geiste alle verdächtigen Namen und Aktivitäten notierte, nahm Gudulas Wortschwall, den sie mit großen Gesten begleitete, gar kein Ende.

»Du wirkst gar nicht wie eine Belgierin. Eher wie eine Italienerin«, stellte er schließlich fest.

Gudula holte Luft und stieß sie mit einem Mal wieder aus.

»Gut«, sagte sie dann. »Jetzt zieh dich endlich an, sonst kommen wir zu spät.«

»Zu spät?«

»Du wirst mich heute ja wohl nicht schon wieder im Stich lassen!«, entgegnete sie. »Ich habe dir doch schon gesagt, dass ich diese Leute nicht leiden kann.«

»Aber von welchen Leuten sprichst du? Wozu kommen wir zu spät?«

»Letzte Nacht habe ich mich gezwungen gesehen, Giannalisa zum Mittagessen einzuladen. Um mich für ihre Freundlichkeit erkenntlich zu zeigen, *bien sûr.* Sie erwartet uns um Punkt zwölf im Café de Paris. Mach dich schick.«

Nachdem Gudula dies gesagt hatte, trat sie, von intensivem Parfümduft begleitet, auf die Terrasse hinaus.

Das Café de Paris war ein Restaurant im Stil der Belle Époque, wo die Unglücklichen, die im Casino von Monaco ihr Vermögen verspielt hatten, mit leeren Taschen ihren Kummer ertränkten. Es befand sich am Fuß der Treppe zum Casino auf der linken Seite und verfügte über eine weite, sonnige, dicht bevölkerte Terrasse und, wie es aussah, im Inneren über einen großen Salon, den niemand betrat, da es – wenn man sich auf einem der Korbstühle niederließ, um einen Bellini zu trinken – darum ging, die Aussicht auf das Defilee vor dem Casino zu genießen: Luxuskarossen, mit Juwelen behängte und in Pelze gehüllte Millionärinnen, Playboys von Weltruhm und Filmstars, denen ein Trupp an Fotografen und Fans folgte.

Gudula in ihrer Caprihose und ihrer Matrosenbluse, mit dem weißen Strohhut, dem blau gepunkteten Halstuch und der riesigen Sonnenbrille sah aus, als wäre sie gerade einer der Luxusjachten entstiegen, die im Hafen von Monaco lagen. Alle richteten den Blick bewundernd auf ihre schmale Taille. Und Pierre, der an ihrer Seite ging, fühlte sich wie der glücklichste Mann auf dem Planeten.

Von einem recht weit hinten stehenden Tisch aus winkte ihnen jemand zu. Giannalisa Gianzana, um die fünfzig Jahre alt, hatte sich die Vitalität einer Zwanzigjährigen bewahrt. Sie trug ein tief ausgeschnittenes Kleid und eine Perlenkette um den Hals. Neben ihr saß ein groß gewachsener, langhalsiger weiblicher Teenager, der unter dem Tisch mit den dünnen Beinen wippte.

»Sie hat ihre Tochter mitgebracht«, murmelte Gudula verärgert.

Benedetta Barzini würde später ein berühmtes internationales Model werden. Die Modemagazine würden sich darum reißen, sie auf dem Cover zu präsentieren, und die Gurus des Luxus sie zu ihrer Muse erklären. Doch an jenem Julimorgen des Jahres 1956 war sie noch nicht aus dem Kokon geschlüpft. Sie war noch ein schüchterner Teenager, der sich hinter dem Rock seiner Mutter versteckte. Ihr Vater, Luigi Barzini, leitete den *Corriere della Sera*, die von seiner Familie gegründete Zeitung, und war wegen des Verrats von Militärgeheimnissen im Gefängnis gewesen.

All das erfuhr Pierre von Giannalisa, während sie darauf warteten, dass der Aperitif serviert wurde. Und wenig später erzählte sie in Champagnerlaune von ihrem missratenen Sohn Giangiacomo, Frucht ihrer ersten Ehe mit dem Finanzier Carlo Feltrinelli.

»Da ist er«, sagte sie und wies auf einen Tisch am anderen Ende der Terrasse, an dem zwei Männer saßen und verschwörerisch die Köpfe zusammensteckten. »Er hat mir versprochen, gleich zu uns zu kommen und einen Kaffee mit uns zu trinken. Möchtest du ein Eis, Benedetta?«, schlug Giannalisa ihrer Tochter vor. »Dann steh auf und bestell es beim Kellner, ja?«

Sobald das Mädchen den Tisch verlassen hatte, machte Giannalisa ihnen ein Zeichen, näher zu rücken. Sie sprach im Flüsterton.

»Ich weiß nicht, was mein Giangiacomo im Schilde führt«, gestand sie ihnen. »Dieser fragwürdige Mensch, mit dem er zu Mittag ist, heißt Sergio d'Angelo. Er ist hier in Italien Korrespondent von Radio Moskau.« Sie fächelte sich mit der Hand Luft zu. »Das ist gar nicht gut«, fügte sie an.

Genau in dem Moment standen die beiden Männer auf und verabschiedeten sich mit einem Händedruck. Sergio d'Angelo verließ das Lokal, während Giangiacomo Feltrinelli sich das Jackett zuknöpfte und auf den Tisch seiner Mutter zuging, an dem auch ihre Gäste saßen.

»Gudula, *amore*«, sagte er auf Italienisch, »du wirst jeden Tag hübscher. Die Ehe bekommt dir ausgesprochen gut.«

»Du solltest es selbst ausprobieren«, entgegnete Gudula auf Französisch, dann wies sie auf Pierre und fügte hinzu: »Kennst du schon Monsieur Pierlot? Er ist ein alter Freund von mir aus Brüssel.«

Nachdem die Vorstellungsrunde vorbei war, nahm Giangiacomo Platz. Gudula nahm den letzten Schluck aus ihrem Champagnerglas und wandte sich unbekümmert dem Italiener zu:

»Erzählst du uns, welche Geheimnisse du mit dem Korrespondenten von Radio Moskau besprochen hast?«

Feltrinelli lehnte sich in seinem Stuhl zurück, entzündete eine Havanna und nahm einen langen Zug.

»Es ist eher ein literarisches Geheimnis«, sagte er verschwörerisch, »das, genauer gesagt, das Bild des alten Russland vollkommen verändern könnte. Habt ihr schon mal von Boris Pasternak gehört?«

»Dem Dichter?«, antwortete Gudula, und Pierre dachte, dass die Schwalbe immer für eine Überraschung gut war. Er seinerseits hatte keine Ahnung, wer dieser Pasternak war (und er kannte auch keinen anderen zeitgenössischen russischen Dichter). Ehrlich gesagt, war er auf dem Feld der Poesie nicht sonderlich bewandert.

»Er hat ein Meisterwerk geschrieben«, versicherte Feltrinelli. »Und ich möchte ihn davon überzeugen, mir zu erlauben, es in Italien zu veröffentlichen.«

»Das kann ich dir nicht empfehlen«, sagte Giannalisa. »Ich glaube nicht, dass die Italiener sich sonderlich für russische Gedichte interessieren.«

»Es geht nicht um Gedichte, sondern um einen Roman. Und er wird erfolgreich sein. Das versichere ich euch. Aber das Problem ist, dass Pasternak in einer Datscha in Peredelkino lebt, in der Siedlung, die dort für stalintreue Schriftsteller gebaut wurde.

Er wird von den Behörden streng überwacht. Daher wird es nicht leicht sein, ohne Erlaubnis der Kommunisten an das Manuskript zu kommen.«

»Aber du bist doch auch ein Kommunist, oder?«, fragte Gudula mit leicht vorwurfsvoller Stimme.

»Nicht wie diese Leute«, entgegnete Feltrinelli. »Ich verteidige die Freiheit der Meinungsäußerung. Vor allem die künstlerische Freiheit.«

»Und darf man fragen, wie dieser verbotene Roman heißt?«, brachte sich Pierre in das Gespräch ein.

Feltrinelli senkte die Stimme. Alle vier steckten die Köpfe zusammen.

»*Doktor Schiwago*«, raunte er ihnen zu.

Etwa eine halbe Stunde von Monaco entfernt, sozusagen genau auf der Hälfte des Weges zwischen dem Café de Paris und dem Hotel Negresco, befand sich ein versteckter Sandstrand – mit hübschen Muscheln und ein paar glatten Kieselsteinen –, von dessen Existenz nur die privilegierten Eigentümer der Villen in St. Jean Cap Ferrat wussten.

Der Strand tauchte urplötzlich am Fuß des Abgrunds auf, wenn man weit genug über die Felsen von Beaulieu-sur-Mer kletterte. Üblicherweise war er kaum besucht, weil er zeitweise beinahe vollständig von Meerwasser bedeckt war und es daher nicht empfehlenswert war, mit Sonnenschirmen und Picknickkörben bepackt, dort hinunterzugehen, und für Kinder und alte Leute war er kaum zu erreichen. Der Strand hieß Plage Paloma, man ahnt schon, warum, und zwischen den beiden Felswänden aus Kalkstein, die ihn begrenzten, erstreckte er sich über kaum hundertfünfzig Meter.

Als sie den Sand betraten, zog Gudula sich sofort die Schuhe aus.

»Ist sie nicht wunderbar, diese *petite calanque*?«, rief sie aus. »Hier trifft man nur ganz selten auf andere Badegäste. Tatsächlich wissen nur wenige Leute, dass dieser Strand existiert.«

»Mir wäre es lieber, wenn er nach einer Schwalbe und nicht nach einer Taube benannt wäre.«

»Du kannst ihn nennen, wie du willst. Ich schenke ihn dir.«

»Danke.«

Sie lehnte sich an einen Felsen und begann vor Pierres vor Erstaunen weit aufgerissenen Augen ihre Matrosenbluse aufzuknöpfen. Danach zog sie äußerst kokett auch ihre weiße Caprihose aus, und halb nackt und nur mit einem rot-weiß gestreiften Bikini bekleidet schenkte sie Pierre einmal mehr ihr unwiderstehliches Lächeln.

»Ich trage immer meinen Bikini drunter, denn man weiß ja nie«, erklärte sie.

Ohne die Verwirrung ihres Begleiters zu bemerken (oder vielleicht wollte sie auch zu verstehen geben, dass ...), schritt sie elegant zum Wasser und ließ ihre Füße von den Wellen umspielen.

»Kommst du?«, forderte sie Pierre auf und wies auf das unendliche Meer.

Pierre entledigte sich blitzschnell seiner Kleidung. Glücklicherweise war wie der Rest seiner Ausstattung auch seine Unterwäsche unverschämt teuer gewesen. An diesem Tag trug er bordeauxrot gestreifte Boxershorts, die seine Hinterseite perfekt in Szene setzten.

Sie ließen sich wie ein Paar träger Möwen von den Wellen tragen und von der Sonne bräunen, während die Meeresbrise ihnen eine Gänsehaut verursachte und das Salz in ihren Augen brannte.

»Schau mal«, sagte Gudula und zeigte auf eine Anhöhe, die ganz in der Nähe lag. »Das pastellfarbene Gebäude dort ist die Villa Ephrussi de Rothschild.«

»Wo du deinen Ring verloren hast.«

Den Rest des Nachmittags über lagen sie eng beieinander im Sand. Hin und wieder schloss Gudula die Augen, und dann bewegte Pierre unauffällig seine Hand und strich über die Hand, den Arm, das Bein oder eine Haarsträhne seiner Schwalbe.

Sie tat die ganze Zeit so, als merkte sie nichts. Und er war kurz davor, in Flammen aufzugehen.

Wären die beiden noch eine Weile länger an diesem Strand geblieben, hätten sie wahrscheinlich angefangen zu brennen wie zwei harzreiche Kienhölzer und die Plage Paloma wäre von der Landkarte und aus dem Gedächtnis der wenigen Menschen, die von ihrer Existenz wussten, verschwunden. Doch bevor das geschah, stand Gudula auf und sagte:

»Ich habe einen unerträglichen Durst.«

Wenige Stunden später betrachteten Gudula und Pierre neben einer eisgekühlten Flasche Champagner von der Terrasse der Suite Marie-Antoinette aus den Sonnenuntergang. Gudula blickte versonnen über das Meer.

»Ehrlich gesagt, glaube ich nicht, dass Feltrinellis Roman besonders erfolgreich sein wird«, meinte sie versonnen.

»Ich auch nicht«, stimmte Pierre ihr zu. Dann schwieg er. In den wenigen klaren Momenten, in denen er nicht dagegen ankämpfte, wie ein wildes Tier über Gudula herzufallen und sie mit Küssen zu verschlingen, hatte er – auf seine Art – über diese Geschichte mit dem russischen Dichter und seinem Roman nachgedacht. Natürlich glaubte niemand dieses Märchen. Es schien eher so, als ob dieser Feltrinelli und sein Kumpel d'Angelo einen Plan ausbrüteten, um ein Verbrechen zu verüben. Und wenn es um eine Entführung ging? König Baudouin, so jung und unerfahren wie er war, wäre dafür das perfekte Opfer. Und das würde Belgien so weit destabilisieren, dass es möglicherweise Frankreich, England und die Bundesrepublik Deutschland mitreißen würde. Es könnte sogar der Auslöser für einen neuen Weltkrieg sein. Er hing eine Weile seinen Überlegungen nach und runzelte die Stirn.

»Woran denkst du?«, fragte Gudula ihn, die offenbar einen feinen Spürsinn für verschwörerische Gedanken hatte.

»Daran, wie schön du heute Abend bist«, antwortete Pierre, der aus seinen Gedanken aufgeschreckt war und nun seinen Blick auf ihre roten Lippen richtete.

»Sei nicht albern«, entgegnete sie. »Darf ich dich daran erinnern, dass ich verheiratet bin.«

»Da sehe ich kein Problem«, widersprach er. »Ich habe ja nicht vor, dich zu heiraten oder so etwas. Ich will nur, dass du mich so behandelst wie Rubirosa.«

Die Schwalbe brach in Gelächter aus. Hatte sie seine Äußerung für einen Scherz gehalten? Dabei war Pierre noch nie etwas so ernst gewesen.

»Ich mache mich auf den Weg«, erklärte sie seufzend, als sie wieder zu Atem gekommen war. »Heute Abend kommt Bertrand zurück. Er wird ungehalten sein, wenn ich bei seiner Ankunft nicht zu Hause bin.«

»Geh nicht«, widersprach Pierre. »Es wird dunkel ... und du hast kein Auto.«

»Ich werde ein Taxi nehmen.«

»Was du nehmen solltest, ist noch ein Glas Champagner.«

»Kommt nicht infrage.«

»Schau doch mal, wie dunkel es schon ist.«

»Ich habe keine Angst vor der Dunkelheit.«

»Aber du hast kein Auto.«

»Dann leih mir deins.«

Es gelang Pierre nicht, die Schwalbe davon zu überzeugen, die Nacht im Hotel Negresco zu verbringen. Nach langem Hin und Her erklärte er, der in der Tiefe seines Herzens ein unverbesserlicher Romantiker war, sich bereit, Gudula nach Hause zu bringen.

Dabei hatte er unterwegs – eine kurvenreiche halbe Stunde lang bis nach Menton – das Gefühl, durch die Hölle zu gehen. Sie schwiegen. Doch als das Auto in einer steilen Kurve leicht ins Schlingern geriet, klammerte Gudula sich an seinen Arm, und es war, als ob ihre Haut kochend heiß wäre und als hätte er ein glühendes Messer verschluckt, das aus seinem Herzen Hackfleisch machte.

Oben auf der Anhöhe stand neben Gudulas Gilera und nur wenige Meter von der Haustür der Villa Favorite entfernt ein bedrohlich wirkender schwarzer Bentley.

»Das ist Bertrands Wagen«, sagte Gudula. »Er ist früher gekommen als erwartet.«

»Wird er sauer sein?«, fragte Pierre beunruhigt, aber bereit, die Dame seines Herzens wie ein Ritter zu verteidigen.

»Warum sollte er sauer sein?«

»Na ja, weil du so spät nach Hause kommst und in Begleitung eines anderen Mannes …«

»Willst du ihn kennenlernen?«, fiel Gudula, die seine Sorge offensichtlich nicht teilte, ihm ins Wort.

Nein. Pierre hatte nicht die geringste Lust, den Hirsch kennenzulernen. Weder an diesem noch an einem anderen Abend. Und es tat ihm weh, dass Gudula ihn wie »einen alten Freund aus Brüssel« behandelte. (Genau so lauteten ihre Worte, als sie ihn Giangiacomo Feltrinelli vorgestellt hatte.) Dass sie ihn für völlig gefahrlos hielt und nicht für eine Versuchung. Spürte sie denn nicht das Feuer in ihm, das ihn verzehrte? War sie sich der magnetischen Anziehungskraft, mit der sie ihn anzog, nicht bewusst?

»Gute Nacht, Prinzessin«, sagte er etwas melancholisch, als er ihr die Autotür öffnete.

Und sobald sie ausgestiegen war, kehrte Pierre, zutiefst verletzt, zum Fahrersitz zurück, startete den Motor, der kurz aufjaulte, und verschwand aus ihrem Blickfeld.

Kapitel 11

Auf Robert de Foys Uniformjacke war kein Platz mehr für eine weitere Auszeichnung. Der Stern auf der linken Brustseite, das Zeichen des Leopoldordens, war der Orden, den er mit dem größten Stolz trug. Diesen Verdienstorden hatte ihm der König persönlich für seinen Mut im Kampf und seinen Dienst an der Nation verliehen. Jedenfalls war es dermaßen mühsam gewesen, immer, wenn Robert seine Galauniform trug, die Auszeichnungen erst anzuheften, um sie danach wieder abzunehmen, dass seine Frau Marguerite beschlossen hatte, sie einfach stecken zu lassen.

Und damit die Uniform nicht im Schrank verstaubte, hatte sie einen Stummen Diener gekauft, der ihr Schlafzimmer dominierte wie das Gespenst eines alten, viel dekorierten Generals. Jedes Mal, wenn Robert im Dunkeln aus dem Bett aufstand, um ins Badezimmer zu gehen, und ihn vor sich sah, erschreckte er sich zu Tode. Daher rutschte ihm immer das Herz in die Hose, wenn er pinkeln musste.

An jenem Abend waren Robert und Marguerite spät zu Bett gegangen. Sie hatten bis weit nach Mitternacht im Wohnzimmer gesessen und Radio gehört. Denn es war so heiß, dass man sowieso nicht schlafen konnte. Und als sie endlich friedlich vor sich hin schnarchten, wurden sie von dem laut klingelnden Telefon im Eingangsbereich geweckt. Einem anhaltenden, unangenehmen Geräusch. Jemand hatte ihnen dringend etwas mitzuteilen. Zweifellos.

»Monsieur de Foy?«

»Am Apparat.«

»Ich bin's, Benoît.«

»Es ist fünf Uhr morgens, Benoît. Ich nehme mal an, dass es wichtig ist.«

»Ja, Monsieur, das ist es. Wir haben ein Funksignal aufgefangen. Leider konnten wir die Herkunft nicht orten, weil es von mehreren Regeneratoren übertragen wurde, aber wir glauben, dass es von einer geheimen Funkstation abgegeben wurde. Möglicherweise von einer, wie sie zur Zeit der Résistance benutzt wurde.«

»Was?« De Foy rieb sich verwundert die Augen. Neben dem Telefon lag ein bisher ungebrauchtes Notizbuch, das auf eine Gelegenheit wie diese wartete, damit seine Existenz endlich einen Sinn bekam. »Sagen Sie mir, was genau Sie aufgefangen haben, Benoît.«

»Gerne. Der Funkspruch lautete: *SOS. Fred verschwunden. Pierre Pierlot dringend gesucht.* Ich weiß nicht, ob Sie sich erinnern, aber Pierlot ist einer unserer Männer. Er war an der legendären Sabotage der Strom…«

»…leitungen beteiligt. Ich weiß. Dieser Mann ist mir durchaus bekannt, Benoît. Vielen Dank für die Information.«

De Foy wurde von einem plötzlichen Schwindel erfasst. Die Wände seines Hauses wirkten auf einmal erdrückend und schienen sich um ihn zu drehen, als säße er in einem wild gewordenen Karussell. Sein Magen zog sich zusammen, und sein klopfendes Herz rutschte ihm schon wieder in die Hose. Er rannte zurück ins Schlafzimmer. Dabei stieß er im Dunkeln gegen den Stummen Diener und warf ihn um. Der Lärm, der entstand, als die Orden auf den Boden fielen, weckte Marguerite, die erhitzt auf den Laken schlief.

»Ich muss mich *ipso facto* auf eine geheime Mission begeben!«, rief de Foy seiner Frau zu.

»Robert, mein Lieber«, murmelte sie sanft. »Hast du wieder einen deiner Albträume vom Krieg gehabt? Hast du vergessen, deine Schlaftabletten zu nehmen?«

Sie richtete sich halb im Bett auf und machte das Licht an. Daraufhin entdeckte sie ihren Mann neben dem am Boden liegenden Stummen Diener, und er hatte sich bereits den Morgenmantel und die Pyjamahose ausgezogen, um nun das Oberteil aufzuknöpfen. Der Ausdruck in seinem Gesicht wirkte ängstlich. Er schwitzte und zitterte, als ob er gerade eine Panikattacke hätte.

»Beruhige dich, sonst bekommst du noch einen Herzinfarkt. Was ist denn passiert?«

»Das darf ich dir nicht sagen. Es ist geheim.«

»Wie geheim?«

»Höchst geheim.«

Marguerite begleitete ihren Mann bis zur Garage. Dort verabschiedete sie ihn mit einem Kuss auf die Stirn. In letzter Zeit vermied sie es, Robert auf die Lippen zu küssen, da er seit Kurzem einen Schnurrbart trug und nur schwer auszumachen war, wo die Haare endeten, die ihm aus der Nase wuchsen, und wo der Schnurrbart begann.

Zehn Jahre zuvor hatten die Dinge noch anders gelegen. Robert – damals dreiundfünfzig Jahre alt – befand sich auf dem Gipfel des Erfolges. Er stolzierte durch die Brüsseler Salons, genoss den wohlverdienten Ruhm, und ein Teil seiner Attraktivität lag an der Frau, die er gerade geheiratet hatte: Françoise du Monçeau de Bergendal, siebzehn Jahre jünger als er und die Schwester von Graf Ivan, genannt Duke, einem Kriegshelden und Chef der Operationsabteilung des Generalstabs, also einem der wenigen Militärangehörigen, die mehr Orden an der Uniform trugen als de Foy selbst. Françoise war beinah genauso beeindruckend wie ihr Bruder: hochgewachsen, schlank, mit einer imposanten Nase. Eine Naturgewalt. Schade, dass ihre stürmische Liebesgeschichte nur kurz andauerte. Denn als de Foys Blick zum ersten Mal auf die Witwe Tallon fiel, war diese Ehe dem Untergang geweiht wie ein von einem feindlichen Torpedo getroffener Panzerkreuzer.

Marguerite Tallon hatte von ihrer Loge im Opernhaus aus während einer Vorstellung von *Pygmalion* ein Auge auf Robert de Foy geworfen und schmiedete einen recht simplen Plan, um Françoise von ihrem Thron zu stoßen: Sie stellte ihr Claude, ihren Cousin zweiten Grades, vor – den gnadenlosesten Frauenverführer im ganzen besetzten Europa. Der arme de Foy hatte keine andere Wahl, als sich dem Offensichtlichen zu beugen. Denn jedes Mal, wenn er Urlaub hatte und nach Hause kam, fand er Claude im Wohnzimmer vor. Der sich dort immer wohler zu fühlen schien und sich verhielt, als wäre er der Hausherr. Stets machte er es sich mit größter Selbstverständlichkeit auf dem Sofa bequem, plauderte immer zwangloser und gab sich immer verführerischer. So lange, bis Françoise ihre Ehe beendete.

Drei Jahre später, während die Vertreter der Siegermächte sich in Paris zusammenfanden, um den Weltfrieden zu besprechen, feierten Robert und Marguerite eine diskrete zivile Trauung und ließen sich in der Residenz des verstorbenen Monsieur Tallon im Herzen von Brüssel nieder. Ganz in der Nähe der Familie Van Acker.

Waren Anna und Marguerite Freundinnen? Ja, das waren sie. Auf die gleiche Art wie Frankreich und England oder Deutschland und Japan. Freundschaft war in den turbulenten Nachkriegsjahren ein schwer zu definierender Begriff.

Und de Foy und Van Acker? Waren sie Verbündete? Waren sie Kameraden? War ihre Freundschaft aufrichtig, einträchtig und loyal? Sagen wir mal Ja. Ihre parallel verlaufenden Lebensumstände hätten auch nichts Gegenteiliges zugelassen. Sie waren in etwa gleich alt, hatten die gleichen Vorstellungen, die gleichen Ziele und teilten sich zahlreiche Verantwortlichkeiten. Sie führten im trüben künstlichen Licht von Van Ackers Büro lange Gespräche über die Zukunft Belgiens, speisten zusammen an einem separaten Tisch im Club und machten hin und wieder lange Waldspaziergänge im *Forêt de Soignes*, dicht gefolgt von ihren schwatzhaften Frauen.

Und weil das so war, sollten die de Foys auch die ersten Gäste im nagelneuen Haus am See des Ehepaars Van Acker sein. Sie würden sie dort empfangen, sobald Robert einige Angelegenheiten geregelt hatte, die ihn noch in Brüssel festhielten; nichts Wichtiges, ein paar unbedeutende Dinge, die geklärt werden mussten, zwei oder drei Tage höchstens. Und Anna hatte bereits die Menüs, die Blumen, die Tischdecken und das Geschirr ausgewählt.

Daran dachte Madame Van Acker auf dem Waldweg, der den See umrundete; an den Sinn ihres Lebens, der im Grunde darin bestand, ihren Mann dabei zu unterstützen, seine Ziele zu erreichen. Sie war die starke Frau hinter dem starken Mann, das stützende Geländer der Karriereleiter, die er Stufe für Stufe hinaufgestiegen war.

Wenn Achille eines Tages diese Welt verlassen würde, würde man ihm Denkmäler errichten und zu seinen Ehren Salutschüsse abgeben. Eine von Brüssels Hauptstraßen würde nach ihm benannt werden und zahlreiche Institute, Akademien und Stiftungen würden seinen Namen tragen. Der große Staatsmann würde niemals in Vergessenheit geraten.

Aber wer würde sich an sie erinnern? Die aufmerksame Anna Van Acker, die sich damit beschäftigte, Tischdecken und Geschirr auszuwählen. Würde auch ihr Name überdauern? Oder würden die Menschen etwas ratlos schauen, mit den Schultern zucken und gleichgültig weiter über die Avenue Van Acker laufen?

Sie schwitzte, während sie um den See marschierte. Es war unerträglich heiß, und die Kleidung klebte an ihrem Körper wie der Teig der Madeleines an der Backform. Einige Haarsträhnen hatten sich aus ihrem Knoten gelöst und fielen ihr auf die Schultern.

In der Nähe des Weges, der zur Landstraße führte, war der Motor eines Autos zu hören. Seltsam! Sie erwarteten an diesem Tag doch gar keinen Besuch. In ihrer Paranoia fürchtete sie, dass »die Schwalbe« Achille bis zu diesem Ort gefolgt war; bis zu ihrem Refugium am See. Daher trat sie, zerzaust, wie sie war, aus dem Wald und stellte sich mit vor der Brust gekreuzten Armen mitten auf die Straße, bereit, dem verdammten Vogel die Flügel zu stutzen, damit …

Quietschende Bremsen, gefolgt von dem dumpfen Knall einer Stoßstange, die gegen den Stamm einer Korkeiche krachte, rissen Anna aus ihrer Trance. Robert de Foy stieg, in eine Rauchwolke gehüllt, aus der Staatskarosse.

»Anna, um Himmel willen, beinahe hätte ich Sie überfahren!«

Er nahm sie in die Arme. Anna hatte weiche Knie und zitterte wie Espenlaub.

De Foy setzte sich auf einen Stein und bettete sie umsichtig in seinem Schoß. Er strich ihr das Haar aus dem Gesicht. Anna weinte wie ein kleines Mädchen. Mit Schluckauf.

»Es tut mir furchtbar leid, dass ich Sie so erschreckt habe«, tröstete er sie. »Sie sind so plötzlich aufgetaucht, dass ich nicht mehr rechtzeitig bremsen konnte.

»Mir tut es auch leid«, sagte Anna schluchzend. Und ihr Blick fiel auf den kleinen Schnurrbart unter Roberts Nase.

Robert hielt sie in den Armen, bis sie wieder zu Atem kam.

»Wir haben Sie nicht erwartet«, stammelte sie nach einer ganzen Weile.

»Sie haben recht«, gab er zu. »Ich hätte Bescheid sagen sollen. Aber glauben Sie mir, die Angelegenheit, die mich hierhergeführt hat, ist so schwerwiegend, dass ich lieber nicht am Telefon darüber sprechen wollte. Aus Sicherheitsgründen, Sie wissen ja.«

»Sind wir in Gefahr?«, fragte Anna alarmiert.

»Nein. Keine Sorge. Es geht nicht um Achille. Es ist etwas anderes. Eine Staatsangelegenheit.«

Zu zweit versuchten sie vergeblich, das Auto zu starten, aber der Kühler hatte viel Wasser verloren, weshalb es ihnen zu gefährlich schien, den Motor weiter zu quälen.

»Wir müssen zu Fuß gehen«, bemerkte de Foy schließlich mit untrüglicher Klarsicht. »Aber wir sollten schnell machen, die Angelegenheit ist dringend.«

Anna führte Robert durch den Wald. Sie gingen wieder zurück durchs Farnkraut, wobei Anna im unwegsamen Gelände hin und wieder nach Roberts Arm griff, und nach und nach nistete sich ein verrückter Gedanke in ihrem Gehirn ein: Und wenn sie diesen Mann dazu benutzen würde, ihren Ehemann eifersüchtig zu machen? Schien es doch, als hätte ihn der Himmel geschickt: das Aufeinandertreffen im Wald, der Unfall, die Umarmung … De Foy war ein standesgemäßer Rivale für Achille, dachte sie, ein Kriegsheld, interessant, gutaussehend, ein attraktiver Mann, der durchaus Erfolg bei den Frauen hatte.

Sie fächelte sich mit der Hand Luft zu. Was für eine Hitze! Kokett öffnete sie die beiden obersten Knöpfe ihres Kleides und strich sich, so gut es ging, das Haar hinter die Ohren.

»Entschuldigen Sie meinen Aufzug, Robert«, stammelte sie und zog die bloßen Schultern hoch. »Wenn ich gewusst hätte, dass Sie kommen, hätte ich etwas Passenderes angezogen. Wir wollten auf den See hinausfahren, deswegen bin ich so leger gekleidet.«

»Sie sehen immer perfekt aus, Anna«, entgegnete de Foy höflich. Wobei sein Blick durchaus auf den großzügigen Ausschnitt der Dame fiel, in dem ihre erhitzte Brust sich hob und senkte.

»Es macht Ihnen doch nichts aus, wenn ich Ihren Arm nehme, oder? Damit ich hier im unwegsamen Gelände nicht stolpere.«

»Aber natürlich nicht. Halten Sie sich gut fest.«

Achille saß noch immer unter der Birke und las, als er die beiden in der Ferne erblickte. Um besser sehen zu können, legte er sich die rechte Hand über die Augen. In der linken hielt er noch immer den Wildblumenstrauß. Er erkannte Anna Arm in Arm mit einem Unbekannten und spürte einen Stich der Eifersucht im Bauch. Wer erlaubte sich da eine solche Vertraulichkeit mit seinem *lieverd*?

Anna vergewisserte sich, dass ihr Mann sie gesehen hatte, bevor sie de Foys Arm losließ. Denn wenn sie ihn noch länger festhielt, würde das Bild seine Wirkung verfehlen. Lieber die kokette Heimlichkeit der in flagranti ertappten Frau inszenieren.

»Wer kommt denn da?«, rief der Premierminister überrascht.

»Achille, ich bin's, Robert!«, rief de Foy zurück. »Wir haben ein Problem!«

Es war zwingend, dass Van Acker und de Foy sich eiligst zusammensetzten, um jene äußerst dringend Angelegenheit zu regeln. Höchste Geheimhaltungsstufe. Akte XY, doch Anna ließ sie nicht allein. Ob sie ihrem Gast auf den Schrecken hin eine kühle Limonade servieren dürfe. Wie viel jünger der kleine Schnurrbart Robert wirken lasse. Wie dankbar sie für jeden Besuch an diesem langweiligen abgelegenen Ort seien, an dem es niemanden gab, über dessen Witze man lachen konnte. Ob er nicht zum Mittagessen, zum Abendessen und über Nacht bleiben wolle?

»Anna, *lieverd*«, sagte Achille ungeduldig, »könntest du uns bitte für einige Minuten allein lassen? Robert ist extra hergekommen, um mich über eine wichtige Angelegenheit zu informieren.«

»Die kann gar nicht so wichtig sein wie der Wunsch, dass unser Gast sich hier wohlfühlt!«, entgegnete sie. »Wir sind wirklich schlechte Gastgeber geworden, denn wir haben ihm noch nicht einmal einen Brandy angeboten!«

»Dafür ist später noch genug Zeit, Liebes. Bitte lass uns jetzt einen Moment allein.«

Anna öffnete einen weiteren Knopf ihres Kleides. Ihre Brust hob und senkte sich.

Sie hatte die Flasche mit dem Brandy in der Hand und stellte sie mit einem solchen Schwung auf der Marmorplatte der Anrichte ab, dass der dumpfe Klang von Glas auf Stein deutlich zu hören war.

»Sagen Sie, Robert …« Sie lächelte verführerisch. »Wie viele Orden genau wurden Ihnen bereits verliehen?«

Achille kratzte sich unbehaglich am Kopf.

»Solltest du nicht dieses Kleid ausziehen, Anna? Sonst erkältest du dich noch, so verschwitzt, wie du bist.«

Nach einigen weiteren unangenehmen Minuten mehr kam Anna endlich zur Vernunft, ging in ihr Schlafzimmer hinauf und ließ die beiden Herren allein.

»Ich weiß nicht, was mit Anna los ist, Robert, bitte entschuldigen Sie.«

»Da gibt es nichts zu entschuldigen. Marguerite verhält sich derzeit genauso.«

»Genauso?«

»Der Wechsel … Sie wissen schon. Das ist etwas ganz Natürliches, mein Freund.«

»Welcher Wechsel?«

In weiblichen Angelegenheiten hatte Robert de Foy etwas mehr Erfahrung als Achille Van Acker. Nicht umsonst war er zum zweiten Mal verheiratet, nachdem er fast fünfzig lange Jahre lang ein bewegtes Junggesellendasein genossen hatte. Er wusste, dass die Frauen aufgrund ihres menstruellen Zyklus unter emotionalen Schwankungen litten. Und auch, dass ab einem gewissen Alter dieser Zyklus endete. Die fruchtbaren Jahre waren vorbei, was physische und psychische Veränderungen mit sich brachte. Manchmal verstärkte sich die Fleischeslust. Hitzewallungen, Atemlosigkeit … Ob es das war, worunter Anna litt?

»Ist Ihnen nicht aufgefallen, wie schön Ihre Frau ist?«, deutete de Foy in Bezug auf den üppigen Ausschnitt der *Première dame* an.

»Ja. Sie wird jeden Tag schöner.«

»Da haben Sie Glück, mein Freund. Marguerite dagegen wird jeden Tag dünner. Sie verzehrt sich, die Arme, ist nur noch Haut und Knochen und ständig schlecht gelaunt. So ist das nun mal.«

Er seufzte und ließ den Blick durch den Raum wandern. Dann sagte er: »Jetzt könnte ich tatsächlich einen Brandy vertragen.« Und bediente sich selbst aus der Flasche, die Anna auf der Anrichte hatte stehen lassen.

»Also, Robert«, riss Achille ihn aus seinen Gedanken. »Worum geht es nun bei der heiklen Angelegenheit, die Sie so beunruhigt?«

De Foy nahm wieder Haltung an. Er straffte sich mit geschwellter Brust, als trüge er das Jackett mit den Orden.

»Wir haben eine Nachricht abgefangen, die von einer geheimen Funkstation aus gesendet wurde«, vertraute er Van Acker mit gesenkter Stimme an. »Sie lautet: *SOS. Fred verschwunden. Pierre Pierlot dringend gesucht.*«

Sofortiges Schweigen stellte sich ein. Achilles Miene verdüsterte sich. Dann wurde er so bleich, dass seine Haut beinahe durchsichtig wirkte, weil ihm das Blut in den Adern gefror. Baudouin war verschwunden! Pierre Pierlot nicht aufzufinden! Der schlimmste aller Abgründe tat sich vor ihm auf.

Mit einem Mal trübte sich sein Blick, sodass er nur noch wie durch einen Nebel sah, dass Anna die Tür aufriss. Sie trug ein lächerlich mädchenhaftes Kleid, das ihre wohlgeformten Beine, ihre runden Schultern und ihren üppigen Busen betonte.

Kapitel 12

Jeanne Augiers Frühstück bestand aus einer Kanne Tee und bretonischem Mandelgebäck, das sie, unter der gläsernen Kuppel des Salon Royal, an einem niedrigen runden Tisch sitzend, um den vier mit grünem Samt bezogene Sessel standen, einnahm. Hin und wieder tunkte sie einen der *sablés bretons* in ihre Tasse und steckte ihn ihrem Schoßhündchen ins Maul. Wie üblich war sie allein, mit dem abwesenden Ausdruck derer, die ihrer Phantasie freien Lauf lassen, von den unerreichbaren Dächern irgendwelcher Luftschlösser träumen und die Welt aus der Perspektive eines Vogels im Käfig betrachten.

Sie sah, dass Pierre Pierlot auf ihren Tisch zukam und sich räusperte, um sie zu begrüßen.

»Sind Sie da mit mir nicht einer Meinung?«

Bevor Pierre antwortete, vergewisserte er sich, dass die Frage der rothaarigen Dame auch wirklich an ihn gerichtet gewesen war. Doch bis auf sie beide war keine Menschenseele im Raum.

»Guten Tag«, erwiderte er dann etwas ratlos.

»Das wahre Schmuckstück des Negresco befindet sich hier«, sagte sie noch einmal und richtete den Blick nach oben. »Da ist es. Dort an der Decke.« Zweifellos sprach sie von dem beeindruckenden Kronleuchter. Einer Art riesiger Medusa, die über ihren Köpfen schwebte. »In mehr als vier Metern Höhe. Sechzehntausendachthundertteiliges Baccarat-Kristall. Ich habe es Ihnen bereits gezeigt, als Sie angekommen sind. Erinnern Sie sich nicht?« Sie machte eine einladende Geste, und Pierre nahm zögernd auf einem der leeren Sessel neben der Dame Platz. »Der Hund tut nichts, keine Sorge. Möchten Sie eine Tasse Tee? Oder einen Mimosa-Cocktail? Ich sitze immer hier, unter dem Kronleuchter, um die Gäste zu beobachten. Da ich im sechsten Stock wohne, könnte man sagen, dass ich auf meine Nachbarn aufpasse.« Jeanne führte die Teetasse an die Lippen und hinterließ am Rand einen Abdruck ihres roten Lippenstifts. »Ich denke mir zu jedem von ihnen eine Geschichte aus. Sehen Sie die Frau dort mit dem gepunkteten Kleid? Ich habe sie Gloria getauft. Sie ist mit dem Herrn mit der Hand in der Hosentasche verheiratet. Ja, dem kleinen. Er ist beruflich in Nizza, und sie begleitet ihn umsichtig wie eine treue Ehefrau. Doch sobald er außer Sichtweite ist, tauchen Sie auf und verführen sie.«

»Ich?« Pierre blinzelte überrascht. Jeanne lächelte.

»Es fällt mir schwer zu verstehen, was ein Mann wie Sie in einem solchen Hotel macht.«

»Geschäfte«, murmelte Pierre.

»Geschäfte?«, wiederholte sie spöttisch. »In welcher Branche sind Sie denn tätig, Monsieur …?«

»Pierlot. Pierre Pierlot. Ich bin in der Finanzbranche tätig.«

»Mein Gott, wie prosaisch!«, protestierte sie. »Ich habe mir vorgestellt, dass Sie ein Spion sind. Einer der Geheimagenten des Sicherheitsdiensts der belgischen Regierung.«

»Aber nicht im Entferntesten«, log Pierre und lachte. »Es tut mir leid, da muss ich Sie enttäuschen.«

»Und die junge Frau, die dieser Tage auf Ihrer Terrasse gefrühstückt hat?«

»Gudula?«

»Die Gattin von Bertrand von Orléans, ja«, bestätigte Madame Augier. »Seien Sie vorsichtig mit diesen Leuten. Ich habe den Eindruck, dass sie in düstere Angelegenheiten verstrickt sind. All die Reisen nach Paris und die außergewöhnlichen Freundschaften …«

»Sie haben wirklich viel Phantasie«, sagte Pierre.

»Intuition. Erfahrung. Nennen Sie es, wie Sie möchten«, entgegnete sie. »Jedenfalls würde ich mich an Ihrer Stelle von ihnen fernhalten.«

»Ich werde es in Erwägung ziehen«, versicherte Pierre. Und plötzlich drängte es ihn, wieder aufzustehen. In der vergangenen Nacht hatte er die Schwalbe in den Armen des Hirschs zurückgelassen, und er wollte gar nicht daran denken, was zwischen den beiden in der bezaubernden Villa Favorite geschehen war. »Ich wünsche Ihnen einen schönen Tag«, verabschiedete er sich.

»Das wünsche ich Ihnen auch«, entgegnete Jeanne Augier. »Und vergessen Sie nicht: Wenn Sie mich brauchen, finden Sie mich im sechsten Stock. Wenn Gefahr droht, können Sie sich jederzeit in meinem Kleiderschrank verstecken.«

»Ich weiß nicht, ob das Monsieur Augier gefallen würde.«

»Paul?« Jeanne lächelte. »Ich glaube nicht, dass er etwas merken würde. Mein Mann pflegt meine Kleiderschränke nicht zu durchsuchen.«

Die schmerzhafte Eifersucht, die Pierre empfunden hatte, als er sich Gudula und ihren Mann im Bett vorstellte, quälte ihn den ganzen Morgen über. Da keine unvorhergesehenen Pläne von Seiten der Schwalbe zu erwarten waren, beschloss er, zu seinem Aussichtspunkt in Cap Ferrat zurückzukehren, um die Villa Ephrussi de Rothschild im Auge zu behalten, in der Hoffnung, dass das königliche Paar das Haus verließ, um einen Spaziergang im Garten zu machen. Und wenn er sie dabei erwischte, wie sie sich unter dem Rhododendron küssten? Hätte er dann nicht genug Material für einen weiteren seiner hervorragenden Berichte?

Er parkte im Schatten einer der vielen Platanen, entstaubte das Fernglas, zündete sich eine seiner Gitanes an, und Jacques Brel sang im Radio. Ah! Hin und wieder hatte sein Job durchaus angenehme Seiten!

In der Villa zu seinen Füßen begann der Tag entspannt. Die Gärtner beschnitten die Buchsbaumhecken, und auf der Terrasse war noch niemand zu sehen. Der Hintergrund präsentierte sich in strahlendem Blau mit einigen weißen Pinselstrichen zwischen den Wellen. Die Französische Riviera vergeudete faul die sonnigen, noch ruhigen Stunden vor dem Mittagessen.

Wenn es im Nest nichts Neues gab, würde er in Kürze in die Stadt hinunterfahren, um in einer kleinen Trattoria am Hafen etwas zu essen. Eine Pizza Margherita und eine *salade Niçoise* und dazu einen Rosé aus der benachbarten Provence. Und diesen köstlichen Käse … Parmesan? Oder ein leckeres Eis, *fior di latte*? Einen *cappuccino*, einen *limoncello*! Eine göttliche Siesta!

In diesem Moment tauchte in den kleinen Straßen in der Nähe der Villa Ephrussi de Rothschild ein schwarzer Bentley auf, und im Haus erwachte eine plötzliche Geschäftigkeit. Mehrere Mitglieder des Hauspersonals eilten dem Paar entgegen, das auf der Esplanade vor dem Haus elegant dem Wagen entstieg und im Inneren der Villa möglicherweise vom belgischen König und seiner Stiefmutter erwartet wurde.

Pierres Herz begann zu rasen. War das nicht derselbe bedrohliche schwarze Bentley, der am Abend zuvor neben der Villa Favorite gestanden hatte? War diese Gazelle, dieser weibliche Panther, diese Schwalbe nicht die Frau seiner Träume? Und der Herr, der sie begleitete, war das etwa ihr Ehemann – nein, das konnte doch nicht sein! –, der berühmte Bertrand von Orléans?

Mit angehaltenem Atem richtete Pierre das Fernglas in seinen zitternden Händen auf die Szene, die sich zu seinen Füßen abspielte. Gudula, die ein weißes Kleid mit Schleier und Spitze trug, sah aus wie ein Schwan aus dem wohlbekannten Schwanensee. Sie hatte das Haar zu einem Dutt hochgesteckt und trug Perlenohrringe zu ihren strahlenden Augen und den rot leuchtenden Lippen. Während ihr Ehemann, der etwas unsicher an ihrer Seite schritt, sich an ihren Arm klammerte, um das Gleichgewicht nicht zu verlieren.

Pierre stieß einen überraschten Schrei aus, als hätte er ein Monster gesehen. Bertrand, der Sohn von Louis Anton Lacouture von Hohenzollern-Sigmaringen und von Orléans war ein steinalter Mann!

Er war mindestens hundert Jahre alt und hatte kein einziges Haar mehr auf seinem kahlen Schädel. Er ging gebeugt und war voller Falten, trug ein Monokel vor dem rechten Auge, und der überproportionierte, nach oben gezwirbelte Schnurrbart wirkte so unecht wie der von Peter Sellers in dem Film *Ladykillers*. Außerdem war er dick. Sehr dick. Gudulas Gatte war eine dicke, fette Kröte mit Monokel. Und von hinten sah er aus wie Churchill in seinem viel zu langen, ungebügelten Jackett und der dazugehörenden Hose.

Sobald Gudula und ihr schrecklicher Ehemann über die Schwelle der Villa Ephrussi de Rothschild getreten waren, wurde es still in der Festung. Für eine ganze Weile war nichts anderes zu sehen als die Gärtner, die an einer abgelegenen Stelle im Rosengarten ihre Frühstücksbrote aßen.

Pierre dagegen war der Appetit vergangen. Weder Pizza noch Käse noch Eis noch Wein. Stattdessen lag ihm eine seltsame Traurigkeit schwer im Magen. Er verharrte schweigend, unbeweglich, beinah atemlos, bis sich zwei Stunden später die Eingangstür der Villa wieder öffnete und das Paar heraustrat, in den nun bedeutend weniger bedrohlich wirkenden Bentley stieg und über dieselben kleinen Straßen wie vorher die Szenerie verließ.

Als Pierre am Abend wieder im Hotel war und allein in der Dunkelheit seiner Suite mit langen Zähnen an dem Abendessen kaute, das er beim Zimmerservice bestellt hatte, klopfte es an der Tür.

Ein sehr junger Page brachte einen Brief.

»Danke. Bitte legen Sie ihn auf den Tisch«, sagte er niedergeschlagen.

»Die Dame, die ihn mir gegeben hat, hat mich gebeten, Ihnen zu sagen, dass es dringend ist.«

»Eine Dame?«

»Ja.«

»Wie sah sie aus?«

»Sehr hübsch«, fasste der Junge seine Beschreibung zusammen.

»Hat sie den Brief persönlich abgegeben?«

»Ja.«

»Ist sie noch im Hotel?«

»Nein. Sie ist nicht mal aus dem Auto gestiegen, sondern hat ihn mir durchs Fenster gereicht.«

»Was war das für ein Auto?«

»Ein schwarzer Bentley, glaube ich.«

Pierre knallte dem armen jungen Mann, der sich bereits Hoffnungen gemacht hatte, von dem großzügigen Trinkgeld seine Freundin zu einer Cola einladen zu können, die Tür vor der Nase zu.

Pierre machte seine Nachttischlampe an und stellte das Tablett mit den Essensresten zur Seite. Zwischen seinen Fingern entdecke er seinen Namen auf dem Umschlag, den die Schwalbe mit ihrer ungestümen Schrift darauf geschrieben hatte: *Monsieur Pierre Pierlot. Suite Marie-Antoinette. Hotel Negresco. Nizza.*

Er öffnete den Umschlag mit dem Fischmesser. Gudula hoffte auf die Freude seiner Anwesenheit auf dem Kostümball, der zur Feier des achtzigsten Geburtstags ihres Ehemanns, Prinz Bertrand von Orléans, am Samstagabend in der Villa Ephrussi de Rothschild stattfinden würde, im Beisein von König Baudouin von Belgien – dem angeblichen Neffen zweiten Grades des Geburtstagskindes – und dem Fürstenpaar Rainier und Gracia Patricia von Monaco.

Als was verkleidest Du Dich? Hatte die Schwalbe in eine Ecke der Karte geschrieben. *Nicht dass ich Dich mit jemand anderem verwechsle.*

Kapitel 13

Nun gut. Wenn Gudula dieses Katz-und-Maus-Spiel fortführen wollte, wollte er kein Spielverderber sein. Er würde sich als Taschenspieler verkleiden, als Harlekin, Musketier oder venezianischer Vampir. Was auch immer. Und in diesem Kostüm würde er endlich seine Mission erfüllen. Er würde den König und dessen Stiefmutter inmitten des ganzen Tumults dabei überraschen, wie sie sich in den Armen lagen oder sich im Schutz ihrer Verkleidung wie zwei Schüler auf dem Pausenhof küssten, trunken vor Lust und Champagner.

Sein fünfter Bericht würde der entscheidende sein. Darin würde er das Geheimnis um die unschickliche Romanze lüften: *Gerüchte stimmen leider,* würde er schreiben, *Mission erfüllt. Ginger und Fred tanzen zusammen.* Und vielleicht wäre damit seine Reise beendet. *Verstanden, Pierlot, Sie können nach Belgien zurückkehren.* Er würde endlich seine Mutter besuchen und seine Freundschaft mit Martha und Teresa erneuern. Er würde seinen Wachtposten unter dem mickrigen Baum wieder einnehmen.

Er versetzte dem Papierkorb in der Suite Marie-Antoinette einen Tritt und eilte, blind vor Wut, auf den Gang hinaus. Dort nahm er den Aufzug in den sechsten Stock, postierte sich vor der Tür von Jeanne Augiers Appartement und klingelte.

»Guten Tag«, platzte er heraus. »Haben Sie eine Ahnung, wo ich an ein Kostüm für einen Maskenball komme?«

»Genau hier«, entgegnete die rothaarige Dame lächelnd. »Bitte kommen Sie herein und nehmen Sie Platz. Achten Sie nicht auf Copito. Sie kennen ja den Spruch: Hunde, die bellen, beißen nicht.«

Madame Augiers Kleiderschränke hatten gigantische Ausmaße. Allerdings fanden sich darin keine Leichen und auch kein Liebhaber. Nur eine unglaubliche Menge an Kleidung. Seine Gastgeberin stürzte sich hinein und verschwand zusammen mit ihrem Schoßhündchen in der Welt von Narnia. Kurz darauf kehrte sie mit zerzaustem Haar und jeder Menge bunter Stoffe über dem Arm zurück.

Unterdessen probierte Pierre Umhänge und Hüte an, Spitzenmasken und gepuderte Perücken.

»Das Kostüm Ludwig XVI. steht Ihnen perfekt«, meinte Jeanne Augier, während sie vom Spiegel aus ihr Werk begutachtete. »Aber wer ist dann Marie-Antoinette?«

»Ich fürchte, dass es keine Königin geben wird. Eine Guillotine vielleicht schon.«

»Sind Sie meinem Rat gefolgt?«, fragte sie. »Halten Sie sich von Gudula von Orléans fern, wie ich es Ihnen gesagt habe?«

»Was soll ich tun?«, seufzte er. »Sie ist eine verheiratete Frau.«

Jeanne lachte schallend.

»Diese Verbindung ist eine reine Zweckehe«, versicherte sie ihm. »Um den alten Bertrand brauchen Sie sich keine Gedanken zu machen. Er stellt schon seit einer ganzen Weile keine Gefahr mehr da. Schon gar nicht für eine Frau.« Sie räusperte sich. »Sie verstehen mich schon.«

Pierre setzte sich auf das rosafarbene Samtsofa in Jeanne Augiers Appartement im sechsten Stock des Hotel Negresco und trank einen Schluck Perrier. Draußen war es heiß. Die fröhlichen Stimmen der Badegäste am Strand schallten bis zu ihnen herauf. Es waren so viele Blumen im Raum, dass der Duft beinahe erstickend war. Jeanne, die eine leichte Seidentunika trug und sich auf einem Sofa rekelte, das dem König von Frankreich gegenüberstand, warf einen anachronistischen Schatten auf den Teppich.

»Gudula ist ein Freigeist«, fuhr sie fort. »Und verfügt über eine überbordende Phantasie. Fragen Sie sie mal, wo sie während des

Krieges war, und sie wird mit irgendeiner haarsträubenden Geschichte aufwarten. Dass sie mit Lawrence von Arabien in der Wüste war oder mit Humphrey Bogart in Casablanca … Niemand weiß so genau, woher sie kommt oder wohin sie geht. Das Einzige, was sicher ist, ist, dass sie vor sechs Monaten am Arm von Prinz Bertrand von Orléans hier an der Côte d'Azur aufgetaucht und in die Villa Favorite in Menton eingezogen ist. Sie haben im Mai im Rathaus von Paris geheiratet.«

»Und er? Was weiß man von ihm?«, fragte Pierre.

»Bertrand ist hier an der Französischen Riviera ein alter Bekannter. *Bon vivant, bon gourmet,* ein unermüdlich Reisender und begeisterter Archäologe, der weder einen richtigen Beruf noch ein regelmäßiges Einkommen hat.« Jeanne Augier senkte die Stimme. »Wobei es ein offenes Geheimnis ist, dass er in regelmäßigen Abständen eine großzügige Zahlung aus dem Vermögen von Elisabeth Gabriele in Bayern erhält. Mit ihr gemeinsam soll er 1923 das Grab von Tutanchamun geschändet haben. Wie es heißt, ist er ein unehelich geborener Neffe ihres Mannes, König Albert, mütterlicherseits … Eine Familienangelegenheit also.«

»Wie ich gehört habe, soll er Kunsthändler sein.«

Jeanne Augier lachte erneut. Diesmal herzlich.

»Kunsthändler? Woher sollte Bertrand denn plötzlich etwas von Kunst verstehen, um Himmels willen? Der ist nicht mal in der Lage, einen Velázquez von einem Rembrandt zu unterscheiden! Und die zeitgenössische Kunst negiert er schlichtweg!«

Nachdem Jeanne das gesagt hatte, zog sie sich die Schuhe aus und legte die Füße aufs Sofa. Sie hatte sich eine Zigarette angezündet, die sie, auf dem Rücken liegend, rauchte, sodass der Qualm zur hohen Decke ihres Appartements hinaufstieg. Sie musste sich fühlen, als läge sie auf der Couch von Sigmund Freud, der als König von Frankreich verkleidet war, denn sie verdrehte die Augen und sprach vor sich hin: »Ich werde Gobelin-Teppiche kaufen,

Skulpturen von Niki de Saint Phalle, Bilder von Victor Vasarely und Gemälde von Salvador Dalí. Ich werde meinen Palast mit antiken Möbeln füllen. Ich werde einen riesigen Kamin aus einem Schloss in der Dordogne einbauen lassen und das Personal wie Höflinge aus Versailles kleiden.«

Möglicherweise enthielt die Zigarette irgendeine verbotene Substanz. Zum Abschied sagte Jeanne matt: »Sie können das Kostüm so lange behalten, wie Sie wollen. Nur keine Eile. Ich denke nicht, dass Paul sich in den nächsten Tagen als Ludwig XVI. verkleiden will.« Pierre sammelte seine Kleidung zusammen und verließ das Appartement mit gepudertem Gesicht und der weißen Perücke auf dem Kopf. Er zog den raschelnden Seidenumhang hinter sich her, und die silbernen Schuhe mit den goldenen Spangen drückten. Auf dem Gang begegnete er einigen Gästen, von denen keiner eine Miene verzog, als sie ihn sahen. Denn in diesem neoklassizistischen Palast war es ungewöhnlicher, einem Amerikaner in Shorts zu begegnen als einem absolutistischen Monarchen.

Um neun Uhr am Abend war in der Villa Ephrussi de Rothschild jede Menge los. Von der Kurve der oberhalb des Gebäudes verlaufenden Straße aus betrachtete Pierre Pierlot, bereits kostümiert, gepudert und völlig verschwitzt (er hätte sich besser als Gondoliere verkleiden sollen), durch sein Fernglas die ankommenden Gäste des Kostümballs. Damen und Herren in bunter Kleidung entstiegen ihren Autos und gingen durch ein Gewölbe aus Rosen und Fackeln hindurch zum Haus. Kurz darauf traten sie auf der anderen Seite, auf der der französische Garten lag, wieder hinaus. Die Blumenbeete, das Buchsbaum-Labyrinth und die Hortensienrabatten spiegelten sich im Wasser des Brunnens. Und von oben betrachtet, schienen die Menschen, die in ihren Verkleidungen nicht zu erkennen waren, wie Geister einer vergangenen Zeit – der von *Gefährliche Liebschaften* vielleicht – einen kaleidoskopartigen Gruppentanz aufzuführen.

Pierre versuchte die Gastgeber, Bertrand und Gudula, auszumachen, was ihm jedoch nicht gelang. Er nahm an, dass sie sich im Gebäude befanden, um zusammen mit König Baudouin und seiner Stiefmutter die Gäste zu empfangen. Pierre atmete tief durch, richtete sich den Seidenumhang und die weiße Perücke, machte den Motor seines Mercedes-Coupés an und fuhr die Straße hinunter, um an dem Fest teilzunehmen.

Unten wurde er von einem Gaukler mit Ziegenfüßen empfangen, der ihn in die Eingangshalle geleitete, wo er buchstäblich auf das achte Weltwunder traf: Gudula, die mit einem rosafarbenen Seidenkleid mit Spitzenärmeln, einem Diamanten-Diadem und einer kolossalen Perücke als Königin Marie-Antoinette verkleidet war, hieß die ankommenden Gäste mit einer theatralischen Verbeugung willkommen. Und nur wenige Meter von ihr entfernt nahm der einzigartige, unverwechselbare Bertrand Lacouture von Hohenzollern-Sigmaringen, Prinz von Orléans, leicht schwankend und ohne seinen pompösen Schnurrbart zu verstecken, der seine wahre Identität sofort verriet, die Glückwünsche entgegen. Im Kostüm von … Ludwig XVI.!

»Originelle Verkleidung, mein lieber Pierre«, machte sich Gudula über ihn lustig, als sie ihn sah. »Und so diskret. Ich hoffe, ich schneide gleich nicht mit dem falschen König die Torte an.«

»Aber woher sollte ich denn wissen, dass …«

»Es wäre besser, wenn Bertrand dich nicht sieht«, flüsterte sie ihm ins Ohr. »Du ahnst ja nicht, wie schwer es war, ihn davon zu überzeugen, sich als Ludwig XVI. zu verkleiden. Dabei ist das doch das einzig Logische, oder? Als Hauptdarsteller auf diesem Fest. Allerdings bin ich natürlich nicht auf den Gedanken gekommen, dass einer der Gäste das gleiche Kostüm wählen könnte. Das ist doch, als würde man zu einer Hochzeit eingeladen und käme im Brautkleid, findest du nicht?«

Pierre spürte, wie der Schweiß, der ihm ausbrach, sich mit dem Puder auf seinem Gesicht vermischte. Er schämte sich abgrundtief, fragte nach der Toilette und entledigte sich, dort versteckt, einiger der auffallendsten Teile seiner Ausstattung: Weg mit dem Seidenumhang, weg mit dem Rokokotuch, weg mit dem blauen Band und den falschen Orden. Die Perücke war zu extravagant, am besten nahm er die auch ab. Und die verschmierte Schminke?

Während Pierre sich mit all dem befasste, wurde plötzlich die Tür geöffnet, und der Graf von Montecristo mit seinem Schwert, seinem Gehstock und seinem weißen, nur halb zugeknöpften Hemd betrat den Raum. Der unwiderstehliche Galan hielt für einen Moment inne, runzelte die Stirn und betrachtete das Bild des armen Pierre im Spiegel.

»Sind Sie nicht …?« Porfirio Rubirosa erkannte ihn wieder.

»Ja, das bin ich.«

»Das ist ja eine Katastrophe, junger Mann!« Er lachte. »Monsieur, Sie sehen äußerst bemitleidenswert aus, und dabei hat die Party doch gerade erst angefangen.«

Dann stellte er sich vor den Spiegel über dem benachbarten Waschbecken, nahm eine kleine silberne Dose aus der Tasche und gab eine kleine Menge eines weißen Pulvers auf seinen Handrücken.

»Möchten Sie auch etwas?«, sagte er so höflich, als böte er Pierre ein Kanapee an.

»Ist das Opium?«, fragte dieser entsetzt.

»Kokain. Spanisches.«

Rubi zog sich das Zeug in die Nase, drückte diese kurz zusammen und wischte sich dann mit einem Taschentuch die pulvrigen Reste aus dem Gesicht. Gleich darauf wurden seine Augen feucht, und in seinem Gesicht zeichnete sich ein befriedigtes Lächeln ab.

Die einzigen Drogen, zu denen Pierre Pierlot in seinem bisherigen Leben Zugang hatte, dienten dazu, eine Grippe zu kurieren oder Migräne zu vertreiben. Und, na ja, während des Krieges hatte ihm einer seiner Vorgesetzten schon mal eine ovale Zyankalikapsel gegeben, die er in dem Fall hätte schlucken sollen, wenn die Deutschen ihn erwischten. »Du musst sie gut zerkauen, Junge, sonst kommt sie am Stück hinten wieder raus«, hatte man ihn gewarnt. Aber nun ging es nicht um diese Art von Drogen, sondern um psychotropisches Rauschgift.

Rubirosa führte ihn in das Ritual der Droge ein. Pierre zog sich das weiße Pulver in die Nase und spürte einen starken Juckreiz an der Schleimhaut. Er hielt sich die Nase, hustete, nieste, und seine Augen tränten. Das Letzte, was er sah, bevor die Welt zu einem verwirrenden nebulösen Ort wurde, war Porfirio Rubirosa, der lachend sein Bild in dem antiken Spiegel betrachtete.

Von diesem Moment an erlebte Pierre das Fest wie auf einem Holzpferd sitzend. Einem von denen, die sich auf einem Karussell drehen und drehen, während die Menschen winken, Musik erklingt und bunte Lichter die Kirmesbuden, die Schmetterlingsbahn und den Autoscooter beleuchten. Er war von kostümierten Leuten umgeben, die er nur verzerrt wahrnahm und die sich wie blutdurstige Vampire auf ihn stürzten. Als er daraufhin, blind, wie er war, die Flucht ergriff, stieß er mit einem der Kellner zusammen, und ein Tablett mit Champagner fiel herunter. Der Boden war mit Scherben übersät. Ein Ephebe wurde verletzt – ein Glassplitter bohrte sich ihm in die Achillesferse, was für ein Pech! Pierre wankte auf Gudula zu und erfasste sie von hinten. Sie erschreckte sich zu Tode. »Ich liebe dich, meine Schwalbe«, wollte er ihr sagen, doch sie hörte nur ein sinnloses Stammeln. Schließlich gelang es jemandem vom Sicherheitsdienst, die Lage wieder unter Kontrolle zu bringen. Er bugsierte Pierre Richtung Tür, drängte ihn an den Wandschirm, der den Bereich der Herrschaft vom Dienstbotentrakt trennte, und zog ihn hinter sich her, um ihn dann durch die Hintertür rauszuschmeißen.

Pierre Pierlot hatte genau fünfzehn Minuten auf dem Fest verbracht, von denen ihm nur fünf im Gedächtnis bleiben sollten. Er würde niemals erfahren, wie er die Villa Ephrussi de Rothschild verlassen hatte, noch wer seinen Mercedes zurück nach Nizza fuhr, noch welcher Page ihn im Hotel Negresco empfing und ihn zu seiner Suite brachte, noch welches Zimmermädchen ihm dabei half, das verdammte Kostüm auszuziehen. Für den Rest seines Lebens sollte das Einzige, an das er sich erinnerte, Gudulas warmer Atem an seinem Ohr sein.

Er wachte mit dem Gefühl auf, unter eine Dampfwalze geraten zu sein – sämtliche Knochen taten ihm weh und schienen gebrochen zu sein, einschließlich des Schädels –, und stellte fest, dass er halb nackt auf dem Bettlaken geschlafen und den Kopfkissenbezug mit Puder und Lippenstift verschmiert hatte. Dass sein Kopf zu platzen drohte und sich seine Augen wie zwei riesige Eier anfühlten, die in den Augenhöhlen feststeckten. In diesem Moment klingelte das Telefon. Nicht das Zimmertelefon des Hotels, nein. Sondern das tragbare MTA von Ericsson in seinem Versteck unter dem doppelten Boden im Schrankkoffer. Das, das er nur im Notfall benutzen sollte.

»Zu Befehl«, stammelte er.

»Pierlot? Sind Sie das?«

Pierre erkannte die Stimme von Van Acker.

»Ja, Monsieur. Zu Befehl«, wiederholte er.

»Gott sei Dank!«, rief der Premierminister aus. »Es geht ihm gut, de Foy. Dem Jungen geht es gut!«

»Wo ist Fred?«, fragte der Chef des Sicherheitsdiensts. »Ich wiederhole: Wo ist Fred?«

»Fred?« Man durfte nicht vergessen, dass Pierre gerade erst das Bewusstsein wiedererlangt und dass er sich halb nackt auf dem Bett liegend wiedergefunden hatte, dass das Kissen mit Lippenstift verschmiert war und dass …

»Sind Sie schwachsinnig, Pierlot? Sind Sie betrunken?« Der Premierminister hörte sich ziemlich wütend an. »Wissen Sie nicht, wovon wir reden? Erinnern Sie sich nicht, wer Fred ist?«

In diesem Moment war die Realität auf einmal wieder da und erwischte ihn eiskalt: die Nacht, das Fest, der König von Frankreich, der König von Belgien, die Schwalbe, Porfirio Rubirosa und sein spanisches Kokain …

»Unser Fred?«, brachte er mühsam und kaum vernehmlich heraus. »Ist ihm etwas zugestoßen?«

»Na, er ist verschwunden, Sie Dummkopf! Fred ist verschwunden!«

Kapitel 14

Seine schlimmsten Befürchtungen hatten sich bestätigt. König Baudouin von Belgien war direkt vor seiner gepuderten Nase entführt worden.

»Und wo waren Sie, Pierlot, während das Ziel Ihrer Mission vom Erdboden verschwunden ist?«

»Ich bin vom Feind neutralisiert worden, Monsieur.«

»Von welchem Feind? Und was meinen Sie mit ›neutralisiert‹?«

»Ich bin gestern Abend vergiftet worden. Man könnte sagen, dass ich nur durch ein Wunder überlebt habe.«

Halbe Lügen entsprachen genau wie Halbwahrheiten immer im Kern der Realität. Wenn er nun, inzwischen am Steuer seines Cabriolets auf dem Weg nach Monte-Carlo, darüber nachdachte, war es sehr wahrscheinlich, dass er in die älteste Falle getappt war, in die ein Spion geraten konnte. Sämtliche Elemente für einen guten Krimi waren vorhanden: die unwiderstehliche Frau, die jedem Mann den Kopf verdrehte; der Doppelagent, der einerseits für den grausamsten Diktator auf der Welt und andererseits für die habgierigsten Kommunisten der Geschichte tätig war; das Gift im Glas des Helden; der heimlich in die hohen Kreise geschmuggelte Partisan, den die Russen schickten, um Europa zu destabilisieren …

»Vertrauen Sie mir, Monsieur André. Ich glaube, ich weiß, wo ich Fred finden kann. Es sei denn …«

»Es sei denn was, Pierlot? Ich warne Sie, denn ich bin mit meiner Geduld bereits am Ende.«

»Es sei denn, sie haben ihn mit dem Schiff fortgebracht.«

»Mit dem Schiff?«

»Ja, Monsieur, nach Italien. Dort ist die Kommunistische Partei sehr stark und hat enge Verbindungen nach Russland.«

»Was, zum Teufel, reden Sie da? Tun Sie mir den Gefallen und holen Sie sofort den König zurück! Und finden Sie heraus, ob er mit Lilian durchgebrannt ist! Das wäre ein furchtbarer Skandal! Ich sehe schon die Schlagzeilen vor mir: ›Der König und seine Stiefmutter fliehen zusammen an unbekannten Ort.‹ Finden Sie dieses Liebesnest, beenden Sie diese drohende Krise, Sie Schlappschwanz!«

Giannalisa Gianzana Barzini zu finden – einen Farblecks in der abschüssigen Landschaft der Côte d'Azur – war dank der Skizze, die Jeanne Augier mit ihrem Lippenstift Rouge Coco auf eine Frühstücksserviette gezeichnet hatte, nicht schwer gewesen.

In diesem Sommer logierten Giannalisa und ihr Mann Luigi in der Villa La Vigie, die der Societé des Bains de Mer gehörte und eindrucksvoll auf den Felsen von Roquebrune-Cap-Martin oberhalb des Meeres thronte. Das pastellgelbe Gebäude, das mit Balustraden und toskanischen Säulen geschmückt und von einem üppigen Garten umgeben war, war schon von Weitem zu sehen. Von dort gelangte man über einen sich zwischen Pinien schlängelnden Weg an einen sauberen weißen Kiesstrand: La plage du Buse.

Wenn man von der Villa aus aufs Meer blickte, konnte man auf der linken Seite dem emsigen Geschehen im Fürstentum Monaco zusehen und gleichzeitig rechts den friedlichen Anblick von Menton genießen, wo sich zwischen den Felsen die Villa Favorite, das Nest der Schwalbe, erhob.

Das schlaksige Mädchen aus dem Café de Paris sonnte sich am Swimmingpool. Sie war allein und wirkte traurig. Wie eine am Rand eines Abgrunds zurückgelassene Puppe.

Pierre begrüßte sie von oben mit einem freundlichen Guten Tag, ohne dass sie reagierte. Sie stellte sich taub.

Man hatte ihn gebeten, auf der Terrasse auf Madame zu warten, ihm ein kühles Getränk serviert und ihn dann genau wie die arme Benedetta dort vergessen. Der Morgen verging langsam, eintönig und still. Tatsächlich machte es nicht den Eindruck, als ob sich hinter diesen schönen Wänden eine Entführung abspielte (und schon gar kein Königsmord). Keine Menschenseele war zu sehen. Abgesehen von dem einsamen Teenager, der sich hin und wieder erhob, um ins Wasser einzutauchen.

Pierre wurde ungeduldig. Vielleicht sollte er woanders nach dem König suchen.

Er stand auf und beugte sich auf der Seite, auf der Menton lag, über die Balustrade. Wenn er genau hinsah, konnte er zwischen Bougainvilleen und Hortensien Gudulas Heim erkennen. Dort war jede Menge los. Fenster wurden geöffnet, und alle möglichen Leute gingen durch die Tür ein und aus. Unter einem großen schwarzen Strohhut machte er Gudula aus, ihren greisen Ehemann in Unterwäsche und Porfirio Rubirosa, der im Garten herumtollte. Pierre bedauerte, dass er sein wunderbares Fernglas nicht dabeihatte.

»Gefällt Ihnen die Aussicht?« Giannalisa Barzini, barfuß und nur mit einem himmelblauen seidenen Kaftan bekleidet, riss ihn aus seinen Betrachtungen. Von der Tür aus sah sie ihn amüsiert und verschwörerisch an. »Mir können Sie nichts vormachen«, sagte sie. »Haben Sie Ihr Herz an Gudula verloren?«

»Wer nicht, meine liebe Giannalisa?«, entgegnete er mit einem galanten Lächeln.

»Glauben Sie mir«, fuhr sie fort, »diese Frau passt nicht zu Ihnen. Sie ist vollkommen verrückt.«

»Ich dachte, Sie beide wären Freundinnen.«

»Freundinnen? Auf keinen Fall! Gudula ist einfach unerträglich.«

»Das Gleiche behauptet sie von Ihnen.«

»Ich weiß, mein Freund, ich weiß. Denn eine ihrer wenigen Tugenden ist Aufrichtigkeit.«

Sie ließen sich an einem runden Tisch in der Nähe des Fensters nieder. Giannalisa bot ihm eine Zigarette an, und ein paar Sekunden lang rauchten sie schweigend.

Schließlich brach Pierre mit einem Räuspern die Stille. »Sie fragen sich sicher, welchem Umstand Sie meine Anwesenheit zu verdanken haben.«

»Ehrlich gesagt, nein. Ich dachte, es handele sich um einen Höflichkeitsbesuch. Ist es nicht so?«

»Giannalisa, lassen Sie uns offen miteinander reden.« Pierre senkte die Stimme. »Ihr Sohn Giangiacomo ist ein potenzieller Terrorist. Diese Geschichte von dem russischen Dichter nimmt ihm doch niemand ab.«

In diesem Moment trat ein großer Mann zu ihnen, der wie ein Gangster aussah, buschige Augenbrauen hatte und das dunkle Haar zurückgekämmt trug. Er war in einen weißen Bademantel mit geschlossenem Gürtel und Samtpantoffeln gekleidet.

»Luigi, *amor mio*«, sagte Giannalisa. »Darf ich dir Monsieur Pierlot vorstellen. Er ist gekommen, um nach meinem kommunistischen Sohn zu fragen. Was hältst du davon?«

Barzini runzelte die Brauen.

»Sind Sie von der Polizei?«, fragte er.

»Nein«, antwortete Pierre.

»Dann können wir also offen reden, oder?«

Giannalisa lächelte amüsiert, während sie ihre Zigarette zu Ende rauchte. Luigi Barzini setzte sich neben sie. Dabei öffnete sich der Bademantel ein Stück, sodass seine behaarten Beine zu sehen waren.

»Mein Stiefsohn Giangiacomo Feltrinelli ist ein Reaktionär. Und außerdem ein Betrüger: Denn wie kann man gleichzeitig Millionär und Kommunist sein? Irgendeines schönen Tages wird er in Schwierigkeiten geraten. Und dann werde ich nicht derjenige sein, der die Kastanien für ihn aus dem Feuer holt.«

»Könnte ich mit ihm reden?«, fragte Pierlot. »Ich würde gern eine … geschäftliche Angelegenheit mit ihm besprechen.«

»Ich würde an Ihrer Stelle keine Geschäfte mit Giangi machen«, fiel ihm Giannalisa ins Wort.

Barzini zündete sich eine Zigarette an und nahm einen tiefen Zug.

»Sie können es versuchen«, sagte er, stand auf und bat Pierre, ihm auf die Terrasse zu folgen. »Sehen Sie die Hütte dort hinten neben dem Pool? Wir glauben, dass er sich dort mit einer jungen Frau eingeschlossen hat. Einer deutschen Fotografin. Seit zwei Tagen sind sie nicht mal zum Essen rausgekommen.«

Pierre fühlte sich während des peinlichen Treffens mit Feltrinelli die ganze Zeit über beobachtet. Die neugierigen Blicke des Ehepaars Barzini folgten ihm zunächst durch den Garten, anschließend über den gefliesten Boden am Pool und schließlich bis zu der Hütte, wo er an der Tür klopfte, um gleich darauf von einem Irren mit wirrem Haar und weißem Hintern mit deutlichen Worten verjagt zu werden.

Immerhin konnte er dabei feststellen, dass sich in dem kleinen Pavillon, in dem die Auflagen der Liegestühle aufbewahrt wurden, kein entführter König befand. Denn es war schlichtweg unmöglich, an einem so kleinen, chaotischen und lasziven Ort ein Entführungsopfer zu verstecken. Die deutsche Fotografin, die breitbeinig auf einem Stapel Auflagen lag, bedeckte ihre Blöße rasch mit einem Handtuch, während Feltrinelli den Eindringling wie einen lästigen Käfer verscheuchte. Die junge Benedetta, die immer noch am Pool lag, brach in lautes Lachen aus. Vielleicht das erste echte Lachen in ihrem Leben.

»Und?«, fragte Giannalisa spöttisch. »Wie laufen die Geschäfte?«

Sie begleitete Pierlot freundlich zum Ausgang. Dieser lag der breiten Marmortreppe, die das Haus zweiteilte, direkt gegenüber und führte auf ein von massiven Betonsäulen gestütztes Portal hinaus. Auf beiden Seiten der doppelten Holztür hing ein goldgerahmtes Gemälde. Pierre runzelte die Stirn. Was seine Augen sahen, konnte unmöglich wahr sein: Das rechte Bild entsprach haargenau dem imposanten Kunstwerk – möglicherweise von Velázquez oder einem Meister der flämischen Schule –, auf dem zu sehen war, wie sich ein Heer kniend und mit aufgerichteten Lanzen einem anderen ergab. Ebenjenem Gemälde, das er in Gudulas Haus bewundert hatte.

»Ist dieses Gemälde echt?«, fragte er.

»Natürlich ist es das«, entgegnete Giannalisa. »›Die Kapitulation von Jülich‹. Sehen Sie, hier steht es? ›Josepe Leonardo, 1634.‹ Gefällt es Ihnen?«

»Nicht besonders«, stammelte Pierre. »Ich hatte nur gerade ein Déjà-vu. Denn ich hatte den Eindruck, dass … Egal, vielen Dank für Ihre Gastfreundschaft.«

»Sie können gern wiederkommen«, verabschiedete sich die Italienerin. »Ich nehme an, dass Giangi irgendwann genug von der jungen Deutschen hat und aus der Hütte wieder rauskommt.«

Erneut am Steuer seines roten Mercedes-Cabrios sitzend, kratzte Pierre sich am Kopf. Er war sich absolut sicher, dass dieses Gemälde dasselbe war, das er an dem Abend, an dem er Gudula kennengelernt hatte, in der Villa Favorite gesehen hatte. Daher machte er sich auf den Weg nach Menton. Nachdem die Theorie von der kommunistischen Verschwörung ausgeschlossen war, waren die Schwalbe, der Hirsch und die Viper die Hauptverdächtigen auf seiner Liste.

Würde er König Baudouin gefesselt und geknebelt in der Villa Favorite vorfinden?

Kapitel 15

Während Pierre Pierlot sich vergeblich bemühte, König Baudouin an der Côte d'Azur zu finden, war es in seiner Heimatstadt Brüssel jemandem gelungen, die Herkunft des Funksignals über Freds Verschwinden zu lokalisieren. Und ein Blick auf die Landkarte zeigte, dass sich die geheime Funkstation laut der Koordinaten in einer ruhigen Gegend am Stadtrand von Châtelet befand. Anschließend wurde im Archiv des staatlichen Sicherheitsdiensts nach einer – freundschaftlichen oder feindlichen – »schlafenden Zelle« in diesem Gebiet gesucht.

So gelangte man zu Philippe Depée, einem alten Funker aus den Zeiten der Résistance, der noch über die nötige Funkausrüstung verfügte, weil sich nach dem Krieg niemand mehr an ihn erinnert hatte. Weder um ihm für seine Dienste zu danken noch um ihm die Station abzunehmen.

In der Ferienresidenz des Ehepaars Van Acker aßen Achille, Anna und Robert de Foy gerade zu Mittag, als das Telefon klingelte. Was jedoch keiner von ihnen hörte, weil die Tür zum Speisezimmer geschlossen war.

Da das Personal die strikte Anweisung hatte, die Herrschaften und ihre Gäste, während sie zu Tisch saßen, nicht zu stören, war es nach einem ausgiebigen Mahl und einem Cognac und nachdem Achille sich bereits seine Pfeife und Robert seine Zigarre angemacht hatte, bereits halb fünf am Nachmittag, als die Haushälterin schüchtern damit herausrückte, dass während des Essens »jemand aus Brüssel« angerufen habe.

Ohne eine Sekunde zu verlieren, stürzte de Foy sich aufs Telefon und setzte sich mit seinem Büro in Verbindung. Fünf Minuten später machten sich Belgiens Premierminister und der Chef des staatlichen Sicherheitsdiensts in Van Ackers Fiat 1400 auf den Weg nach Châtelet, ohne Anna, die sich nach dem Essen zu einem Mittagsschlaf zurückgezogen hatte.

Das Motorgeräusch weckte sie aus unruhigen Träumen. Sie stand auf, trat ans Fenster und sah die beiden Herren mit Höchstgeschwindigkeit durch den Wald davonbrausen.

An diesem Sommertag herrschte eine unerträgliche Hitze in dem Ferienhaus der Van Ackers in Four à Verre. Kein Lüftchen, keine Wolke am Himmel, keine Möglichkeit für eine vollschlanke, nicht mehr ganz junge Frau und ihre Hormone, mal durchzuatmen. Mit einer Träne im Auge und dem Gefühl, vor Hitze zu ersticken, verlor Anna das Auto, in dem Achille und Robert saßen, um wohin auch immer zu fahren und wen auch immer zu treffen, schließlich endgültig aus dem Blick.

Der Text auf dem zerknitterten Stück Papier, in dem ihr Mann einer jungen Schwalbe seine Liebe erklärte, hatte sie zutiefst getroffen. Sie zog es aus seinem Versteck unter dem Kopfkissen hervor, ballte ihre Hand mit dem Papier darin zur Faust und betrachtete zitternd die Adern auf ihrem Handrücken, die ersten Falten, ein paar Altersflecken, die vorher nicht da gewesen waren. Sie wurde alt, es war unübersehbar.

Sie fühlte sich lächerlich und erstickte fast in dem kurzen Blümchenkleid, mit dem sie versucht hatte, de Foys Aufmerksamkeit zu erregen, zu dumm, um zu merken, dass der alte Fuchs in dieser Sache Achilles Komplize war. Möglicherweise gab es in dem Schwalbennest ja mehr als nur ein Paar.

An diesem Punkt ihrer Überlegungen angekommen, fiel Anna auf, dass sie in diesem ganzen Drama nicht die einzige Leidtragende war. Denn Marguerite de Foy, vormalige Witwe Tallon und eine

Frau mit starkem Charakter, war in der gleichen Lage. Auch sie hatte einen in die Jahre gekommenen, aber hochdekorierten und eitlen Ehemann, der sie mit einer anderen Frau betrog.

War ihre Freundschaft nicht mit Bismarcks Bündnispolitik zu vergleichen?, fragte Anna sich. Denn nun war die Zeit gekommen, in den Krieg zu ziehen.

Marguerite de Foy hatte in der Nacht keinen Schlaf mehr gefunden. Sie war bis nach sieben Uhr im Bett geblieben, hatte sich herumgewälzt und sich in ihrem Nachthemd verheddert und war schließlich mürrisch aufgestanden, in der Absicht, einen einsamen Spaziergang im Forêt de Soignes zu machen, bevor es zu heiß wurde.

Man könnte meinen, dass jemand wie Marguerite, die seit zehn Jahren mit einem Mann wie Robert de Foy verheiratet war, Unvorhergesehenes gewohnt war. Man musste ständig für alles offen und mit stets gepacktem Koffer bereit sein, weil man nie wusste, ob man nicht eilig aufbrechen musste.

In der letzten Zeit hatte sie als Anhängsel ihres Mannes die halbe Welt durchquert und die unterschiedlichsten Menschen getroffen. Roberts Ministerium war mit dem diplomatischen Dienst zu vergleichen, nur ging es um viel düsterere Angelegenheiten: schmutzige Wäsche, Erpressung, Bestechung, heimliche Tipps, Informanten, Geiseln, Problemviertel. Das war das tägliche Umfeld des Leiters des Sicherheitsdienstes. Und das seiner Frau.

In ihrer Ehe hatte eine normale Familie keinen Platz, keine Kinder, keine Enkel, nicht einmal ein Hund oder eine Pflanze. Ihre Lebensweise erlaubte dies nicht, und außerdem führten, wie Robert sagte, emotionale Bindungen nur dazu, den Verstand eines Mannes der Tat zu vernebeln. Denn man kann dazu bereit sein, sein eigenes Leben aufs Spiel zu setzen, aber nicht das von geliebten Menschen.

Daher hatte Marguerite nach der konventionellen bürgerlichen Ehe mit Monsieur Tallon lernen müssen, immer mit dem Schlimmsten zu rechnen. Und das hatte sie stark gemacht.

Die alltäglichen kleinen Sorgen, die ihre Nachbarinnen aus dem Gleichgewicht brachten (kleine Pannen und Rechnungen, unerwarteter Besuch, Katastrophen in der Küche oder Probleme mit dem Hauspersonal), erschienen ihr dagegen wie ein Spaziergang. Denn sie hatte wichtigere Dinge zu bedenken (Entführungen, Bomben, Morde und ähnliche Dinge). Daher hatte Marguerite de Foy bei den Damen in Brüssel – vor allem bei denen, die sie regelmäßig beim Friseur traf – den Ruf, aus besonders hartem Holz geschnitzt zu sein.

So war es zum Beispiel für eine Frau in diesen Tagen nicht üblich, allein durch den Forêt de Soignes zu wandern. Denn es hieß, dass man dort auf Kriegsveteranen treffen könne. Viele Männer waren an Körper und Seele verletzt von der Front zurückgekehrt. Doch Marguerite hatte keine Angst vor ihnen. Im Gegenteil. Sie blieb immer mal wieder stehen, um mit ihnen zu reden oder eine der Zigaretten zu rauchen, die sie mit billigem Tabak selbst drehten. Wenn sie dann, müde von der Wanderung und den Schrecken des Krieges, nach Hause zurückkam, fühlte sie sich ein wenig weiser. Und beim gemeinsamen Mittagessen mit Robert freute sie der Gedanke an ihre späte Liebe. Wenn sie allein speiste, fiel es ihr jedoch schwer, die Albträume der Vagabunden im Wald von Soignes zu verdauen.

Daran dachte sie gerade beim Versuch, die Augen zu schließen und mit einem angenehmen Mittagsschlaf die schlaflose Nacht wettzumachen, als das Telefon klingelte. Nein, es war nicht Robert – wie sie es sich erhofft hätte –, um sie zu beruhigen und ihr zu sagen, dass er am Abend wieder an ihrer Seite wäre, sondern Anna Van Acker mit einem alarmierend dringlichen Ton in der Stimme.

»Marguerite? Bist du es, meine Liebe?«

»Was ist los, Anna? Du wirkst ziemlich aufgeregt.«

»Bitte hör mir aufmerksam zu«, bat Anna sie, und Marguerite runzelte die Stirn. »Unsere Männer führen etwas im Schilde.«

»Natürlich«, sagte Marguerite und atmete erleichtert auf. »Die beiden führen immer etwas im Schilde, und du willst mir doch nicht sagen, dass dir noch immer Sorgen bereitet, was Achille und Robert tun oder lassen!«

»Diesmal ist es anders. Ich glaube, dass es nicht um Staatsangelegenheiten geht, sondern um eine Liebesaffäre.«

Marguerite de Foy konnte ein herzliches Lachen nicht unterdrücken.

»Hast du den Verstand verloren?«, brachte sie schließlich heraus, als sie sich wieder beruhigt hatte. »Unsere Männer sind doch Greise!«

Anna war beleidigt.

»Dein Robert vielleicht«, protestierte sie, »Achille ist gerade mal achtundfünfzig und hervorragend in Form.«

»Und Robert ist dreiundsechzig«, entgegnete Marguerite. »Das ist mir durchaus bewusst. Aber es ist eine Sache, bei guter Gesundheit zu sein, und eine andere, wenn du und ich nicht mehr in der Lage sind, ihre Bedürfnisse zu befriedigen. Oder gehörst du zu den gezierten Damen, die gewisse Dinge nicht wahrhaben wollen?«

»Aber wovon redest du?« Anna war entsetzt.

»Ich denke nicht, dass es nötig ist, das näher zu erklären, meine Liebe.«

»Natürlich ist das nötig. Ich habe keine Ahnung, wovon du redest …«

»Hast du noch nie die Zunge in den Mund deines Mannes gesteckt, Anna? Hast du es nie gewagt, ihm schmutzige Worte ins Ohr zu flüstern? Hast du ihn noch nie unter der Bettdecke gestreichelt?«

»Bitte schweig!!!«, schrie die *Première dame*. Und ein Schwarm Turteltauben, die sich unter dem Dachvorsprung niedergelassen hatten, schwang sich in die Lüfte und ergriff eilig die Flucht.

Anna legte das Telefon weg und zuckte zurück, als ob sie sich verbrannt hätte. Eine erstickende Hitzewallung durchlief ihren ganzen Körper, und sie zitterte von Kopf bis Fuß.

Draußen war es immer noch extrem heiß, doch im Haus war die Luft noch stickiger. Ohne noch einmal darüber nachzudenken, eilte sie in den Garten. Sie lief bis zum Seeufer und stürzte sich angezogen ins Wasser, zuerst nur bis zu den Knien, dann bis zum Hals. Zum Teufel mit der Dauerwelle! Sie verharrte eine ganze Weile im kalten Wasser und hielt den Atem an, bis ihre Körpertemperatur sich wieder einigermaßen normalisiert hatte. Dann stieg sie aus dem Wasser und legte sich auf den Steg. Klatschnass und erschöpft, fing sie an zu lachen.

Doch es war kein gesundes Lachen, sondern ein hysterisches, das Lachen einer Verrückten, die aus einer psychiatrischen Klinik ausbricht und davonrennt, ohne zu wissen, wohin. Es war eher eine Art nervöser Anfall, der all ihre Angst, ihre Unsicherheit, ihre Eifersucht und jetzt – nachdem sie mit Marguerite gesprochen hatte – auch noch den Verdacht, ihren Mann enttäuscht zu haben, zum Ausdruck brachte. Schmutzige Worte ins Ohr flüstern? Streicheleinheiten unter der Bettdecke? Die Erfüllung der ehelichen Pflichten bestand doch darin, sich hinzulegen und die Stöße des Mannes zu ertragen, oder nicht? Das zumindest hatte ihre Mutter ihr am Abend vor ihrer Hochzeit erklärt. Sie hatte ihr damals mit schreckgeweiteten Augen zugehört. Unfähig zu glauben, dass die Gerüchte, die auf der Schule kursierten, tatsächlich wahr waren. Die Ungeheuerlichkeiten, die ihre Klassenkameradinnen immer behauptet hatten, hatte sie stets für obszön gehalten. Daher hatte sie niemals zugelassen, dass in ihrer Anwesenheit darüber geredet wurde.

Die Hochzeitsnacht war schmerzhaft gewesen. Aber zum Glück auch schnell vorbei. Achille verfügte über genügend Erfahrung, um sie nicht unnötig leiden zu lassen. Er kannte den weiblichen Körper und die Art und Weise, wie man ihn öffnete, beschwichtigte, ablenkte und das Ziel genau anvisierte, damit die Ausführung perfekt vollzogen werden konnte. Wie eine von einer geschickten Krankenschwester verabreichte Injektion.

Nachdem sie die Sache ein paarmal überstanden hatte, gelang es Anna, sich dabei zu entspannen, und schließlich sogar, die Intimität, die Umarmungen, die liebevollen Worte und die Zeichen der Dankbarkeit zu genießen, die sie im Anschluss in Form eines Blumenstraußes, einer Schachtel Pralinen oder anderer kleiner Geschenke zusammen mit einer romantischen Karte erhielt.

Doch im Laufe der Jahre waren die Gelegenheiten des intimen Zusammenseins immer seltener geworden und gehörten inzwischen eher zur Ausnahme. Tatsächlich konnte man das, was in den letzten Monaten in dieser Hinsicht passiert war, an einer Hand abzählen.

Vielleicht hatte Marguerite, hemmungslos und direkt wie sie war, ja den Nagel auf den Kopf getroffen. Es war durchaus möglich, dass Anna die Bedürfnisse ihres Mannes in dieser Hinsicht (und nur in dieser, damit das klar war) ein wenig vernachlässigt hatte und dass er sich aus diesem Grund in eine fröhlichere Frau wie »die Schwalbe« verliebt hatte, um das Feuer zu löschen. Diese Vorstellung entsprach eher Achilles Persönlichkeit, der ein treuer und integrer Mann war. Aber deshalb tat es nicht weniger weh, dass er bei einer anderen Frau Trost gesucht hatte.

Das Erste, was sie machen musste, war, ein weiteres Rendezvous der beiden zu verhindern, und danach musste sie alles tun, um selbst die Glut ihres Mannes zu löschen. Wenn es nötig war, würde sie Marguerite um Rat fragen. Sie war zum zweiten Mal verheiratet, und wie es aussah, kannte sie ein paar … moderne Techniken

Mit dieser neuen Entschlossenheit griff Anna erneut nach dem Telefon und wählte noch einmal die Nummer der de Foys. Diesmal war ihr Puls deutlich ruhiger.

»Ich muss meinen Mann finden, bevor es zu spät ist!«, erklärte sie. »Bitte hilf mir!«

Das Problem war nur, dass Marguerite keinen blassen Schimmer hatte, wo Robert sein könnte. Das Einzige, was sie wusste, war – und so erzählte sie es Anna –, dass er am Morgen sehr früh einen Anruf von der Zentrale erhalten und daraufhin eilig das Haus verlassen hatte.

»Ich habe ihn gefragt, was los ist, und er meinte, dass er es mir nicht sagen könne, weil es sich um eine geheime Angelegenheit handele. Darauf habe ich gefragt: ›Wie geheim?‹, und er hat geantwortet: ›Höchst geheim!‹ Deshalb, meine liebe Freundin, glaube ich, dass du dich irrst. Ich hatte nicht den Eindruck, dass es um eine Liebesaffäre ging.«

Anna hatte keine andere Wahl, als Marguerite von dem Brief zu erzählen, in dem Achille der Schwalbe seine Liebe erklärte. Also fasste sie sich ein Herz und redete es sich mit Tränen in den Augen von der Seele, wobei sie ihre Gesprächspartnerin nach und nach davon überzeugte, dass sie doch recht hatte: Achille hatte eine Geliebte.

»Hast du eine Ahnung, wohin sie unterwegs sein könnten?«

»Nein, keinen Schimmer. Sie haben das Auto genommen und mich an diesem blöden Tümpel sitzen lassen.«

»Ich komme zu dir. Sag mir, wo genau das Haus liegt.«

Neben dem Telefon der de Foys lag ein Notizbuch, das sie noch nie benutzt hatten. Marguerite öffnete es und starrte überrascht auf die erste Seite.

»Warte!«, rief sie aus. »Ich glaube, wir haben eine Spur!«

Dort, auf das vergilbte Blatt, hatte Robert einen einzigen Satz geschrieben: *SOS. Fred verschwunden. Pierre Pierlot dringend gesucht.*

»Ich weiß, wer dieser Pierlot ist!«, sagte Anna aufgeregt. »Das ist einer der Agenten vom Sicherheitsdienst. Der, der normalerweise von dem mickrigen Baum gegenüber unser Haus bewacht.«

»Und Fred? Hast du eine Ahnung, wer dieser Fred sein könnte?«

»Nicht die geringste.«

Marguerite hatte einen gewissen Einfluss auf die Sekretärin ihres Mannes. Denn sie selbst war diejenige gewesen, die sie vor einigen Jahren eingestellt hatte, nachdem sie sich sicher war, dass sie physisch keine Gefahr für ihre solide Ehe darstellte. Dabei hatte Marguerite der Dame – im Vertrauen – erklärt, dass Robert zwar ihr offizieller Arbeitgeber, in Wahrheit aber sie, seine Ehefrau, ihre Chefin sei, da es allein von ihr abhing, ob sie ihre Arbeit behalten würde oder nicht. Daher schuldete die Dame Marguerite Loyalität, während Robert ihr hin und wieder ein großzügiges Trinkgeld gab.

In weniger als fünfzehn Minuten gelang es der fleißigen Sekretärin, die Adresse des einzigen Pierlot herauszufinden, der in den Akten der Geheimagenten verzeichnet war: ein Haus auf dem Land in der Nähe von Châtelet.

»Châtelet?«, wunderte sich Anna. »Ich kenne diesen Ort. Das ist ganz in der Nähe von hier.«

»Mach dich bereit, meine Liebe«, sagte Marguerite. »Ich bin gleich bei dir, um dich abzuholen, und dann fahren wir zusammen nach Châtelet, um herauszufinden, was unsere Männer dort verloren haben.«

Das Einzige, womit Marguerite nicht gerechnet hatte, war das Nichtvorhandensein der Dienstkarosse. Die Garage war leer … abgesehen von der alten Vespa, die Robert pflegte wie eine Reliquie und die, mit einer Plane abgedeckt, hinten im Raum stand. Er behauptete, mit ihr ganz Holland durchquert zu haben. Und hin und wieder, wenn die Sonne schien, fuhr er mit ihr mit der gleichen

Umsicht spazieren, wie man mit einem geliebten alten Opa ein paar Schritte geht, damit er nicht einrostet.

Ohne lange drüber nachzudenken, startete Marguerite den Motor der alten Maschine, warf ihre Tasche in den Beiwagen und fuhr mit einem Höllenlärm aus der Garage. Sie spürte den Wind im Haar, der auch ihren Rock aufwehte. Und sie fühlte sich frei.

Auf der Straße winkten ihr die Kinder zu, als wäre sie eine Zirkusattraktion.

Kapitel 16

Diesmal zog Pierre es vor, am Ende der Steigung zu parken, um sich die letzten hundert Meter an die Villa Favorite heranzuschleichen. Dabei achtete er darauf, dass er von keinem Hausbewohner gesehen wurde. Er wollte vollkommen überraschend auftauchen, damit die Verdächtigen keine Zeit hatten, mögliche Beweise zu vernichten.

In seinem Kopf stand die Abfolge der Ereignisse fest: Die Schwalbe und der Hirsch hatten zusammen einen unfehlbaren Plan ausgeheckt. Mit der Hilfe von Porfirio Rubirosa würden sie die Entführung des Königs nutzen, um ein Lösegeld in Millionenhöhe für seine Freilassung zu fordern. Und wenn sich die belgischen Behörden zu zahlen weigerten, würden sie das Staatsoberhaupt den Kommunisten aushändigen. (Italien war voll davon.)

Die Villa Ephrussi de Rothschild, wo der Monarch derzeit logierte, war der ideale Ort, um das Verbrechen durchzuführen. So konnten sie sicher sein, dass Baudouin an dem Abend, den sie für ihr Verbrechen ausgewählt hatten, vor Ort war. Und dadurch, dass alle Anwesenden verkleidet waren, konnte unter den vielen maskierten Menschen niemand den jungen König ausmachen.

Rubirosa war dafür zuständig, dem König die Droge (spanisches Kokain) zu verabreichen und damit auch die einzige Gefahr auszuschalten, die ihnen drohte: den mysteriösen belgischen Unternehmer, der wie durch Zauberhand an der Côte d'Azur aufgetaucht war und der – War es die Schwalbe, die es herausgefunden hatte? – möglicherweise dem Geheimdienst seines Heimatlandes angehörte.

War dieses Hindernis einmal beseitigt, würden Bertrand und Gudula den König unauffällig in die Villa Favorite bringen, wo sie ihn gegen seinen Willen in einem der Zimmer festhalten würden, bis sie das Lösegeld erhalten hatten. Es war nur eine Frage von Stunden, bis die Entführer sich mit Robert de Foy in Verbindung setzen würden, um die Zahlung zu fordern.

An diesem Punkt angekommen, entschied Pierre, zum Wagen zurückzukehren. Denn er hatte die Pistole im Handschuhfach vergessen. Er steckte sie sich ins Gürtelhalfter und verschwand erneut in dem kleinen Wald, der die Villa umgab.

Er kletterte den steilen Abhang hinauf und stieß als Erstes auf den in den Fels gehauenen Swimmingpool mit dem blauen Grund. Ein würdiges Adlernest mit einer beeindruckenden Aussicht.

Pierre versteckte sich im blühenden Oleander und verhielt sich ruhig.

Keine zehn Meter entfernt lag Gudula auf einem weißen Liegestuhl. In seinem Versteck konnte er beinahe ihren Herzschlag und ihr Seufzen hören. Sie trug einen großen schwarzen Strohhut, der einen Teil ihres Gesichts verdeckte, eine riesige Sonnenbrille, einen schwarzen Badeanzug und eine Perlenkette. Der Rest war nur Haut und Verlockung.

Was gab es Schöneres an einem heißen Tag wie diesem, als sich kurz nach der Mittagszeit am Rand des Schwimmbads eine Erfrischung zu gönnen, wie es in diesem Augenblick die schöne Schwalbe machte. Sie bot einen umwerfenden Anblick. Eine Frau, die so schön war wie sie, so frei und kurz davor, sich in die Lüfte zu erheben. Schade, dass er das Fernglas nicht dabeihatte. Denn damit hätte er jede Feder ihrer Flügel, jeden kleinen Leberfleck, jede Falte ihrer Haut betrachten können.

Irgendwann stand Gudula auf. Ihr ganzer Körper war eine Hommage an die Göttinnen des Olymps. Langsam tauchte sie ins Wasser ein. Zuerst die Füße, die aus chinesischem Porzellan zu sein schienen, danach die endlos langen Beine, das perfekt gerundete Hinterteil, die schmale Taille, die üppigen Kurven. Und dann glitt sie, ohne mit dem Kopf unterzutauchen, noch immer mit dem Hut, den Perlen und der Sonnenbrille ausgestattet, ins Wasser.

Nach einer Weile verließ sie den Pool wieder, und die Brise ließ sie leicht erschaudern. Sie bekam eine Gänsehaut. Dann verzog sie die Lippen zu einem breiten Lächeln.

»Schon fertig?«, fragte sie.

Pierre verstand, dass sie mit jemandem sprach, der sich außerhalb seines Blickfelds befand. Mit einem Mann, der gerade hinter der Mauer, die den Pool von dem wilden Garten der Villa trennte, hervorgetreten war.

»Ich brauche noch ein bisschen«, antwortete die tiefe Stimme Porfirio Rubirosas mit dem spanischen Akzent. »Er ist etwas größer und schwerer, als wir gedacht haben. Bertrand will sich vergewissern, dass er gut festgebunden ist. Denn die Reise ist lang.«

»Aber passt er denn überhaupt in den Kofferraum des Bentley?«

»Kein Problem. Wir werden ein paar Decken darüberlegen, sodass er sich unterwegs nicht bewegen kann. Damit er heil ankommt.«

»Seid vorsichtig«, warnte Gudula. »Das ist eine sehr wertvolle Fracht, du verstehst schon … Bertrand meint, dass wir bis zu einer Million Franc verlangen können.«

Rubirosa trat näher auf Gudula zu und tauchte in Pierres Blickfeld auf. Er war barfuß und trug kurze Boxershorts und ein bordeauxrotes Poloshirt. Er war kräftig und stark behaart. Jeder Muskel seines Körpers strotzte vor Kraft.

Als er sich neben der Schwalbe auf einem weiteren weißen Liegestuhl niederließ, wirkte sein Rücken noch breiter und verwandelte ihn in eine Art Übermenschen. Er zündete sich mit seinem goldenen Feuerzeug eine Zigarette an und steckte sie Gudula zwischen die Lippen. Anschließend rauchten sie sie abwechselnd in einträchtigem Schweigen.

»Und nach diesem Coup winkt die Freiheit«, meinte Rubirosa schließlich seufzend. »Ich würde gern nach Saint-Tropez zurückkehren.«

»Was zieht dich denn nach Saint-Tropez?«, entgegnete sie.

»Ich werde mir ein Segelboot kaufen.«

»Du wirst vor Langeweile umkommen.«

Gudula führte sich die Zigarette an die Lippen und nahm einen Zug. Sie wirkte kein bisschen beunruhigt. Sie muss Nerven wie Drahtseile haben, dachte Pierre und stellte sich Baudouin vor, wie er nur wenige Meter entfernt geknebelt in einem der Zimmer der Villa saß.

»Wenn du mit mir kommen würdest, würde es niemals langweilig werden«, meinte die Viper in diesem Moment.

»Sicher. Und irgendwann hättest du die Nase voll von mir wie von all den armen Frauen, in die du dich bereits verliebt hast. Du bist kein Mann für eine einzige Frau, Rubi. Das weißt du genauso gut wie ich.«

»Und du bist keine Frau für einen einzigen Mann«, wandte er ein. »Wir wären das perfekte Paar.«

Die Schwalbe lachte.

»Was redest du denn da? Darf ich dich daran erinnern, dass ich verheiratet bin.«

»Nur zum Schein, meine Liebe. Jeder weiß, dass ihr eine Zweckehe eingegangen seid. Bertrand ist kein Hindernis für unsere Liebesgeschichte.«

Gudula ließ erneut ihr glockenhelles Lachen ertönen.

»Das zwischen dir und mir ist keine Liebesgeschichte, Rubi. Das ist nur ein Abenteuer.«

»Na ja, ich bin verrückt nach dir, Prinzessin.«

»Keine Sorge.« Sie strich ihm mit dem Handrücken über die Wange. »Das geht vorbei. Schon bald wirst du dich in eine von diesen Hollywood-Schauspielerinnen verlieben, die dir so sehr gefallen, oder in eine einsame Millionärin oder in die Tochter eines Maharadschas, und ich wäre nur eine Kerbe mehr in deinem Revolver. Außerdem …«, fügte sie in verschwörerischem Ton hinzu, »habe ich jemanden kennengelernt …«

In diesem Moment war Pierres ganzer Körper angespannt wie ein Flitzebogen. Wäre er ein Pferd, hätte er nun die Ohren aufgerichtet.

»Der Belgier?«

Sie sprachen von ihm, kein Zweifel.

»Er heißt Pierre«, verbesserte sie ihn. »Und er ist ein Bankier.«

Nun war es Porfirio Rubirosa, der in Gelächter ausbrach.

»Jetzt sag nicht, du hast dich in diesen Volltrottel verguckt!«, rief er aus.

»Hör zu, Rubi«, entgegnete die Schwalbe. »Irgendwann kommt der Moment im Leben, in dem man anfangen sollte, über die Zukunft nachzudenken. Ich nehme an, du hast überhaupt keine Ahnung, worüber ich rede, denn du bist keine Frau.« Sie nahm einen tiefen Zug von der Zigarette.

»Natürlich weiß ich das«, sagte Porfirio Rubirosa. »Ich kenne die Frauen gut. Letztendlich wollt ihr alle das Gleiche: ein Heim, eine Familie und ein Schoßhündchen. Genau das, was ich euch nicht bieten kann. Ich dachte, du wärest anders. Ein Freigeist. Aber wie ich sehe, bist du genauso langweilig wie alle anderen.«

»Sicher könntest du das einer Frau bieten.« Die Schwalbe lächelte beinah menschlich. »Dafür müsstest du dich nur einmal ernsthaft verlieben. Die Frau deines Lebens finden.«

»Nein, Gudula. Du verstehst mich nicht«, sagte Rubirosa plötzlich traurig. »Ich kann keine Kinder haben. Ich bin steril.«

Plötzlich wurde es dort oben auf dem Berg still. Von einer der

Kirchen in Menton war das Angelusläuten zu hören – welche Ironie –, und alle anderen Kirchtürme folgten mit ihrem Glockenspiel.

Gudula hielt, ohne ein Wort zu sagen, Rubirosas Hände in den ihren, und so verblieben die beiden eine Weile schweigend, während sie diese unendlich scheinende Zigarette rauchten. Schließlich, nachdem sie lange Zeit so gesessen hatten (Pierre wurde überall von dem Oleander gepiekt), beschlossen die Schwalbe und die Viper, den Ort zu verlassen. Sie zog sich einen kurzen Bademantel über, und er nahm sie mit einer übertriebenen Vertrautheit am Arm, die Pierre noch mehr störte als die lästige Pflanze. Arm in Arm gingen sie die Treppe zum Haus hinauf und verschwanden aus seinem Blickfeld. Und endlich konnte Pierre, der in sämtlichen Gliedern Muskelkrämpfe hatte, sein Versteck verlassen.

Pierre war verwirrt. Einerseits begriff er, dass es seine Pflicht war, diese Verschwörung zu verhindern. Den König zu befreien. Die Polizei zu benachrichtigen. Die Schwalbe den Behörden zu übergeben, damit sie vor Gericht kam und bestraft wurde. Vielleicht zum Tode verurteilt. (Was war wohl die Strafe, wenn man versuchte, einen König zu entführen?) Andererseits jedoch machte ihn das Wissen, dass Gudula etwas für ihn empfand, ganz verrückt. Es vernebelte seinen Verstand. »Sie dürfen niemals zulassen, dass persönliche Angelegenheiten Ihre Mission in Gefahr bringen«, hatte de Foy ihn gewarnt, als sie seine Reise gemeinsam geplant hatten. »Sie müssen dem Gesang der Sirenen widerstehen. Vor allem, wenn sie hübsche Frauen sind. Die Frauen sind die Achillesferse jedes Geheimagenten. Vergessen Sie das nicht.«

Pierre richtete den Blick erneut auf den Liegestuhl, den Gudula gerade verlassen hatte und der noch die Spuren ihres nassen Körpers aufwies. Er spürte den Drang, die leere Stelle zu streicheln. Doch als er näher trat, erregte etwas Glänzendes seine Aufmerksamkeit. Am Rand des Pools lag ein Verlobungsring mit einem in

Gold eingefassten Smaragd. Derselbe, nach dem die Schwalbe an dem Tag, an dem sie sich kennengelernt hatten, auf der Suche war.

Pierre lächelte. Er steckte sich das Schmuckstück in die Tasche, wobei er den Revolver berührte. Und wenn er ihn benutzen musste? Würde er in der Lage sein, ihn auf Gudula zu richten? Auf sie zu schießen?

Eilig verscheuchte er diese unangenehme Vorstellung aus seinen Gedanken und ging leise den von Büschen gesäumten Weg zum Haus hinauf.

Auf der Terrasse, auf der sie in jener Nacht ihren ersten gemeinsamen Wodka Orange getrunken hatten, hatten sich nun die drei Komplizen zusammengefunden: Porfirio Rubirosa, die Schwalbe und Bertrand Lacouture von Orléans, schwitzend in seinem offenen Hemd, das seine betagte Brust zur Schau stellte, die sich, nach der Anstrengung, den König zu knebeln und bewegungsunfähig zu machen, heftig hob und senkte.

Die drei Verschwörer warteten ruhig darauf, dass ihnen das Essen serviert würde, als ob ein solches Verbrechen zu begehen etwas Alltägliches wäre.

Ein Dienstmädchen mit einer großen Schüssel Meeresfrüchte erschien auf der Bildfläche. Sie hoben ihre Gläser, während sie den Hummer zerlegten und verschlangen. Das Gespräch war banal. Harmlos.

Sie sprachen über den Erfolg des Maskenballs am Tag zuvor, auf dem sich der gesamte Jetset der Côte d'Azur versammelt hatte. Und sie beglückwünschten sich gegenseitig zu der großartigen Idee, König Baudouin, der so leicht zu beeinflussen war, in ihre Pläne integriert zu haben.

»Wenn ihr jetzt gleich aufbrecht, seid ihr noch vor Mitternacht in Paris«, hörte Pierre Gudula plötzlich sagen. »Nur, wenn ihr keine Pause macht, natürlich.«

»Diesmal wäre es besser, die Reise an einem Stück zurückzulegen«, meldete sich Porfirio Rubirosa zu Wort. »Mit meinem Ferrari wären wir natürlich wesentlich schneller.«

Pierres Herz begann zu rasen. Er musste Baudouin schnellstens finden, bevor die Entführer das Mahl beenden würden.

Wenn sie erst im Auto saßen und sich auf den Weg machten, würde es wesentlich schwieriger sein, an sie heranzukommen. Außerdem war das Leben des jungen Monarchen in Gefahr. Denn so bequem der Kofferraum eines Bentleys auch sein mochte, war es sicher keine leichte Sache, zehn Stunden lang gefesselt und geknebelt darin zu überleben.

Während seiner Ausbildung in der Groupe G hatte man dem Agenten Pierlot sehr wohl beigebracht, dem Feind gegenüberzutreten. Was er daraus gelernt hatte, war, es möglichst zu vermeiden. »Ein guter Widerstandskämpfer«, hatte man ihn gewarnt, »muss möglichst unsichtbar sein und immer im Geheimen agieren.«

Mit dieser Maxime im Kopf überlegte sich Pierre einen Plan, um den König zu retten: Er würde ungesehen ins Haus eindringen und jeden Winkel und jeden dunklen Raum durchsuchen, bis er die Geisel fand. Er würde sie nicht gleich befreien, damit sie keine unvorsichtige Bewegung machte oder schrie, sondern ihr erst einmal erklären, was er dort machte. »Ich bin Pierre Pierlot. Agent des belgischen Geheimdiensts. Ich bin gekommen, um Euch zu retten, Majestät, keine Sorge«, würde er sagen. Dann würde er Baudouin von den Fesseln befreien und ihm deutlich machen, dass er ihm vorsichtig folgen solle, ihm den Revolver zeigen, damit er sich beschützt fühlte, und zusammen würden sie sich zum Ausgang schleichen. Von dort würden sie über den Weg zwischen den Büschen den Abhang hinuntereilen, um zu Pierres Mercedes zu gelangen. Sie würden hineinspringen, den Motor anmachen und, so schnell es ging, über die kurvige Straße verschwinden.

Wenn die Viper, der Hirsch und die Schwalbe ihr Mahl beendet hatten und nach ihrer Geisel sahen, würden sie nur noch die Fesseln und den Knebel vorfinden. Der Gefangene wäre verschwunden, wie vom Erdboden verschluckt. Aber vielleicht wäre es dann noch früh genug, um in den Bentley zu steigen und von der Bildfläche zu verschwinden, bevor Frankreich, Belgien, Italien und Deutschland sich verständigt hätten, um sie zu verfolgen, zu schnappen und sie hinter Gitter zu bringen.

Pierre begriff, dass er Gudula nicht mehr wiedersehen würde. Jedoch blieb ihm die Hoffnung, dass es ihr – dank ihres kriminellen Geschicks – gelingen würde, zu fliehen und sich in eines der warmen Länder zu flüchten, in denen die Schwalben den Winter verbrachten. Würde es ihm reichen, sie für immer im Gedächtnis zu behalten? Oder würde auch er ein Flugzeug besteigen, um überall auf der Welt nach ihr zu suchen?

Als Pierre nach einer halben Ewigkeit endlich mit seinen Überlegungen fertig war, machte er sich an die Ausführung seines Plans. Durch die Tür zur Küche schlich er ins Haus. Dort versteckte er sich hinter dem Speiseschrank und wartete ab, bis das portugiesische Dienstmädchen mit einem Tablett, das diesmal üppig mit Austern beladen war, nach draußen verschwand. Dann trat er in den Flur und stieß auf eine Treppe, die in den Keller führte. Sein Instinkt konnte sich nicht täuschen: Wenn es in der Villa Favorite eine unterirdische Räumlichkeit gab, dann hatten sie dort sicherlich die Geisel versteckt. Vorsichtig schlich er im Dunkeln die Treppe hinunter und gelangte auf den kalten Boden eines Weinkellers. Auf beiden Seiten stapelten sich Weinfässer und -flaschen. Es roch nach Feuchtigkeit, und das einzige Licht kam von einer schwachen Glühbirne, die an der Decke baumelte. In einer dunklen, staubigen Ecke fand er schließlich, was er suchte: einen menschlichen Körper, der vollständig verhüllt war und unbeweglich auf der Seite lag.

Für einen Moment fürchtete er, dass die Geisel bewusstlos, anästhesiert oder tot wäre, da er auch nicht die kleinste Bewegung ausmachen konnte, und er beschloss, blitzschnell zu handeln, wie man es ihm während seiner Ausbildung zum Geheimagenten beigebracht hatte. Er zerschlug eine Weinflasche auf dem Boden und durchtrennte mit einer scharfen Glasscherbe die Schnur, die das Bündel zusammenhielt. Daraufhin öffnete sich der Inhalt, der einem zusammengerollten Teppich glich, vor seinen Augen wie eine aufgehende Blüte, und er sah sich einem riesigen Ölgemälde gegenüber, auf dem zu sehen war, wie sich ein Heer kniend und mit aufgerichteten Lanzen einem anderen ergab.

Die verdammte *Kapitulation von Jülich*!, erkannte Pierre das Werk wieder, der seinen Augen nicht traute.

Die gepolsterte Hülle sollte verhindern, dass das Gemälde während der Reise beschädigt würde, und das Ganze war zusätzlich mit einer Plane umwickelt. Dadurch hatte es wie eine verhüllte Leiche ausgesehen, so, wie man es aus den Krimis im Fernsehen kannte: Die Gangster rollten den Toten in einen Teppich ein und vergruben ihn nachts im Licht der Taschenlampen an einem Ort, den kein Polizist jemals finden würde.

Doch in diesem Fall handelte es sich nicht um eine Leiche, sondern um ein Gemälde von Leonardo, das – auf dem Schwarzmarkt – mehr als eine Million Franc wert war. Von diesem Leonardo hatten die Schwalbe und die Viper am Rand des Swimmingpools gesprochen und nicht von dem jungen König, wie Pierre gedacht hatte.

In seinem tiefsten Inneren war der Geheimagent Pierre Pierlot höchst erleichtert. Nicht nur, was den Monarchen betraf, der – eindeutig – nicht entführt worden war und geknebelt und bewusstlos oder tot im Keller der Villa Favorite lag, sondern auch im Gedanken an die Zukunft seiner Schwalbe.

Der Handel mit gestohlenen Kunstwerken war zweifellos ein schwerwiegendes Verbrechen, aber nicht mit der Tragweite eines

Königsmords zu vergleichen. Moralisch gesehen, würde es wesentlich leichter sein, Gudula den Diebstahl der *Kapitulation von Jülich* zu verzeihen als die Entführung des belgischen Königs. Für Letzteres würde er wahrscheinlich Jahre brauchen und für Ersteres nur ein paar Minuten.

Mit diesen Gedanken war Pierre gerade befasst, als er Schritte hörte. Jemand kam die Treppe herunter.

Da für etwas anderes keine Zeit mehr war, löschte Pierre rasch das Licht, zog die Pistole aus dem Gürtelhalfter und versteckte sich hinter einem Fass mit Wein aus der Provence. Die Glühbirne, die an der Decke baumelte, wurde erneut eingeschaltet und beleuchtete schwach das Chaos um das geöffnete Paket, die zerbrochene Flasche, den verschütteten Wein und die zerschnittenen Schnüre.

»Oh!«, rief die Schwalbe aus, als sie das Durcheinander sah.

Sie fasste sich mit der Hand an die Brust und sah sich ängstlich um, ob jemand aus der Dunkelheit auftauchte und sich auf ihren zitternden Körper stürzte, und dann tat sie etwas Erstaunliches: Sie steckte blitzschnell die Hand in die Tasche ihres Bademantels und holte einen kleinen weißen Revolver hervor, der aussah wie eine Spielzeugpistole.

»Ich bin bewaffnet!«, verkündete sie, ohne dass klar war, an wen sie sich richtete. »Kommen Sie mit erhobenen Händen heraus!«

Eine tiefe, feuchte Stille folgte auf ihren Befehl. Pierre verharrte schweigend in seinem Versteck, ohne auch nur einen Muskel zu rühren, zu blinzeln oder zu atmen.

Gudula richtete die Waffe in die Dunkelheit des Kellers. Sie zitterte leicht. Vielleicht war ihr kalt.

Rückwärts gehend näherte sie sich dem Fass. Pierre konnte ihr Parfüm riechen. Sie war nur noch wenige Zentimeter von ihm entfernt.

Daraufhin erhob er sich vorsichtig, wie er es während seiner Ausbildung in der Groupe G gelernt hatte, und stürzte sich mit einem katzenhaften Sprung auf sie; leise und geschickt entwaffnete er sie, während er ihr gleichzeitig den Mund zuhielt und sie überwältigte. Die Schwalbe war in seinen Armen gefangen wie ein wehrloses Vögelchen in der Faust eines Kindes, das es aus dem Nest gestohlen hatte.

»Eine diebische Prinzessin«, raunte Pierre Gudula ins Ohr. »Darauf wäre ich nie gekommen.« Sie hörte auf, sich zu wehren. Man könnte sogar sagen, sie entspannte sich, als sie Pierres Stimme erkannte. »Ich empfehle dir, leise zu sein und keine Dummheiten zu machen«, sagte er mit drohender Stimme. »Ich ziele mit einer Pistole auf dich.«

Dann ließ er die Schwalbe langsam los. Sie wandte sich zu ihm um. Ihr Mund war nur wenige Zentimeter von dem seinen entfernt.

»Würdest du mich wirklich erschießen?«, fragte sie leise.

Er antwortete nicht. Stattdessen näherte er sich ihr und drückte seine Lippen auf die ihren. Der Kuss dauerte eine Ewigkeit. Sie wehrte sich nicht. Im Gegenteil. Hungrig und durstig gab sie ihn zurück.

»Du kannst aufhören, mit der Pistole auf mich zu zielen«, sagte sie dann. »Ich küsse dich nicht, weil du mich bedrohst, sondern freiwillig.«

»Ich traue dir nicht, Prinzessin. Nicht dass du losläufst, um mich deinen Komplizen auszuliefern, wenn ich dich loslasse.«

»Was also willst du tun?«

»Erst mal mit dem Küssen weitermachen.«

Ihre Lippen fanden sich erneut zu einem leidenschaftlichen Kuss. Haar, Haut, Zunge, Atem. Diesmal dauerte die Ewigkeit doppelt so lang. Und sie hätten für immer damit weitermachen können, wäre nicht plötzlich auf der anderen Seite der Kellertür die Stimme Bertrands zu hören gewesen.

»Gudula, was macht du denn so lange? Hast du den Château Margaux nicht gefunden? Soll ich runterkommen und dir helfen?«

Pierre musste eine riskante Entscheidung treffen. War nun der Moment der Wahrheit gekommen? Würde seine Schwalbe ihn verraten? Er löste seine Lippen von den ihren und schloss im Vertrauen darauf, dass ihre Liebe stärker war als ihre Habsucht, die Augen.

»Ich bin gleich wieder oben«, rief Gudula. Und Pierre atmete erleichtert auf. »Ich muss wieder raufgehen«, flüsterte sie. »Sonst schöpfen sie Verdacht.«

»Was sollen wir deiner Meinung nach tun?«

»Mach das Paket wieder zu. Räum hier auf. Versteck dich wieder hinter dem Fass und warte. Wenn sie weg sind, kannst du rauskommen.«

»Verlangst du gerade von mir, dass ich diese Ganoven laufen lasse?«

»Sie sind keine schlechten Menschen«, meinte die Schwalbe. »Sie verletzen niemanden. Wenn du tust, was ich dir sage, kommen wir beide ohne einen Kratzer davon. Wenn du es hingegen auf eine Schießerei ankommen lässt, geschieht möglicherweise ein Unglück.«

Pierre wägte das Pro gegen das Kontra ab. Tatsache war, dass seine Mission an der Côte d'Azur nichts mit Schmuggel oder Kunstraub zu tun hatte. Seine Aufgabe war es, das königliche Paar, Ginger und Fred, zu bewachen und seine Vorgesetzten über alles zu informieren, was deren Sicherheit gefährden könnte, ihnen alles mitzuteilen, was die beiden trieben, und dafür zu sorgen, dass der Skandal ihrer quasi inzestuösen Beziehung nicht ans Licht kam. Weder Van Acker noch de Foy hatten ihn mit einem Auftrag betraut, der mit Kunsthandel zu tun hatte. Was dieses Thema anging, wurde auf anderen Wegen vorgegangen. Für derartige Verbrechen waren Interpol oder Spezialeinheiten für Kunstkriminalität zuständig. Ein Geheimagent wie er durfte seine Zeit nicht mit derartigen Petitessen vergeuden.

»In Ordnung«, willigte er nach einem Moment der Unentschlossenheit ein. »Aber vergiss nicht, dass ich meine und nun auch deine Pistole habe. Komm also nicht auf den Gedanken, irgendwelche Dummheiten zu machen.«

Die Schwalbe küsste ihn erneut. Dann löste sie sich aus seiner Umarmung und eilte die Treppe hinauf. Gleich darauf kam sie wieder herunter. »Ich hab den Wein vergessen«, erklärte sie und küsste Pierre noch einmal leidenschaftlich.

In der Zeit, die die drei Gourmets brauchten, um die Flasche zu leeren, tat Pierre das, was Gudula ihm aufgetragen hatte. Umsichtig packte er alles wieder ein und verschnürte das Paket, um sich dann im dunklen Keller erneut hinter dem Fass zu verstecken. Die Pistole griffbereit, falls etwas schieflaufen sollte.

Nach einer Weile kam Porfirio Rubirosa in Begleitung von Bertrand Lacouture von Orléans die Treppe herunter, machte das Licht an und hob das eine Ende des Pakets an. Bertrand folgte ihm mit dem anderen Ende in den Händen ins Licht. Zu zweit trugen sie das Bündel die Treppe hinauf und schlossen hinter sich die Kellertür.

In der darauffolgenden Stille hörte Pierre die gedämpften Stimmen der beiden Männer und der Frau, die sich voneinander verabschiedeten. Dann vernahm er das dumpfe Geräusch des Kofferraumdeckels, der geschlossen wurde, den Motor des Bentleys und das Knirschen des Kieses auf der Auffahrt.

Wenig später wurde die Tür zum Keller mit einem Quietschen erneut geöffnet.

»Pierre?«, sagte die Schwalbe. »Du kannst aus deinem Versteck herauskommen.«

Kapitel 17

»Allmählich habe ich jede Hoffnung verloren. Wenn Fred in den nächsten Tagen nicht nach Hause kommt, werfe ich das Handtuch.«

Philippe Depée nahm eine von Agathas Händen in die seinen und drückte sie leicht, um ein Mitleid auszudrücken, das er nicht wirklich empfand.

Er war kein großer Katzenliebhaber. Im Gegenteil. Diese Tiere machten ihn nervös mit ihrem Schnurren und ihrer Art, sich an den Beinen von Agathas Besuchern zu reiben.

»Die arme Ginger, sie ist so traurig. Sie braucht jetzt viel Beachtung und Zärtlichkeit. Schau mal, was für ein trauriges Gesicht sie macht.«

Traurig?, fragte sich Philippe. Seiner Meinung nach fixierte die perverse Katze ihn wie eine Maus, bevor sie sich auf sie stürzte, um sie zu töten.

»Gib die Hoffnung nicht auf, Agatha«, beruhigte er seine Nachbarin. »Wie ich gesagt habe: Du musst mir vertrauen. Hab noch ein wenig Geduld, und du wirst sehen.«

Agatha seufzte. Doch jedes Übel hat auch etwas Gutes, dachte sie. Freds Abwesenheit war durch Philippes Gegenwart ersetzt worden, und auch wenn ihr Ginger sehr leidtat, dankte sie dem Schicksal für diese neue Gelegenheit, ihr Glück zu finden.

Sie hatte viel Pech mit den Männern gehabt. H.s Vater war ihre erste Liebe gewesen. Sie hatten sich zwischen den beiden Weltkriegen kennengelernt, und ihre Beziehung war wie eine Schlacht mit viel Geschrei und Geheul gewesen. H. war in einer Zeit des Friedens gezeugt worden, der weniger lang andauerte als der Frieden von Versailles, und kurz darauf war H.s Vater für immer aus ihrem Leben verschwunden, ohne sich bewusst zu sein, dass er einen Sohn haben würde.

Danach hatte es für Agathas Liebesleben äußerst düster ausgesehen. Niemand wollte sich um die ledige Mutter und ihr uneheliches Kind kümmern. Sie musste sich mit einem Halunken zufriedengeben, der ihre Wehrlosigkeit ausnutzte. Mit diesem war sie drei Jahre verheiratet, bis auch er von der Bildfläche verschwand. Er hatte all ihre Ersparnisse mitgenommen und nie wieder etwas von sich hören lassen. Daher stammten ihre Vorbehalte gegen Kriegswitwen und die jungen Frauen, die einfach so vaterlose Kinder in die Welt setzten und nicht unter den Folgen litten. Sie dagegen war zwei Mal verlassen worden.

Daher erschien ihr der Mann, der gerade ihre Hand hielt, nach jahrzehntelanger Dürre wie eine Oase mitten in der Wüste.

Aller guten Dinge sind drei, hieß es. Was ihr jedoch niemand gesagt hatte, war, dass die dritte Chance so lange auf sich warten lassen würde.

An jenem Nachmittag hatte sie Philippe zu einer geeisten Limonade im Schatten einer wunderschönen Bougainvillea eingeladen, die gerade in voller Blüte stand. Er hatte dafür einen Korb mit Zwergorangen aus seinem Garten mitgebracht.

»Hast du etwas von H. gehört?«

»Nichts.«

»Du könntest ihm schreiben.«

»Aber ich weiß doch nicht, wo er ist.«

»Schick ihm einen Brief zur Insel Ios. Dieser Ort ist so karg und ungastlich, dass dein Sohn wahrscheinlich der einzige Ausländer ist, der dort herumläuft. Wenn er nicht …«

An diesem Punkt angekommen, machte Philippe Depée eine dramatische Pause.

»Wenn er nicht was? Philippe, mach mir keine Angst.«

Philippe drückte die Hand seiner Gesprächspartnerin noch fester, um ihr Mut zu machen. Sie sah ihn entsetzt an.

»Weißt du.« Er räusperte sich. »Mir ist schon vor einer Weile aufgefallen, dass H. sich ein wenig seltsam verhält. Nichts Verdächtiges, es geht nur um ein paar unbedeutende Kleinigkeiten, die …«

»Welche Kleinigkeiten? Wovon sprichst du?«

»Na ja, Agatha, zum Beispiel davon, dass er uns nie erklärt hat, was genau seine Arbeit ist.«

»Er arbeitet für die Regierung!«

»Das hat er uns erzählt, ja. Aber womit genau beschäftigt er sich? Wir wissen nicht, wer sein Chef ist, kennen keinen seiner Kollegen, und er hat uns noch nie ein Mädchen vorgestellt.«

Damit hatte er bei Agatha einen wunden Punkt getroffen, die jetzt besorgt aufsprang.

»Du willst damit doch nicht andeuten, dass mein Sohn gewisse feminine Neigungen hat, oder?«, protestierte sie. »Denn das würde ich dir nicht durchgehen lassen. Du kannst in mein Haus kommen und meinen Hutspot essen, dich bei meiner Katze einschmeicheln oder den Schatten meiner Bougainvillea genießen, aber wenn du meinen H. schlechtmachst, kannst du was erleben! Pass bloß auf!«

Philippe Depée beeilte sich, sie zu beruhigen. Ohne ihre Hand loszulassen, fuhr er fort:

»*Pas du tout, pas du tout.* Nein, auf keinen Fall. Ich spreche von einer ganz anderen Art von Geheimnissen.« Philippe atmete einmal kurz durch. Ihm war deutlich anzumerken, dass ihn dieses Geständnis viel Kraft kostete. »Weißt du, Agatha.« Er räusperte sich erneut. »Auch wenn wir schon seit fünfzehn Jahren Nachbarn sind, gibt es vieles, was du über mich nicht weißt. Bitte setz dich wieder und hör mir einfach zu. Aber versprich mir vorher, dass du das, was ich dir jetzt enthüllen werde, niemandem weitersagst!«

»Ich verspreche es.«

Depée senkte die Stimme und näherte seine Lippen dem Ohr seiner Nachbarin.

»Ich bin aktives Mitglied der Résistance.«

Nachdem Philippe diese Worte ausgesprochen hatte, verspürte er eine furchtbare Angst. Denn damit hatte er seine Nachbarin in die gleiche Gefahr gebracht, in der er seit Jahren lebte, in ständiger Furcht und Schlaflosigkeit. Diese Information mit Agatha zu teilen war das Gleiche, wie sie einer ansteckenden Krankheit auszusetzen.

»Welcher Résistance um Himmels willen?«, fragte sie. »Der Krieg ist seit 1945 zu Ende, Philippe. Willst du mich auf den Arm nehmen?«

Ginger fauchte, als hätte sie ein Gespenst gesehen. Es kam nicht oft vor, dass ihr Frauchen die Stimme erhob. Angesichts einer derart beunruhigenden Reaktion reagierte sie so, wie man es von einer anständigen Katze erwartete: Sie fuhr die Krallen aus und kratzte Philippe Depée (ein Projekt, mit dem sie sich schon seit Langem trug) zuerst an den Beinen und dann an den Armen.

Der trat und schlug um sich, um sich zu verteidigen, während Agatha entsetzt aufschrie, ohne zu wissen, welcher von beiden sich schlechter benommen hatte: Ginger, die gekratzt, oder Philippe, der sie belogen hatte.

»Nimm dieses Monster von mir weg!«, schrie Philippe Depée, der aus seinen Wunden bereits blutete.

Daraufhin griff Agatha nach dem Krug mit der geeisten Limonade und leerte ihn über Philippes Kopf aus. Der Schock war unbeschreiblich, aber zumindest gelang es ihr damit, Ginger zu vertreiben, die mit einem Satz von dem lädierten Philippe heruntersprang und fauchend davonrannte.

»Ginger, meine Süße, komm zurück zu Mama!«, rief Agatha und eilte der Katze hinterher, wobei sie ungeschickt aus den viel zu großen Schuhen stolperte, die sie im Sommer üblicherweise trug, weil in der Hitze angeblich ihre Füße anschwollen.

Agatha hatte schon immer befürchtet, dass auf der verdammten Landstraße, die an ihrem Haus vorbeiführte, eines Tages ein Unglück geschehen würde. Sie war eine ständige Gefahr. Man brauchte nur einmal, in Gedanken versunken, aus der Tür auf die Straße zu treten und drohte gleich von einem Lastwagen oder einem Auto überrollt zu werden, der oder das durch den Ort brauste. Niemand achtete auf das Schild: ein rundes Verkehrszeichen mit leuchtend rotem Rand, das verbot, schneller als dreißig Stundenkilometer zu fahren. Agatha hatte die Nase voll davon, dauernd zur Verwaltung zu gehen, um sich zu beschweren. Sie hatte so viele Briefe geschrieben und war so oft persönlich dort aufgekreuzt, dass der Bürgermeister inzwischen die Flucht ergriff, wenn er sie nur von Weitem sah.

Natürlich war ihr nach Freds Verschwinden gleich der Gedanke gekommen, dass ihr Kater überfahren worden war. Doch nachdem sie die Fahrbahn und den Straßengraben vergeblich nach seinem blutüberströmten kleinen Körper abgesucht hatte, hatte sie diese Möglichkeit wieder verworfen.

Nein. Fred war noch am Leben. Irgendwann, wenn niemand mehr damit rechnete, würde er, von Narben übersät oder in Begleitung eines neuen Rudels kleiner schwarzer Katzenkinder, nach Hause zurückkehren.

Jedenfalls überkam Agatha, als Ginger aus dem offenen Küchenfenster sprang und sich auf die Straße stürzte, ein ungutes Vorgefühl. Sie schloss die Augen und betete zum Schutzengel der Katzen, dass er ihren Rotschopf beschützen möge. Denn den Gedanken, noch ein Familienmitglied zu verlieren, konnte sie nicht ertragen.

Dann hörte sie die quietschenden Bremsen eines Fahrzeugs. So laut und so tödlich wie bei einem Zug, der in den Bahnhof einfuhr. »Nein! Um Gottes willen! Nicht das, lieber Gott!«, flehte sie und wagte nicht, die Augen zu öffnen.

Philippe Depée eilte ihr zu Hilfe. Er umarmte sie von hinten, und sie spürte seinen Schutz, ihr Schild, ihr Luftschutzkeller, die Gasmaske vor ihrem Gesicht. Zusammen beugten sie sich aus dem Küchenfenster und machten sich auf den katastrophalen Anblick der auf dem Asphalt überrollten Katze gefasst.

»Sie hat es geschafft!« Agatha atmete erleichtert auf.

Ginger war es gelungen, heil auf die andere Straßenseite zu gelangen. Sie hatte sich mit einem gewaltigen Sprung auf das Dach von Philippes Haus gerettet, von wo aus sie entsetzt zu ihnen herunterblickte.

Das Auto hatte eine Vollbremsung gemacht. Die Reifen hatten eine schwarze Spur auf der Straße hinterlassen, und das Fahrzeug und seine Insassen waren von einer grauen Rauchwolke eingehüllt.

»Runter!«, befahl Philippe und stieß sie zu Boden. »Leg dich flach hin, Agatha, sonst riskierst du nicht nur dein, sondern auch mein Leben. Bleib still. Kein Wort und keine Bewegung.«

»Aber was ist denn nur los?« Agatha hatte sich von dem ersten Schrecken noch nicht erholt, und nun war ihr Herz erneut voller Angst.

»Es ist das passiert, was ich befürchtet habe. Sie kommen, um uns zu holen.«

»Wovon sprichst du, Philippe? Wer kommt, um uns zu holen?«

»Van Acker und de Foy«, sagte ihr Nachbar und konnte es selbst kaum fassen. »Höchstpersönlich.«

Flüsternd und möglichst ohne einen Muskel seines Körpers zu rühren, berichtete Philippe Depée seiner Nachbarin von seiner Rolle in der belgischen Résistance während der deutschen Besatzung; von seinem heldenhaften Einsatz bei der Verteidigung der Insel Ios und seiner anschließenden Zugehörigkeit zum Geheimdienst unter dem – indirekten – Befehl von ebendiesem de Foy, der gerade beinahe Ginger überfahren hätte. Inzwischen war Achille

Van Acker, der Premierminister, aus dem Auto gestiegen und näherte sich Philippes Haustür. Die Katze sah ihm vom Dach aus verwundert zu.

»Wenn wir nur ein Periskop hätten!«, meinte Philippe seufzend. »Dann könnten wir beobachten, was draußen vor sich geht.«

»In dieser Schublade bewahre ich einen Spiegel auf«, entgegnete Agatha. »Wir könnten ihn am Besenstiel befestigen.«

Dank dieses selbst gebastelten Instruments konnten Agatha und ihr Nachbar das seltsame Verhalten der beiden Staatsmänner verfolgen, die wie zwei gewöhnliche Einbrecher um Philippes Haus strichen.

»Wonach suchen sie?«, wunderte sich Pierre Pierlots Mutter.

»Das kann ich dir sagen: Sie suchen meine Funkstation.«

Diese neuerliche Eröffnung erschreckte Agatha doch ziemlich. Nun musste sie auch noch erfahren, dass ihr freundlicher Nachbar ein Funkgerät in seinem Haus versteckte. Für einen Moment zweifelte sie an seinem Verstand. Und an seiner Unbescholtenheit. Wenn der Premierminister und der Chef des staatlichen Geheimdiensts persönlich herkamen, um ihn festzunehmen, auf welcher Seite stand Philippe dann? Auf der der Guten oder der der Bösen?

»Ich nehme an, dass du mich jetzt für einen Verräter hältst. Einen russischen Spion oder so etwas«, sagte Philippe, als er sie erbleichen sah. »Aber du brauchst keine Angst zu haben«, beruhigte er sie. »Ich bin auf deiner Seite. Und auf der Seite von H.« Daraufhin erzählte er von dem Notruf, den er von seiner Funkstation aus gesendet hatte, um ihren Sohn und ihren Kater zu finden. »Ich hatte schon immer den Verdacht, dass H. irgendeiner Geheimorganisation angehört«, gestand er. »Im Laufe der Jahre habe ich während unserer langen Spaziergänge immer wieder versucht, ihm irgendeine Information zu entlocken, aber es ist mir nie gelungen, er hat absolut dichtgehalten. Er erzählt mir immer den gleichen Blödsinn: dass er für die Regierung arbeitet und es seine Aufgabe ist, unter einem schiefen, mickrigen Baum stehend das Regierungsgebäude zu überwachen. Kannst du das glauben?«

»Du nicht?«

»Natürlich nicht, meine Liebe. Ein junger Mann mit seinem Lebenslauf – vergiss nicht, dass er bei der Sabotage der Stromleitungen eine fundamentale Rolle gespielt hat – sollte sich mit wesentlich wichtigeren Dingen befassen als diesen.« Philippe machte eine Pause. Dann räusperte er sich und fuhr fort: »Agatha«, sagte er feierlich, »ich glaube, dein Sohn ist ein Spion.«

Pierres Mutter spürte, wie sie von einer Hitzewallung erfasst wurde, die im Kopf begann und sich dann auf den ganzen Körper ausweitete. Sie hörte ein Summen in den Ohren, und das Bild vor ihren Augen verschwamm. Möglicherweise war sie kurz davor, in Ohnmacht zu fallen. Mein H. ein Spion? Was für eine Schande! Gut, dass sein Großvater das nicht mehr miterleben muss!

»Mein Sohn ein Spion?«, wiederholte sie laut und mit Entsetzen in der Stimme. »Ein Verräter, ein Kommunist, ein Schurke, ein Krimineller, ein Verbrecher, ein Verschwörer, ein niederträchtiger Mensch?«

»Ich weiß es nicht, Agatha«, erwiderte Depée. »Das sollten wir unbedingt herausfinden, bevor wir uns ergeben.«

»Ergeben? Um Himmels willen, Philippe, wovon sprichst du?«

»Uns ergeben, ja«, wiederholte er, »oder die Flucht ergreifen.«

Der Kriegsveteran und ehemalige Widerstandskämpfer musste eilig einen Plan improvisieren, der ihnen zumindest ermöglichte, Zeit zu gewinnen, bevor sie eine Entscheidung trafen. Denn sie hatten im Spiegel gesehen, wie de Foy und Van Acker hartnäckig an Philippes Tür klingelten und nun, nachdem niemand geöffnet hatte, auf dem Weg zu Agathas Haus waren, wahrscheinlich, um sie nach ihrem Nachbarn zu fragen.

»Wenn sie wissen wollen, wo ich sein könnte, sag ihnen, dass du mich seit mehreren Tagen nicht gesehen hast. Und erzähl ihnen vor allem nichts von H. Möglicherweise wissen sie noch nicht, dass du seine Mutter bist. Für sie bist du einfach nur die reizende Nachbarin von Monsieur Depée.«

»Reizend«, murmelte Agatha und wurde so rot wie eine verliebte Schülerin.

Gemeinsam krabbelten sie ins Wohnzimmer. Philippe versteckte sich im Kamin und lehnte sich an die Metalltür des Ofens, die Agatha hinter ihm schloss. Dann setzte sie sich, immer noch vor Angst zitternd, an den Tisch und wartete darauf, dass es an der Haustür klingelte.

Kapitel 18

Die wagemutige Marguerite de Foy war unterdessen an ihrem Ziel angelangt. An der Haustür des Ferienhauses der Van Ackers stehend, hatte Anna schon eine ganze Weile ungeduldig gewartet. »Das war das Einzige, was da war«, erklärte Marguerite auf den erstaunten Blick der *Première dame* hin, als ihre Freundin auf einer Vespa mit Beiwagen vorfuhr. Und ohne den Motor abzustellen oder ins Haus zu gehen, um sich frisch zu machen – »Du bist von oben bis unten voller Straßenstaub!« –, hatte sie, sobald Anna eingestiegen war, wieder Gas gegeben.

Den erniedrigenden Brief ihres Mannes an die Schwalbe hatte Anna vorsichtshalber eingesteckt. *Nichts Neues im Nest.* Hatte Achille damit ihre Ehe gemeint? Ihr Heim? Sie fürchtete den Moment, an dem sie sich der grausamen Wahrheit stellen musste. Was wäre, wenn sie in Châtelet ankamen und Achille dort mit einer anderen Frau herumturtelte? Unterwegs hatte sie mehrmals ihr Taschentuch hervorgezogen, um sich die Tränen abzuwischen. Zu Marguerite hatte sie gesagt, sie hätte etwas im Auge.

Leider erschien Anna, derart in Tränen aufgelöst, die Fahrt durch die schöne Landschaft nicht ganz so angenehm wie ihrer Reisegefährtin. Marguerite genoss mit allen Sinnen die Natur, die sie umgab.

Sie wies Anna auf den Duft des Lavendels hin, den Flug der Vögel, das dichte Laub der Pappeln am Fluss oder das Kitzeln des Windes, der ihr durchs Haar fuhr. Immer mal wieder trällerte sie vor sich hin, und sie hatte eine fröhliche Stimme wie eine deutsche Animierdame. Vor allem, wenn sie aus vollem Hals von *Lili Marleen* sang.

Auf einmal fuhr sie an den Straßenrand und hielt neben einem Weizenfeld an. Die Ernte würde in diesem Jahr üppig sein. Es hatte viel geregnet, und die Ähren wogten im Wind wie ein riesiger gelber Ozean. »Ich muss mal«, erklärte Marguerite und verschwand zwischen den Ähren, wo sie sich hinhockte und nicht mehr zu sehen war.

»Du musst nicht … Du weißt schon?«, fragte sie Anna von dort aus, während sie sich wieder aufrichtete und sich die Hose zuknöpfte.

»Hier könnte ich gar nicht«, entgegnete Anna geschockt.

»Du bist ganz schön etepetete«, meinte Marguerite lächelnd. »Ich wette, du hast noch nie ein Bier aus der Flasche getrunken.«

»Natürlich *nicht*, was redest du denn da?«

Wie es das Schicksal wollte, kamen sie nur wenige Kilometer später durch ein Dorf mit einem Marktplatz und einem Lokal. Marguerite bremste entschieden. »Komm, wir probieren es mal«, hörte Anna sie sagen.

Die beiden Damen traten, staubig und zerzaust, wie sie waren, in die Spelunke, in der ansonsten nur grobschlächtige Männer waren, die aussahen, als hätten sie sich dort vor der Kälte der Nacht in Sicherheit gebracht, dabei war es erst sieben Uhr, und jenseits der schmierigen Wände strahlte die Sommersonne vom Himmel.

»Zwei Pils, schön kalt«, bestellte Marguerite ohne »Guten Tag« oder »bitte« zu sagen.

Zwei oder drei wettergegerbte Gesichter wandten sich zu dem Ende der Theke um, auf die Anna und Marguerite gerade ihre zarten Hände gelegt hatten. Sie starrten die beiden neugierig an, denn sie waren die einzigen Frauen in dem Lokal.

Der Wirt stellte zwei Bierkrüge unter den Zapfhahn, aus dem eine schäumende Flüssigkeit lief, und machte sie randvoll. Anschließend knallte er sie vor die beiden Damen auf die Theke.

Marguerite hob den ihren an, wandte sich an die Männer im Hintergrund und sagte etwas wie: »Auf Ihr Wohl.« Dann führte sie den Krug an die Lippen und trank in gierigen Schlucken. Das Bier rann ihr übers Gesicht und über den Hals und erfrischte ihren Ausschnitt, wo es eine helle Spur auf ihre staubige Haut malte.

Sie setzte den Krug erst ab, nachdem sie die goldfarbene Flüssigkeit vollständig in ihre Kehle geschüttet hatte. Dann knallte sie den Krug auf die Theke, als wäre sie nicht die Frau eines hochdekorierten Kavaliers, sondern die Geliebte eines Hafenarbeiters. Und was dann folgte, sorgte dafür, dass Anna die Kinnlade herunterklappte: Marguerite rülpste.

Und das nicht auf diskrete, weibliche Art, wie es einer Dame schon einmal passierte und sie erröten ließ. Nein, sie rülpste laut und vernehmlich. Und dann erhob sie die Stimme und rief über den Lärm im Lokal hinweg: »Noch eins!«, bevor sie sich mit dem Ärmel ihrer Bluse über den Mund strich.

»Los, Anna!«, forderte sie ihre Freundin dann auf. »Worauf wartest du?«

Anna Van Acker hob den schweren Bierkrug und führte ihn an die Lippen, um ein lächerliches Schlückchen zu trinken.

»Schmeckt gut«, gab sie zu.

»Du musst einen richtigen Schluck nehmen.« Marguerite ließ nicht locker. »Es gibt nichts Besseres als den ersten Schluck von einem schönen, kalten Bier.«

Nachdem Marguerite das gesagt hatte, half sie ihrer Freundin, das zu erleben, was sie »das beste Gefühl des Sommers« nannte, indem sie sie zwang, den halben Liter auf ex zu trinken. Anna schluckte, hustete, verschluckte sich und fürchtete, in dieser schmutzigen Spelunke zu ersticken, doch als sie sich mit Tränen in den Augen wieder gefasst hatte, hörte sie den Applaus und die Hochrufe der erfahrenen Trinker. Ein paar von ihnen, drei oder vier, die an einem Tisch hinten im Raum saßen, kamen mit ihren tätowierten Armen und einem breiten Lächeln zu den beiden Frauen herüber. Sie bestellten noch mehr Bier und gaben den Damen eine Runde aus, um dann lautstark auf das Wohl der schönen Unbekannten anzustoßen. »Wie waren doch gleich eure Namen, ihr Hübschen?«

Einer der groben Kerle legte Anna einen Arm um die Schultern.

»Anna also«, wiederholte er, den Blick auf ihren Ausschnitt gerichtet. »Dein Name gefällt mir«, sagte er dann.

Überrascht stellte Madame Van Acker fest, dass der Widerwille, den sie aufgrund ihrer Erziehung und ihrer sozialen Stellung hätte empfinden müssen, ausblieb. Ganz im Gegenteil weckte die Nähe des unbekannten schwitzenden Mannes einen bisher unbekannten Instinkt in ihr. Sie erlaubte ihm, dass er sie mit Blicken auszog und ihr schlüpfrige Komplimente machte, um dann über den Unsinn zu lachen, den Marguerite von sich gab, ohne seinen Arm wegzunehmen.

Das, was als eine dumme Wette begonnen hatte, wurde schließlich zum ersten Alkoholrausch in Annas Leben. Schließlich musste ihr neuer Freund sie mit verschmiertem Lippenstift und zerlaufener Wimperntusche nach draußen begleiten und sie in den Beiwagen setzen.

»Tschüss, Hans!«, rief sie aus vollem Hals, als sie das Dorf hinter sich ließen, wobei sie ihr weißes Taschentuch schwenkte wie eine Friedensfahne.

Marguerite war Alkohol gewohnt, doch nach dem Zwischenstopp in dem Lokal war auch sie eine ganze Weile lang nicht mehr in der Lage, geradeaus zu fahren. Daher legten sie den zweiten Teil der Fahrt im Zickzackkurs zurück.

Als in der Ferne bereits die ersten Häuser von Châtelet zu sehen waren, begann Anna zu weinen. Sie sah furchtbar aus. Neben ihrer vom Wasser ruinierten Dauerwelle, dem Straßenstaub in ihrem Gesicht, dem ruinierten Make-up und dem zerknitterten Kleid lastete das schlechte Gewissen auf ihr.

»Ich bin ein Versager«, stammelte sie zwischen einem anhaltenden Schluckauf. »Mein Mann betrügt mich, weil ich alt und hässlich bin.«

»Red keinen Unsinn!«, lallte Marguerite. »Schließlich konnte ich dich nur mit Mühe aus Hans' Armen reißen.«

»Er war betrunken.«

»Er hat gesagt, dass du die schönste Frau wärst, die er je gesehen hat.«

»Wirklich?«

»Schönheit und Alter sind eine Frage der Einstellung, meine Liebe. Um den Männern zu gefallen, musst du als Erstes dir selbst gefallen. Du willst Achille zurückerobern? Na, dann beweis ihm, dass du es wert bist!«

»Machst du dir keine Sorgen, dass Robert sich in eine andere Frau verguckt haben könnte?«

Marguerite brach in Gelächter aus.

»Ich hoffe für ihn, dass das nicht der Fall ist«, antwortete sie. »Sonst kriegt er es mit mir zu tun.«

Endlich entdeckten sie am Ende einer ruhigen Straße am Ortsausgang Achilles Auto am Straßenrand. Sie hielten an und ließen die Vespa im Straßengraben zurück. Auf einmal hatten sie es sehr eilig, ihre Ehemänner in flagranti zu erwischen. Nach der langen Fahrt und dem vielen Bier schwankten sie beträchtlich, als sie in den zauberhaften Garten des kleinen spitzgiebeligen Hauses eindrangen, in dem, wie es aussah, dieser Geheimagent namens Pierre Pierlot wohnte.

Was für eine schwachsinnige Ausrede! Inzwischen waren sowohl Anna als auch Marguerite fest davon überzeugt, dass die ganze Geschichte von dem Geheimagenten und dem verschwundenen Fred nur eine Erfindung war, um das Liebesnest zu decken, in dem Achille und Robert mit zwei fröhlichen, hübschen Mädchen turtelten.

Waren sie auf das vorbereitet, was sie gleich entdecken würden?, fragte sich Anna beklommen. Aber ihr blieb keine Zeit, länger darüber nachzudenken, da Marguerite gerade kräftig gegen die Tür getreten hatte, die nach einem ohrenbetäubenden Knall nun weit offen stand, und der Anblick, der sich ihnen bot, verschlug ihnen die Sprache.

Hinten im Raum saßen Robert und Achille an einem runden Tisch und plauderten mit einer bezaubernden alten Dame mit einem weißen Haarknoten, einem geblümten Kittel und einer Baumwollschürze. Allen dreien blieb das Wort im Mund stecken, als die beiden von Staub und Bier beschmutzten Frauen hereinplatzten.

»Erwischt!«, schrie Marguerite.

Drei Gesichter starrten sie groß an, eine rothaarige Katze fauchte, die alte Dame schrie so laut, sie konnte, und dann stürzte ein riesiges, rußgeschwärztes Bündel aus dem Kamin wie ein steckengebliebener Weihnachtsmann, knallte auf den Boden und brachte eine Aschewolke mit sich, die für einen Moment für absolute Verwirrung sorgte.

»Kann mich mal jemand von diesem Tier befreien!«, war kurz darauf Marguerites flehende Stimme zu hören, die von der Katze angegriffen worden war. Ginger war auf ihre Schultern gesprungen und hatte sich mit Beinen und Klauen in ihrem Nacken festgekrallt.

»Bist du das, Schatz?«, fragte Robert de Foy hinten im Raum mit vom Ascheregen brennenden Augen, mit denen er so gut wie nichts sehen konnte. »Aber was machst du denn hier, um Himmels willen?«

»Keine Bewegung!«, befahl Achille unterdessen dem Mann, der auf dem Boden lag. »Bleiben Sie, wo Sie sind, und verschränken Sie die Hände im Nacken. Ich ziele mit einer Pistole auf Sie!«

»Mit welcher Pistole?«, fragte Anna entsetzt. »Du hast mir doch versprochen, die Pistole in Brüssel zu lassen. Oh, lieber Gott, Lügen, nichts als Lügen!«

»Anna, *lieverd*?«

»Nichts wie weg hier, Agatha!«, rief Philippe Depée da aus, der sich mühsam vom Boden aufrappelte und seine Nachbarin am Arm fasste. Doch sie kamen nicht weit. Denn als sie die Tür erreichten, vertraten die beiden Frauen ihnen den Weg. Sie stürzten sich auf die beiden Flüchtenden und stießen sie ins Haus zurück.

Dort war die Aschewolke inzwischen abgesunken, und alle konnten sehen, mit wem sie es zu tun hatten.

»Alle ganz ruhig!«, ordnete Achille im Befehlston an. »Keiner bewegt sich!«

Sie fixierten sich gegenseitig. Es war ein ungewöhnliches Bild. Und wo war die Schwalbe? Wo der Doppelagent Pierre Pierlot? Wo war der geknebelte König? Und wer waren die beiden Dorfbewohner, die zu fliehen versucht hatten?

»Ich ergebe mich!«, erklärte Philippe heldenhaft. »Aber lassen Sie die Frau gehen! Sie hat nichts mit dem Ganzen zu tun. Sie ist unschuldig und nur eine Mutter, die um ihren verschwundenen Sohn bangt.«

»Heißt Ihr Sohn vielleicht Fred?«, fragte Anna Van Acker, der die alte Dame eigentlich ganz sympathisch war (und natürlich war sie erleichtert festzustellen, dass diese Oma nicht die Geliebte ihres Mannes sein konnte).

»Nein, Madame. Mein Sohn heißt H. Fred ist meine Katze. Mein kleiner, süßer schwarzer Kater. Wir haben ihn schon seit Tagen nicht mehr gesehen.«

»Ihr Kater?« Der Premierminister erlitt eine Art Schock, als er begriff, was los war. »Fred ist eine *Katze*?«

»Ja. Der Partner von Ginger«, erklärte Agatha und wies auf die rothaarige Katze, die, als wäre es das Selbstverständlichste von der

Welt, zwischen den Beinen der Anwesenden entlangstrich. »Die Arme! Sie ahnen ja gar nicht, wie sehr er ihr fehlt!«

»In diesem Fall«, begann Robert de Foy mit gerunzelter Stirn, »müssen Sie die Mutter von Pierre Pierlot sein.«

»Sie hat gerade gesagt, dass ihr Sohn H. heißt«, widersprach Marguerite.

»Das ist sein richtiger Name. Sein Deckname ist Pierre Pierlot, ja«, bestätigte Agatha. »Er arbeitet für die Regierung, wissen Sie?«

Nach diesem Geständnis übernahm Achille Van Acker das Kommando. Er schickte alle in den Garten und setzte sich in eine Ecke unter der Weinrebe. »Ich glaube, ich kann erklären, was hier vor sich geht«, meinte er. Und nach und nach entwirrte er das Knäuel der Missverständnisse, unterstützt von Philippe Depée, der hin und wieder die Lücken in der Geschichte füllte. Auf diese Weise gelang es ihnen zu rekonstruieren, wie es zu dem Notruf gekommen war, den Philippe von seiner geheimen Funkstation aus gesendet hatte, sowie zu der Verwechslung des Königs mit dem Kater. Außerdem wurde geklärt, dass Pierre Pierlot nicht auf der Insel Ios Urlaub machte – wie sie Agatha hatten glauben machen wollen –, sondern auf einer Mission an der Côte d'Azur war, die so geheim war, dass nicht einmal der Premierminister befugt war, sie ihnen zu enthüllen.

»Ich habe es ja gewusst!«, rief der alte Depée aus und klatschte in die Hände.

Das, was daraufhin geschah, versetzte alle in Erstaunen. Anna stand von der Bank unter den Weinreben auf und umarmte ihren Mann so fest, dass er fast erstickte. Da sich in dieser Position Achilles Gesicht genau auf der Höhe von Annas großem Busen befand, sodass er fast eine Minute lang nicht atmen konnte und wie ein Fisch im turbulenten Wasser der weichen Üppigkeit nach

Luft schnappte, während der *Première dame* ein paar dicke Tränen übers Gesicht liefen und auf das graue Haar und die beginnende Glatze ihres Mannes tropften.

Auch Marguerite hatte das heftige Bedürfnis, Robert zu küssen. Und sie tat es, als handelte es sich um einen jener ersten Schlucke Bier, die sie so leidenschaftlich beschrieben hatte. Sie trank mit einem nicht zu stillenden Durst, sodass sie fast im Mund ihres Mannes erstickt wäre.

Daraufhin sahen sich Agatha und Philippe verschwörerisch an. Sie nahmen sich an der Hand, ließen die vier Liebenden im Garten allein und gingen wieder ins Haus, wo auch sie von ihren Gefühlen übermannt wurden und sich den ersten Kuss gaben. Dort, neben dem Kamin stehend, wurden die beiden Achtzigjährigen wieder zu leidenschaftlichen Teenagern, die davon überzeugt waren, die wahre Liebe gefunden zu haben.

Kapitel 19

»Und wer ist dann die Schwalbe?«

Die Frage blieb in der von Duft erfüllten Luft des kleinen Gartens hängen. Anna Van Acker hatte ein zerknittertes Stück Papier aus der Tasche gezogen, wobei mehrere schmutzige, tränennasse Taschentücher neben ihren Füßen auf den Boden gefallen waren.

»›Die Schönheit der Schwalbe ist unbeschreiblich. Manchmal wirkt sie eher wie ein wilder Panther, und in ihren Augen scheint ein Feuer zu lodern«, las sie mit zitternder Stimme vor.

»Wie bist du denn an dieses Schreiben gekommen?«, fragte ihr Mann verwundert, während er de Foy mit einem bösen Blick strafte.

»Ich versichere, dass ich diese heiklen Informationen mit niemandem geteilt habe«, erklärte der verblüffte de Foy eilig.

»Ich hab es in der Tasche deiner Hose gefunden, als ich sie zusammengelegt habe«, sagte Anna. »Ich war neugierig und hab es gelesen. Was ich sofort bereut habe! Es enthält zweifellos eine Liebeserklärung.« Sie machte eine dramatische Pause. »Also wer ist die Schwalbe?« Sie schluckte. »Ich fordere eine Erklärung, denn ich leide gerade die schlimmsten Qualen, die eine Frau durchmachen kann. Sag mir, Achille, hast du eine Geliebte?«

Nun entgleisten dem Premierminister endgültig die Gesichtszüge.

»Um Himmels willen!«, wehrte er ab. »Wie kannst du so etwas nur von mir denken? Beweise ich dir nicht jeden Tag aufs Neue, wie sehr ich dich liebe? Erfülle ich nicht alle deine Wünsche? Lobe ich nicht ständig dein Einfühlungsvermögen, deine Schönheit und deine Intelligenz? Ist dir nicht bewusst, dass du das Allerwichtigste in meinem Leben bist, *lieverd*?«

»Bin ich das?«

»Heute Morgen habe ich einen Strauß Wildblumen für dich gepflückt. Dann habe ich mit Mohnblumen und Margeriten ungeduldig wie ein Idiot auf dich gewartet, als du plötzlich am Arm von Robert aufgetaucht bist. So dicht an ihn geschmiegt, dass ich schon befürchtet habe ...«

»Am Arm von Robert?«, fiel Marguerite ihm ins Wort und sah zuerst ihren Mann an und dann Anna, deren Gesicht eine undefinierbare Farbe zwischen Rot und Rosa angenommen hatte.

»Ich bin unschuldig«, stotterte Robert de Foy feige.

Da ergriff Anna das Wort.

»Ich bitte euch beide um Verzeihung. Ich dachte, dass ›Schwalbe‹ der Kosename der Frau wäre, mit der du mich betrügst, deshalb habe ich Robert dazu benutzt, dich ein wenig eifersüchtig zu machen. Aber ...«, beeilte sie sich hinzuzufügen, »glaub mir, Marguerite, Robert könnte mir nie gefährlich werden. Ich habe mich noch nie körperlich von ihm angezogen gefühlt und schon gar nicht mit diesem kleinen Schnurrbart, der ... Na ja.«

»Was ist mit meinem Schnurrbart?«, protestierte der Mann, um den es ging.

»Ich kann dir sagen, was mit deinem Schnurrbart los ist«, mischte sich Marguerite ein, der der Lauf, den das Gespräch gerade nahm, offensichtlich nicht zu gefallen schien. »Dein Schnurrbart ist lächerlich, furchtbar, abstoßend. Es ist widerlich, dass man nicht erkennen kann, wo die Nasenhaare enden und die Schnurrbarthaare beginnen. Ist dir in den letzten Monaten nicht aufgefallen, dass ich dich nicht mehr auf den Mund geküsst habe?«

»Ich dachte, ich hätte Mundgeruch, Liebling. Und ich habe keine Zwiebeln mehr gegessen, obwohl ich die so gerne mag.«

An diesem Punkt angekommen, verlor Agatha die Geduld. Denn ihr war ein furchtbarer Gedanke gekommen: Wenn, wie Van Acker erklärt hatte, dieser Brief einer der Berichte war, die H. von der Côte d'Azur geschickt hatte, konnte diese Liebeserklärung nichts anderes sein, als …

»Ich verlange zu erfahren, wer diese Schwalbe ist!«, sagte sie entschlossen.

Die anderen fünf wandten ihr ihre Gesichter zu, als wären sie gerade aus einem tiefen Schlaf geweckt worden.

Achille Van Acker sah sich gezwungen einzugreifen. Denn tatsächlich hatte er keinen blassen Schimmer, wer, zum Teufel, diese Schwalbe sein könnte. Genauso wenig konnte er die anderen Tiere der extravaganten Fauna zuordnen, die in Pierlots Berichten erwähnt waren: den Hirsch, die Gazelle, die Viper, die Taube …

»Ich würde sagen, dass der Adler König Baudouin ist«, wagte de Foy sich vor. »Und die Gazelle müsste seine Stiefmutter sein, Prinzessin Lilian von Réthy.«

Zwischen dem Ehepaar Van Acker stellte sich unauffällig eine gewisse Komplizenschaft ein.

Ohne Worte ließ Anna ihren Mann wissen, dass sie über Pierlots Mission im Bilde war. Es ging um das skandalöse Gerücht, das sie selbst beim Friseur erfahren und das den ganzen Schlamassel ausgelöst hatte.

»Also stimmt es, dass die beiden eine Affäre haben!«, schaltete sich plötzlich Marguerite ein. »Ich habe im Club davon gehört und konnte es nicht glauben!«

»Mein Sohn?«, stammelte Agatha, die keine Ahnung hatte, wovon die Rede war. »Eine Affäre? Mit König Baudouin?«

»Nein, es geht nicht um Ihren Sohn«, versicherte Van Acker ihr. »Beruhigen Sie sich, es wird sich sicher alles aufklären, wenn wir mit dem jungen Mann geredet haben.«

Um zu vermeiden, dass die arme Frau einen Schwächeanfall erlitt, wurde beschlossen, Pierre Pierlot über Funk zu kontaktieren.

Die sechs Verschwörer, denen in vorsichtigem Abstand eine rothaarige Katze folgte, überquerten die Straße zwischen Agathas Haus und Philippes Schuppen. Letzterer öffnete die Holztür mit einem Schlüssel, den er unter einem Blumentopf hervorholte, und kurz darauf bot sich ihren Augen eine erstaunliche Welt aus elektronischen Geräten, Kabeln, Zeitungsausschnitten, Landkarten und geheimen Dokumenten dar. Monsieur Depée nahm vor der Funkstation Platz, setzte sich einen Kopfhörer auf, drehte den Knopf in die eine und die andere Richtung und fand schließlich die Frequenz, die er suchte. Die anderen fünf drängten sich um ihn herum, um nichts zu verpassen. Eine ganze Weile über war das Einzige, was von der anderen Seite der Verbindung her zu hören war, ein anhaltendes Brummen, das sich anhörte wie das Summen einer Fliege.

»Warum benutzen wir nicht einfach ein Telefon?«, fragte Agatha ungeduldig.

»Das hier ist sicherer«, antwortete de Foy. »Die Telefonleitungen könnten abgehört werden.«

In der Suite Marie-Antoinette im Hotel Negresco hörte die Schwalbe, die sich erschöpft aufs Bett hatte fallen lassen, ein lästiges Brummen, das aus einem der Schränke kam. Pierre bewachte schon seit mehr als einer halben Stunde ihren Schlaf und fragte sich, ob er in der Lage sein würde, seine wilde Lust im Zaum zu halten, die ihn drängte, sich endlich auf seine Angebetete zu stürzen und sie zu vernaschen. Während Gudula schlief, waren ihm die schmutzigsten erotischen Phantasien durch den Kopf gegangen, doch bisher hatte er sich zurückhalten können, hatte dabei eine Zigarette nach der anderen geraucht und sich hin und wieder den Schweiß von der Stirn gewischt.

Es war Pierre gewesen, der nach einer langen Reihe von Küssen am Treppengeländer vorgeschlagen hatte, die Villa Favorite zu verlassen. Das Hotel mit seinem hilfsbereiten Personal, das stets bereit war, eisgekühlten Champagner aufs Zimmer zu bringen, war ihm als ideale Kulisse für ihre erste erotische Begegnung erschienen. Die seidenen Laken, der angenehme Duft, die alten Gemälde, die Meeresbrise, die die Vorhänge bauschte …

Allerdings war Gudula eine echt harte Nuss. Sie hatte sich die Schuhe ausgezogen, ja. Sie hatte sich das Haar gelöst und sich die Bluse ein wenig aufgeknöpft. Aber sie hatte nicht erlaubt, dass er sich auf das vielversprechende Bett neben sie legte. »Alles zu seiner Zeit«, hatte sie ihm ins Ohr geflüstert und dabei seinen Nacken gestreichelt. Und dann hatte sie ihn grausamerweise auf diesen Sessel im Versailles-Stil verbannt, mit einem Glas kaltem Wasser in den Händen, um sein Fieber zu kühlen.

Und nun durchbrach dieses lästige Brummen, das in immer kürzeren Abständen und immer dringlicher klang, den Zauber seines süßen Harrens. Gudula zog sich das Kissen über den Kopf und protestierte: »Mach um Himmels willen endlich dieses Ding aus!« Und Pierre hatte sich mit leichtem Schreck an die eigentliche Mission erinnert, die ihn an die Côte d'Azur geführt und nur am Rande mit seiner wunderschönen Schwalbe und ihren Kuriositäten zu tun hatte.

Eilig sprang er auf und öffnete die Schranktür. In einer dunklen Ecke neben seinen Ausgehschuhen vibrierte das tragbare Funkgerät. Es handelte sich um ein moderneres Gerät als das SCR 300, das er während des Krieges benutzt hatte, war kompakter und hatte eine größere Reichweite, war aber dennoch schwer und ziemlich lästig.

Mühsam holte er es aus seinem Versteck hervor und positionierte es auf dem Schreibtisch neben dem tragbaren Telexgerät.

Die Schwalbe richtete sich in den weichen Kissen halb auf. Ihr Haar war zerzaust, und so wirkte sie im Gegenlicht noch verführerischer als im Ballkleid. Sie rieb sich verschlafen die Augen. Ihr leicht verschwommener Blick erkannte Pierre, den Bankier, der ihr, an diesem seltsamen Gerät hantierend und mit einem Kopfhörer auf den Ohren, vorkam wie der Held in einem Spionageroman. Sie verspürte ein leichtes Verlangen. Sollte sich nun doch noch herausstellen, dass er die Gefahr liebte?

Während sich der Traum von der eleganten Villa neben der Kathedrale, den drei Kindern, dem Hund, den Ferien auf dem Land und den Reisen im Cabriolet durch ganz Europa allmählich auflöste, erstand eine deutlich aufregendere Version vor Gudulas Augen: das von zwei Geheimagenten, die um die Welt reisten, um höchst gefährliche Aufträge zu erledigen und, in Liebe und Gefahr vereint, die großartigsten Abenteuer erlebten.

»Da hast du mir ja eine schöne Lügengeschichte aufgetischt«, sagte sie vom Bett aus.

Pierre wandte sich um. Und wenn er am anderen Ende der Leitung nicht die Stimme des Premierministers gehört hätte, hätte er seine Mission vergessen und sich auf die schönste Frau auf dem Planeten gestürzt, um sie auszuziehen, zu verschlingen, zu schmecken …

»Du bist gar kein Bankier. Und du bist auch nicht zufällig an der Villa Favorite vorbeigekommen und hast unabsichtlich das Gespräch von Rubi und Bertrand mitgehört, um dich dann im Keller zu verstecken. Und die Pistole deines Vaters, der heldenhaft im Krieg gefallen ist, hattest du nicht aus sentimentalen Gründen dabei, sondern weil du ein Spion bist.«

»Ein Geheimagent«, korrigierte Pierre sie. »Im Dienste der Regierung.«

»Welcher Regierung?«

»Der belgischen, mein Schatz. Welcher sonst?«

»Da käme jedes andere Land infrage«, sagte sie. »Russland oder die USA scheinen mir da am interessantesten.«

»Du hast mir auch nicht erzählt, dass du eine Kunstschmugglerin bist«, gab Pierre zurück und legte dann einen Finger an die Lippen, um sie zum Schweigen zu bringen.

Die Schwalbe sprang, von neuem Enthusiasmus getrieben, aus dem Bett und zog sich einen Stuhl heran, um neben Pierre Platz zu nehmen. Unwillkürlich – oder vielleicht durchaus beabsichtigt –, legte sie eine Hand auf sein Bein und drückte sanft sein Knie.

»Agent Pierlot, hören Sie mich?«, war aus der Ferne die Stimme Van Ackers zu hören.

»Laut und deutlich«, antwortete er.

Gudula kniff ihn heftiger.

In diesem Moment klopfte jemand laut an die Tür der Suite Marie-Antoinette.

»Öffnen, im Namen des Gesetzes!«, befahl eine männliche Stimme auf Französisch. *»Brigade de Voie Publique!«*

Gudula erbleichte.

»Die BVP!«, flüsterte sie Pierre ins Ohr. »Die Polizei. Ich bin verloren!«

Zum Glück nahm der Agent Pierlot die Zügel in die Hand und wendete all das an, was er in den anstrengenden Monaten der Ausbildung bei der Groupe G gelernt hatte.

»Versteck dich!«, befahl er scharfsinnig. »Nimm das Funkgerät und das Telex und zieh dich mucksmäuschenstill in den Schrank zurück. Niemand weiß, dass du hier bist.«

Die Schwalbe gehorchte.

Zum Glück war der Schrank genauso geräumig wie der Rest der Suite. Der Boden war mit Teppich ausgelegt, und die Wände waren gepolstert. Pierres Kleidung, die ordentlich auf Bügeln hing, roch nach seinem Eau de Cologne und seinem Rasierschaum. Es gab keinen besseren Ort als dieses gemütliche Versteck, dachte Gudula.

»Junge!«, rief Agatha in das Mikrofon, das Philippe in der Hand hielt, als die Verbindung abbrach. »Rede mit mir, mein Schatz! Wo bist du? Bist du in Gefahr?«

Die drei Männer versuchten vergeblich, die Kommunikation mit dem Agenten wiederherzustellen. Anna und Marguerite stützten Agatha, die kurz vor einer Ohnmacht zu stehen schien.

Nachdem die Schwalbe sich mit den elektronischen Geräten zwischen die Schuhe geflüchtet und sich in einer dunklen Ecke des Schranks zusammengerollt hatte, öffnete Pierre die Tür. Und das, was ihn im Gang dahinter erwartete, verursachte ihm eine Gänsehaut. Jeanne Augier, ihr Schoßhund und ihr scharfes Auge schauten hinter dem Rücken eines riesigen Polizisten hervor, der an die Tür geklopft hatte.

»Pierre, mein Lieber«, sagte die rothaarige Dame entschuldigend. »Ich habe diesem freundlichen Herrn bereits erklärt, dass du die Prinzessin Gudula von Orléans gar nicht kennst. Es ist doch so, oder?«

»Madame«, protestierte der Polizist, »ich bin derjenige, der hier die Fragen stellt. Bitte seien Sie still.«

Pierre begriff, dass Jeanne auf seiner Seite war.

»Wie es aussieht, sind Prinz Bertrand und sein Freund Porfirio Rubirosa festgenommen worden«, erzählte Jeanne Augier weiter, ohne auf den Befehl des Polizisten zu hören. »Sie wollten mit einem wertvollen gestohlenen Gemälde im Kofferraum ihres Wagens über die Grenze fahren. Diese Spitzbuben!«

»Madame, bitte ...«

»Und nun versuchen sie die Frau des Prinzen zu finden, die vermutlich eine Komplizin ist, um auch sie festzunehmen. Hoffentlich hat sie sich gut versteckt, denn sonst ...«

»Kennen Sie den derzeitigen Aufenthaltsort von Gudula von Orléans?«, fuhr der Polizist dazwischen.

»Monsieur Pierlot hat keine Ahnung!«, entgegnete Jeanne. »Und hören Sie auf, wie zufällig an Ihrer Dienstwaffe herumzufummeln. Sie können uns keine Angst machen, hören Sie?«

Der Polizist trat zurück. Entnervt gab er auf, da die Rothaarige sich nicht unter Kontrolle bringen ließ. Einige Hotelgäste hatten sich im Gang versammelt, und ein ängstliches Murmeln war zu hören, das wie ein kalter Wind über den Teppich und die Tapeten des eleganten Gebäudes kroch.

»Sie sorgen hier ganz schön für Aufregung«, sagte Jeanne Augier vorwurfsvoll. »Wenn ich die Eigentümerin dieses Hotels wäre, würde ich Sie wegen Erregung öffentlichen Ärgernisses anzeigen.«

»Wenn es Ihnen nichts ausmacht …« Der Polizist räusperte sich, bevor er, an Pierre gerichtet, weitersprach, »bitte ich Sie, Ihr Zimmer durchsuchen zu dürfen. Wir glauben, dass sich die Verdächtige irgendwo in Ihrer Suite versteckt haben könnte.«

»Oh nein!«, rief die rothaarige Dame streng aus. »Das kommt nicht infrage! Ohne gerichtlichen Durchsuchungsbeschluss werden wir das nicht zulassen. Das wäre ja noch schöner!«

»Bitte, Madame, lassen Sie mich meine Arbeit machen!«

»Na, dann kommen Sie doch mit einem Gerichtsbeschluss wieder, wenn ich bitten darf!«

Pierre Pierlot, der bisher noch kein Wort gesagt hatte, bat freundlich um Entschuldigung. Nein. Ohne einen gerichtlichen Beschluss dürfe er die Suite nicht durchsuchen. Madame hätte da ganz recht. Auf Wiedersehen.

Er knallte dem Polizisten die Tür vor der Nase zu und rührte sich mit rasendem Herzen nicht vom Fleck, bis er hörte, dass der Inspektor, gefolgt von Jeanne Augier und ihrem Schoßhündchen, Richtung Aufzug ging und die Neugierigen auf dem Gang in ihre Zimmer zurückkehrten.

Dann stürzte er zum Schrank hinüber, half Gudula aus ihrem Versteck, und gemeinsam begannen sie eilig und ohne viele Worte, die Koffer mit Kleidung, Schuhen, Funkgeräten, Telexmaschinen und dem Rest der von de Foy zur Verfügung gestellten Spionageausrüstung zu füllen. Die Pistole, das Fernglas, das goldene Feuerzeug, das silberne Zigarettenetui und die Sonnenbrille steckte Gudula in ihre Handtasche.

An der Rezeption wartete Jeanne Augier auf sie, die sich mit einem riesigen Pai Pai Luft zufächelte. Höchstpersönlich hatte sie bereits dafür gesorgt, dass der Wagen an der Promenade des Anglais vorfuhr, und um die Rechnung gebeten.

»Ihr Büro in Brüssel hat bereits alles bezahlt«, informierte sie der Rezeptionist. »Unbegrenzter Kredit, wenn ich mich nicht irre. Können wir sonst noch etwas für Sie tun, bevor Sie uns verlassen, Monsieur?«

»Bitte setzen Sie noch zwei Flaschen Dom Pérignon auf die Rechnung, wenn es nicht zu viel Mühe macht.«

Dankbar verabschiedeten sie sich von Jeanne Augier. Und als Pierre den Blick noch einmal sehnsüchtig über die Empfangshalle schweifen ließ, fiel ihm eines der dort hängenden Gemälde auf. War dieses Bild nicht einem anderen verdächtig ähnlich, das er an einer der Wände in Madame Augiers Appartement gesehen hatte?

Die Schwalbe und die exzentrische Millionärin umarmten sich wie zwei alte Kumpane, zwei Piraten mit Holzbein und Augenklappe. Dann schlang Gudula sich ein seidenes Tuch um den Kopf, schminkte sich die Lippen leuchtend rot, verdeckte ihre Augen mit einer riesigen Sonnenbrille und stieg in das rote Mercedes-Cabriolet mit Pierre Pierlot am Steuer ihres neuen Lebens. Die palastartige Fassade des Hotel Negresco leuchtete in einem warmen Orange, während in der Ferne die Abendsonne im Meer versank. Die Badegäste kamen vom Strand und überquerten mit schleppendem Schritt und beladen mit Handtüchern und anderen Strandutensilien die Promenade, um sich vor der italienischen Eisdiele an der Ecke anzustellen, wo es das leckerste Milcheis gab. Und der Luftballonverkäufer, der pünktlich um neun Uhr abends aus seiner Höhle kam, raubte den erschöpften Eltern den letzten Nerv, die nun, da sie keine Kraft und keine Geduld mehr hatten, ihren quengelnden Kindern nachgaben und einen Ballon in Form eines Delfins oder eine Nixe kauften.

So wie die Sonne und der Mond sich im letzten Moment des Tages und der Nacht aus einem kosmischem Zufall heraus begegneten, verließen genau in diesem Moment festlich gekleidete Menschen ihre Jachten, da es ihnen nach dem Gin Fizz genannten Getränk mit viel Eis dürstete oder nach dieser modernen Coca-Cola, die mit Rum vermischt wurde, um mit einem sogenannten Cuba Libre auf die Freiheit Kubas anzustoßen. Musik erklang, und Lichter blinkten. Sportwagen fuhren vorbei, die auf dem Weg zum Casino in Monte-Carlo waren.

Die Frauen wurden verwegen, und die Männer verloren den Verstand. Und die Natur blühte auf wie die unschuldige Phantasie eines Schulmädchens und schickte ihre Düfte in alle Himmelsrichtungen: Nachtjasmin, Gardenien, Magnolien, Rote Heckenkirsche und Japanischer Sternjasmin. Palmen rahmten den flamingofarbenen Himmel ein, und das Meer atmete schläfrig. Wenn es kühler wurde, verschwand der Sand nach und nach, und junge Männer in gestreiften Hemden sammelten die Sonnenschirme und die Liegestühle ein, die am Strand verblieben waren und nach Sonnenmilch rochen.

Die Schwalbe streckte die Arme aus, als wollte sie den Wind festhalten, der durch ihre Finger strich, und verabschiedete sich für immer von dem Ort, an dem sich ihr Haus, ihr Nest, befunden hatte. Die Straße, die sich über die Felsen wand, empfing sie voller Liebe mit all ihren Kurven, die sie zwangen, sich an den Mann neben ihr zu schmiegen, um nicht das Gleichgewicht zu verlieren, und führte sie über die Seealpen und danach in die Provence mit ihren Lavendelfeldern, den Weinbergen und ihren zauberhaften, zwischen mediterranen Oliven- und Pinienhainen versteckten Manoirs.

Kapitel 20

Gudula kam erst zum Frühstück herunter, als der Speiseraum bereits geschlossen war. Daher bestellten sie Kaffee und Mimosa-Cocktails auf die Terrasse des kleinen Hotels, die einen wunderbaren Ausblick auf ein riesiges violettes Blütenmeer bot. Der Duft des Lavendels drang bis zu ihnen herüber, genauso wie das Summen der Bienen und das Flügelschlagen der Vögel. Eine mächtige Sonne erstrahlte am Himmel. Es war so heiß, dass die Schwalbe sich das Hemd bis an die Grenze des Anstands aufgeknöpft hatte. Es war ein weißes Männerhemd aus Leinen, das sie kokett bis zu den Ellbogen aufgekrempelt und vorn zusammengeknotet hatte, sodass ihr winziger Bauchnabel und der goldfarbene Flaum auf ihrer Haut zu sehen waren. Pierre hatte es in einer Schneiderei in Brüssel gekauft, als er zusammen mit de Foy seine neue Identität zusammengestellt hatte, und hatte noch nicht die Gelegenheit gehabt, es anzuziehen. Dieses Hemd sowie beigefarbene Shorts und ein Gürtel, in den sie mehrere weitere Löcher hatten stanzen müssen, stammten aus Pierres Koffer und waren nun das Einzige, was Gudula besaß.

Was wird jetzt wohl aus der kleinen Schwalbe werden?, fragte sich Pierre hoffnungslos verliebt.

Die Maxime »Alles zu seiner Zeit« hatte ihn gezwungen, zwei Zimmer zu nehmen und die halbe Nacht an die herzlose Nackte auf der anderen Seite der Wand zu denken, was sein Verlangen noch heftiger hatte auflodern lassen.

Gudula war auf der Flucht. Sie konnte nicht in ihr Haus zurückkehren, da die Villa Favorite oben auf den Felsen von Menton inzwischen wohl von der Polizei in Beschlag genommen worden war. Sicher hatten sie auch bereits die Gemälde an den Wänden entdeckt, die die drei Komplizen auf dem Schwarzmarkt hatten verkaufen wollen.

Wie habt ihr das Ganze geplant, mein Schatz? Wie habt ihr es geschafft, dass euch niemand verdächtigt hat?

Aber wer kam schon auf den Gedanken, Bertrand Lacouture von Hohenzollern-Sigmaringen und von Orléans und seine junge Frau Gudula zu verdächtigen? Gehörten sie doch zum Jetset, der Crème de la Crème, der erlesenen Gesellschaft.

Wie viel leichter war es doch, davon auszugehen, dass der wahre Grund für diese Zweckehe – die ihr einen Adelstitel und ein beträchtliches Vermögen einbrachte – der war, das unaussprechliche Geheimnis des Ehemanns zu verschleiern, eines alten Mannes, der in seinen achtzig Lebensjahren niemals verheiratet war oder eine Freundin hatte.

»Dann schwörst du mir, dass Bertrand auf Männer steht?«

»Absolut.«

»Aber er wirkt ein wenig …«

»Weiblich?«

»Genau.«

Zu dieser Vorstellung von der Beziehung zwischen Gudula und ihrem Mann passte auch die Rolle von Porfirio Rubirosa, dem heißblütigen Dominikaner, der für die gigantischen Ausmaße seines besten Stücks berühmt war und – wie jeder annahm – die fleischlichen Bedürfnisse der jungen Ehefrau befriedigte.

»Und was hast du mit Rubi auf den Partys gemacht, wenn ihr plötzlich verschwunden und erst nach über einer Stunde zurückgekommen seid?«

»Wir haben Bilder gestohlen.«

»Ihr habt es also nicht wie zwei wilde Tiere getrieben, zwischen Sofas und Wandteppichen versteckt und erregt von dem Gedanken, dass jemand euch in flagranti entdecken könnte?«

»Was für eine aufregende Phantasie du hast, Pierre!«

Rubirosas Gehstock war innen hohl. Er ließ sich öffnen, indem man an dem Elfenbeingriff drehte, und war so gemacht, dass man darin ein zusammengerolltes Gemälde verstecken konnte. Die beiden Komplizen verabredeten sich in dem Raum, in dem das Bild hing, nahmen es von der Wand und lösten den Rahmen, ersetzten es durch die Fälschung, die Rubirosa in seinem Stock versteckt hatte, und verbargen das echte so, dass niemand den Austausch bemerkte. Wenn sie dann, erhitzt und atemlos und mit geröteten Gesichtern, wieder auftauchten, vermuteten böse Zungen, dass sie sich, hinter dem Rücken von Gudulas Ehemann, dem greisen Abkömmling der belgischen Königin, der im Ruf stand, eine Tunte zu sein, heimlich geliebt hatten, während dieser durch die Räume flanierte und jedem knackigen Jüngling zuzwinkerte, der ihm entgegenkam.

»Bertrands Rolle ist schwieriger«, sagte die Schwalbe seufzend. »Er muss mit den Sammlern auf der ganzen Welt in Kontakt treten. Seine Kunden stammen meistens aus dem Mittleren Osten oder dem alten Russland. Leute, die bereit sind, große Summen für Kunstwerke zu bezahlen, die nicht offiziell auf dem Markt sind. Diese Geschäfte werden im Hinterzimmer von Bertrands Antiquitätengeschäft getätigt. Aber das Gefährlichste ist die Überführung der Bilder.«

»Warum benutzt ihr dafür nicht Rubirosas Stock?«

»In den meisten Fällen tun wir das. Aber manchmal sind die Gemälde zu groß. *Die Kapitulation von Jülich* zum Beispiel haben wir im Auftrag eines spanischen Aristokraten – eines Nachfahren des Marquis von Balbases – gestohlen. Um an dieses Gemälde zu kommen, haben wir eine Kunstausstellung im Ozeanografischen Museum von Monaco organisiert. Der junge Fürst hat uns dabei nicht nur unterstützt, sondern auch viele seiner Untertanen eingeladen, daran teilzunehmen. Viele Ausstellungsstücke stammten von der Société des Bains de Mer.«

»Darunter die berühmte *Kapitulation von Jülich.*«

»Genau. Die echte befand sich im Kofferraum von Bertrands Bentley. Und die Kopie hängt nun im Eingangsbereich der Villa La Vigie.«

»Und was ist mit der, die an dem Tag, an dem wir uns kennengelernt haben, in deinem Haus hing?«

Gudula lächelte geheimnisvoll.

»Was würdest du sagen?«

»Die echte?«

»Manchmal erlauben wir uns, diese wunderbaren Kunstwerke für ein paar Tage zu genießen, bevor wir sie ihren neuen Besitzern übergeben«, gestand Gudula melancholisch. Und dann trank sie mit einem letzten Schluck ihren Mimosa-Cocktail aus.

Wegen der extremen Hitze verbrachten Pierre und Gudula den ersten Tag am Pool, wo sie, barfuß am Beckenrand sitzend, Pierres Schwimmkünste bewunderte. Er griff nach ihrem Fußgelenk, streichelte ihr Beine und bespritzte ihre Bikinihose mit Wasser. Sie waren die einzigen Gäste in dem kleinen provenzalischen Hotel. Am späten Nachmittag flanierten sie durch die Gassen des kleinen Orts und blieben an jedem Marktstand stehen. Gudula mit ihrem Geschmack für besondere Dinge kaufte sich ein langes weißes Baumwollkleid, einen Strohhut und ein Paar Espadrilles. Danach pflückte sie einen Strauß Mohnblumen, die am Wegesrand wuchsen, und so sah sie im goldenen Licht der Nachmittagssonne aus wie eine provenzalische Braut, die lachend über eine Bergwiese läuft.

Auf diesen Nachmittag folgten weitere, die genauso verspielt und angenehm waren. Und da Gudula sich kein bisschen um Bertrand und Porfirio zu sorgen schien, wollte Pierre den Zauber nicht zerstören. So zogen sich die sorglosen Tage mit Wein und Lavendel so lange hin wie der Schatten der Zypressen im Sommer.

Keiner ahnte, wo die Schwalbe und die Turteltaube sich versteckten.

Das tragbare Telefon, das moderne Telexgerät und die Funkstation schliefen im Kofferraum des Mercedes den Schlaf der Gerechten. Daher war das einzige Summen, das sie hörten, das der Bienen, die den köstlichen Honig herstellten, den es zum Frühstück gab.

Abends, bevor sie sich trennten, küssten sie sich im Licht des Mondes und der Sterne, die nirgendwo so leuchteten wie an diesem Stück Himmel in den Hügeln der Provence. Und wenn die Sonne aufging, setzte sich Pierre in den Schatten der Weinreben und wartete, bis Gudula ihr Zimmerfenster öffnete und ihm mit einem verschmitzten Lächeln und einem aufreizenden Morgenmantel, den sie so nachlässig übergeworfen hatte, dass sie genauso gut nackt auf den Balkon hätte treten können, einen guten Morgen wünschte.

Bis Gudula Pierre nach einer unbestimmten Ewigkeit – die Sonne konnte genauso gut fünf, sieben oder zehn Mal aufgegangen sein – mit banger Stimme fragte: »Sag mal, Schatz, du weißt nicht zufällig, welchen Tag wir heute haben?«

Er zögerte mit der Antwort, weil er aus irgendeinem Grund davon überzeugt war, dass er damit sein Todesurteil diktierte.

»Keine Ahnung«, log er, »irgendwie Ende Juli, glaube ich.«

»Na ja«, meinte die Schwalbe seufzend. »Ich nehme an, dass es Zeit ist, zurückzukehren.«

»Zurückkehren? Bist du verrückt?« Pierre wurde von einer Angst erfasst, die so diffus war wie der Nebel auf den Hügeln. »Du wirst von der Polizei gesucht. Sie haben Bertrand und Rubirosa. Willst du unbedingt ins Gefängnis?«

Gudula, die in aller Ruhe die erste Zigarette des Tages rauchte, schien all das nicht zu beunruhigen. Im Gegenteil. Sie gähnte und streckte sich, bevor sie sich mit dem gleichen Lächeln wie immer wieder an Pierre wandte:

»Ich bin nicht diejenige, die sich Sorgen machen muss«, sagte sie und wurde plötzlich ernst. »Ich habe jede Menge Rückendeckung, *amore.* Aber was ist mit dir, Agent Pierlot? Du bist derjenige, der seine Mission nur zur Hälfte erledigt und beim Gespräch mit seinem Chef das Telefon eingehängt hat. Dabei fällt mir ein …«, fuhr sie neugierig fort, »wie genau lautete eigentlich der Auftrag, der dich an die Côte d'Azur geführt hat?«

»Das unterliegt der höchsten Geheimhaltungsstufe«, entgegnete Pierre.

»Hat es etwas mit internationalem Terrorismus zu tun? Oder mit dem Kalten Krieg? Oder bist du auf der Jagd nach einem der Doppelagenten, die die Regierungen auf beiden Seiten des Eisernen Vorhangs mit Informationen versorgen?«

»Ja«, antwortete er unbehaglich. »So was in der Art.«

»Und wie kommt es dann, dass du, seit wir Nizza verlassen haben, nicht ein einziges Mal deine Vorgesetzten kontaktiert hast?«

In der langen Stille, die auf diese Frage folgte, hatte Gudula genug Zeit, ihre Zigarette zu Ende zu rauchen, sie in dem Keramikaschenbecher auszudrücken, erneut zu gähnen, eine Biene von ihrer Untertasse zu verscheuchen, auf die zwei Tropfen Honig gefallen waren, zwei Schlucke kühles Wasser aus dem Krug zu trinken, der jeden Morgen auf ihrem Frühstückstisch stand, ihr Haar im Nacken zu einem Knoten zu schlingen und mit einem Band zu befestigen, sich mit einer katzenhaften Bewegung die riesige Sonnenbrille aufzusetzen, zu miauen und zum Panther zu werden. Pierre zu belauern, als wollte sie sich gleich auf ihn stürzen und ihn verschlingen. Als ob sie sich anstatt in einem lieblichen Garten in der Provence auf einer Lichtung im Dschungel befänden. Als ob sie anstatt auf einer Bank im Schatten der Weinreben zwischen den Ästen eines Affenbrotbaums kauerten. Als ob sämtliche Augen der Welt in diesem Moment ausschließlich auf Pierre gerichtet, alle Fragen angebracht und keine Antworten möglich wären.

Kapitel 21

Die Gefahr, dass Agathas Schreie die Nachbarn alarmieren könnten, sorgte dafür, dass de Foy wütend wurde.

»Könnte jemand bitte endlich diese Frau zum Schweigen bringen!«, rief er.

Anna umarmte die alte Dame daraufhin noch fester. Auch sie war Mutter. Von drei erwachsenen Kindern, die bereits weit entfernt von ihren beschützenden Eltern ihr eigenes Leben führten. Aber sie waren immer noch ihre Kinder! Und wenn Pierre sie, Anna Van Acker, in einem seiner berühmten Berichte erwähnt hätte, hätte er sie vermutlich als Glucke bezeichnet. Daher hatte sie größtes Verständnis für Agathas Ängste.

Äußerst umsichtig hatte sie sie aus dem Schuppen geführt. Denn da drin war es heißer als in einer dieser finnischen Saunas, von denen man so viel hörte. Und es war nicht genug Platz für sechs schwitzende Seelen.

»Lasst uns einen Spaziergang machen«, hatte die *Première dame* vorgeschlagen, was Marguerite de Foy sehr begrüßt hatte.

Für den von Pappeln gesäumten Weg von Agathas Haus bis zu der kleinen Brücke über einen klaren Bach waren es genau dreihundert Schritte. Agatha selbst hatte sie im Laufe der Jahre viele Male gezählt. Es war genau die richtige Strecke, um in Form zu bleiben. Sie hatte festgestellt, dass sie, wenn sie es mit dem Laufen übertrieb, furchtbare Krämpfe in den Beinen bekam, und außerdem dauerte der Marsch zur Brücke und zurück genauso lange, wie ein Soufflé zum Aufgehen brauchte. Wenn sie dabei zufällig einem ihrer Nachbarn begegnete, beschränkte sie sich darauf, ihn aus der Ferne zu grüßen, ohne stehen zu bleiben, um mit ihm die üblichen Banalitäten auszutauschen, damit sie nicht, wenn sie anschließend nach Hause kam, nur noch einen stinkenden, verbrannten Klumpen vorfand.

Agatha schluchzte, und ihr schmächtiger Körper in seinem Sommerkleid bebte.

»Weinen Sie nicht, meine Liebe«, versuchte Anna sie zu trösten, »Ihr Sohn ist bestimmt in Sicherheit. Welche Gefahr kann einen schon an der Côte d'Azur ereilen? Wir sind doch nicht im Krieg und können das Leben wieder genießen.«

Doch nach wenigen Metern blieb Anna abrupt stehen. Denn ihr war gerade der furchtbare Anblick der überfahrenen Katze wieder in den Sinn gekommen. War es nicht genau an dieser Stelle gewesen – sie konnte es praktisch vor sich sehen –, wo das kleine Tier wie aus dem Nichts aufgetaucht und unter den Rädern von Achilles Auto gelandet war? Eine kleine quicklebendige schwarze Katze, die ihr Mann im Gestrüpp versteckt hatte? In diesem Moment fiel ihr ein Blatt Papier auf, das am Stamm des Baumes hing: *Vermisst. Schwarze Katze, die auf den Namen Fred hört. Finderlohn.*

»Meine süße, kleine Katze«, klagte Agatha schluchzend und wies auf die Suchanzeige. »Fred ist jetzt schon so lange weg, dass ich kaum noch Hoffnung habe.«

»Die Hoffnung stirbt zuletzt!«, rief Marguerite, die wenige Schritte hinter ihnen ging, mit ihrem üblichen Optimismus aus.

Anna Van Acker schluckte. Sie wusste, dass in diesem Fall jede Hoffnung verloren war. Sollte sie dazu beitragen, sie zu nähren, oder die Wahrheit sagen? Wahrscheinlich wäre es das Beste, der guten Frau zu erklären, dass ihr Kater nicht mehr nach Hause zurückkehren würde. Der Schock wäre furchtbar, ja, aber war es nicht noch grausamer, sie in der Ungewissheit zu lassen? Immerhin bräuchte sie, wenn sie wüsste, dass Fred sich im Katzenhimmel befand, nicht mehr ständig nach ihm zu rufen, ihm ein Schälchen mit Wasser hinzustellen, alle dunklen Winkel nach ihm abzusuchen oder ihn sich gefangen, verletzt oder sterbend vorzustellen.

»Natürlich, meine Liebe«, stimmte Agatha Marguerite da zu. »Es wäre viel schlimmer, wenn ich wüsste, dass er tot ist.«

Auf der anderen Straßenseite befand sich ein großer Stein, der im Schatten lag und dort platziert worden zu sein schien, damit die drei Frauen sich hinsetzen, ein wenig plaudern und eine Zigarette rauchen konnten. Jede blies auf ihre eigene Art den Rauch in die Luft, und anschließend traten sie die Stummel mit den Sohlen ihrer staubigen Schuhe aus.

»Ich habe zwei Söhne«, ergriff anschließend Agatha das Wort, »und in diesem Moment weiß ich von beiden nicht, wo sie sich aufhalten. Daher hänge ich so an meinen beiden Katzen, weil sie die einzige Sicherheit sind, die mir bleibt. Wenn es Ginger und Fred nicht gäbe und ich mich nicht um sie kümmern müsste, würde ich verrückt werden.«

Anna schwieg.

Agathas Ehe, so kurz sie auch war, hatte durchaus Früchte getragen, nämlich den kleinen Alexandre mit seinen hellen Augen und dem blonden Haar. Er wuchs an der Hand seines großen Bruders H. auf und verließ mit ihm das Haus seiner Mutter, um sich, als er noch nicht einmal siebzehn Jahre alt war, der Groupe G anzuschließen. Allerdings war er damals bereits ein Meter neunzig groß und passte perfekt in das Bild des jungen deutschen Ariers. Während seiner Ausbildung lernte er die deutsche Sprache und erfuhr alles über die Lebensweise des Feindes, und danach wurde er, als Grenadier der Wehrmacht verkleidet, mit dem Fallschirm über einem freien Feld in der Nähe von Berlin abgesetzt.

Danach hatte Agatha nie wieder von ihm gehört. Wahrscheinlich wurde er einfach zu den vielen toten oder vermissten deutschen Soldaten gezählt. Oder er war wegen eines Defekts seines

Fallschirms bereits gestorben, bevor er überhaupt auf dem feindlichen Boden landete. Vielleicht hatte er aber auch den Krieg überlebt und konnte sich nicht mehr an seine Herkunft erinnern. Oder er hatte die große Liebe gefunden und eine Familie gegründet. Möglicherweise war er in Gefangenschaft geraten, gefoltert und erschossen worden. Oder er hatte sich den Nazitruppen angeschlossen und Kriegsverbrechen in der Sowjetunion begangen oder hatte einer jüdischen Familie zur Flucht verholfen. Oder er war in einem Konzentrationslager gestorben oder hatte die Tochter eines SS-Obergruppenführers geheiratet, die niemals die Wahrheit erfahren durfte: dass er in Belgien geboren und das Kind einer ledigen Mutter und eines charakterlosen Vaters war. Dass er zur Résistance gehört hatte, genau wie sein älterer Bruder H., der für die berühmte Sabotage der Stromleitungen verantwortlich war und irgendwann, als niemand mehr damit gerechnet hatte, nach Hause zurückgekehrt war, um seiner Mutter die größte Freude ihres Lebens zu bereiten.

»Ich stelle ihn mir am Steuer eines eleganten Wagens, eines roten oder gelben Cabrios vor, wie er über diese Brücke fährt und dann in einer Staubwolke verschwindet. Lächelnd, gesund, stark, gutaussehend. Er hebt die Hand, um mir zuzuwinken. Drückt auf die Hupe. Er fährt durch die Seifenblase, in der ich lebe, während ich auf ihn warte. Die Blase zerplatzt, und wir beide werden nass. Wir betrachten uns von oben und stellen fest, dass wir in einer Schneekugel stecken, die ein glückliches Kind schüttelt … und es schneit.«

Die drei Frauen schwiegen. Sehr lange. Und jenseits des Weges ging die Sonne unter und verschwand hinter dem Horizont. Als Achille, Robert und Philippe schließlich losgingen, um die drei Frauen zu suchen, fanden sie sie auf einem großen Stein in der Nähe von Freds Versteck verharrend. Sie schienen Lichtjahre entfernt zu sein.

Es war den Männern trotz aller Bemühungen nicht mehr gelungen, den Kontakt zu Pierre herzustellen, wie sie mit bedauernder Miene erklärten. Daher war es durchaus möglich, dass der junge Mann sich in Gefahr befand. Der Premierminister hatte bereits seinen besten Agenten losgeschickt, um nach Pierre zu suchen. Einen gewissen Honoré, der aus den Ardennen stammte, stark war wie ein Bär und hart wie Stahl. Der bis an die Zähne bewaffnet war und über die Lizenz zu töten verfügte. Er würde mit seiner Suche in Nizza beginnen, im Hotel Negresco, und sie dann auf die ganze Riviera, die Seealpen und die Provence ausdehnen. Oder noch weiter.

»Wir werden Ihren Sohn finden«, versprach de Foy der weinenden Agatha, »auch wenn wir dafür Himmel und Hölle in Bewegung setzen müssen.«

Kapitel 22

Gudula konnte den Blick nicht von Pierres Gesicht abwenden. Eine so heftige Reaktion auf ihre vorsichtigen Fragen hatte sie nicht erwartet: Wie lautet eigentlich dein Auftrag, der dich an die Côte d'Azur geführt hat? Und wie kommt es, dass du deine Vorgesetzten nicht kontaktiert hast? Mein Gott, das war doch kein Verhör wie bei der Gestapo gewesen, sondern die gesunde Neugier einer verliebten Frau! Und da war ihm keine bessere Erklärung eingefallen als die beiden dicken Tränen, die ihm nun über die Wangen rollten?

Sie zündete sich eine zweite Zigarette an, nahm einen langen Zug und blies Pierre den Rauch ins Gesicht, um ihn aufzumuntern.

»He, ist dir etwas ins Auge gekommen, *caro mio*?«

Doch Pierre verabschiedete sich in der Parallelwelt, in der er sich in diesem Moment befand, gerade von seinem Bruder Alexandre, machte Scherze, wünschte ihm viel Glück, klopfte ihm auf die Schulter und umarmte ihn. Und dann sah er zu, wie Alexandre ins Flugzeug stieg, noch ein letztes Mal in die sternenklare Nacht blickte, die Hand an die Stirn legte und wie ein tapferer Soldat, zu dem er zweifellos geworden war – jung, idealistisch, gehorsam, bewundernswert –, noch einmal den älteren Bruder grüßte, der mit stolzem Herzen und zwei Tränen im Gesicht auf der Erde zurückblieb.

Ohne Vater aufgewachsen zu sein hatte die Bindung zwischen den beiden Brüdern verstärkt, sie aber auch auf gewisse Weise verfälscht. Pierre war alles für Alexandre gewesen: Spielkamerad, Held,

Freund, Schutzengel und Vorbild. Und deshalb war er ihm in jener unheilbringenden Winternacht heimlich und lautlos im Dunkeln zum Treffpunkt der Groupe G gefolgt, hatte sich unter dem Fenster versteckt und mitgehört. Und sie hatten ihn dort im Gebüsch entdeckt. Und ihn mit Waffengewalt dem Chef vorgeführt.

Pierre war erschreckt von dem Getreidesack, auf dem er saß, aufgesprungen und hatte gerufen: »Das ist mein Bruder! Nehmt die Waffen runter!«

Danach hatte es keinen Weg zurück mehr gegeben. Alexandre, mit seinen sechzehn Jahren fast noch ein Kind, wurde zu einem der mutigsten Kämpfer der Résistance. Nichts machte ihm Angst. Nichts konnte ihn aufhalten. Er war imstande, aus einem fliegenden Flugzeug zu springen, unbewaffnet die feindlichen Linien zu durchqueren, einen verletzten Kameraden aus den Händen der Folterknechte zu befreien oder sich als einen vorbildlichen Wehrmachtssoldaten auszugeben.

Es gab keinen Tag, an dem Pierre nicht an Alexandre dachte und jene Nacht verfluchte, in der er nicht gut genug aufgepasst und das Leben seines Bruders in Gefahr gebracht hatte.

Nach jenem denkwürdigen Fallschirmsprung über Berlin hatte Pierre seinen Bruder nicht mehr gesehen. Weder er noch sonst jemand. Doch seine Mutter deckte auch jetzt noch jeden Tag den Tisch für ihn und wusch seine Bettwäsche. Als ob er plötzlich aus dem Nichts auftauchen könnte. Am Steuer eines eleganten Wagens, ein stattlicher Mann und vollkommen unversehrt.

»Pierre, hörst du mich?« Gudula fasste ihn an der Schulter und schüttelte ihn leicht. »Ich habe gesagt, dass wir heute noch aufbrechen müssen. Denn wir werden pünktlich am 25. Juli auf Schloss Stuyvenberg erwartet. Und ich hätte nichts dagegen, vorher mal kurz bei mir zu Hause in Paris vorbeizuschauen, um ein wenig Kleidung einzupacken. Du hast deinen Smoking dabei, oder?«

Pierre blinzelte. Er hatte das Gefühl, Seife in den Augen zu haben oder vielleicht das Wasser aus einer Schneekugel. Er fasste sich ins Gesicht und stellte fest, dass er weinte, ohne es gemerkt zu haben.

Mit großer Mühe gelang es ihm, die Erinnerung an seinen Bruder beiseitezuschieben. Er hatte einen Blackout.

»Wo bist du denn gewesen, Dummerchen?«, schalt Gudula ihn rücksichtslos. »Aufwachen, mein Lieber, wir haben es eilig!«

»Schloss Stuyvenberg?«, murmelte Pierre verwirrt. »Du meinst die Residenz von Elisabeth Gabriele Herzogin in Bayern? Die ist doch in Laeken, oder?«

»Ja. Hab ich dir nicht erzählt, dass Königin Elisabeth Bertrands angeheiratete Tante ist? Sein Vater, Louis Anton Lacouture von Hohenzollern-Sigmaringen und von Orléans, war angeblich ein unehelicher Sohn von Maria Luise von Hohenzollern-Sigmaringen, der Schwiegermutter von Königin Elisabeth«, erinnerte Gudula ihn. »Natürlich nicht offiziell«, fügte sie hinzu.

»Und was haben wir beide dort verloren?«

»Bertrand und ich sind zur Feier des achtzigsten Geburtstags der Königin eingeladen«, erklärte Gudula. »Und da er mich leider nicht begleiten kann, denn ich glaube nicht, dass er das Gefängnis verlassen darf, um an einer Geburtstagsfeier teilzunehmen, werde ich mit dir dorthin gehen, wenn es dir nichts ausmacht.«

Pierre schwirrte der Kopf. So viele lange Namen. Was für eine komplizierte Verwandtschaft!

»Komm«, drängte Gudula ihn, »pack deine Sachen, und bezahl die Rechnung. Ich warte im Auto auf dich.«

Diese faszinierende Frau übte eine Art Zauber auf Pierres schwachen Willen aus – seine Mutter hatte schon immer behauptet, dass er sich von den Frauen manipulieren ließ –, sodass er tat, was sie wollte, und nicht mal eine Stunde später befanden sie sich auf dem Weg nach Paris. Und jedes Mal, wenn ihnen ein Polizeiauto entgegenkam, zitterten Pierre die Knie.

Als sie in der Nähe von Lyon an einer Raststätte anhielten, kaufte Gudula eilig eine Zeitung, da sie vom Auto aus auf der Titelseite ein Foto von Porfirio Rubirosa zusammen mit einem ziemlich düsteren Mann gesehen hatte, der zwar durchaus attraktiv, aber bedrohlich wirkte mit seinem kleinen Schnurrbart und dem zurückgekämmten Haar. Die Bildunterschrift lautete: *Unschuldig! Rubirosa präsentiert sich in Begleitung seines engen Freundes Ramfis Trujillo zufrieden am Ausgang des Gerichts.*

In dem zu dem Foto gehörenden Artikel stand, dass der dominikanische Diplomat Porfirio Rubirosa, da seine Beteiligung an dem ihm vorgeworfenen Verbrechen nicht nachgewiesen werden konnte, ohne Auflagen freigelassen worden war. Dieses Verbrechen, lautete es weiter, bestand in dem Diebstahl des wertvollen Gemäldes *Die Kapitulation von Jülich*, Eigentum der Société des Bains de Mer, das aus der Villa La Vigie in Roquebrune-Cap-Martin entwendet wurde.

Letzte Woche gelang es der Polizei, die bereits von der Existenz der kriminellen Kunstschmuggler wusste, zwei Verdächtige festzunehmen, die, wie es zunächst aussah, mit der Sache zu tun hatten. Bei dem Hauptverdächtigen und Halter des Fahrzeugs, in dem das Gemälde gefunden wurde, handelt es sich um Prinz Bertrand Lacouture von Hohenzollern-Sigmaringen und von Orléans, einen Aristokraten belgischer Herkunft, der in Paris einen Kunst- und Antiquitätenhandel betreibt. Er befindet sich noch in polizeilichem Gewahrsam und wartet darauf, dem Gericht vorgeführt zu werden. Der andere Festgenommene ist der bereits erwähnte Porfirio Rubirosa, dessen Beteiligung an dem Verbrechen nicht nachgewiesen werden konnte. »Ich hatte keine Ahnung, dass Prinz Bertrand ein gestohlenes Gemälde im Kofferraum hat«, erklärte Rubirosa vor Gericht, »ich bin unschuldig.«

Rubirosa, der während der Amtszeit des dominikanischen Präsidenten Rafael Leónidas Trujillo Molina dessen enger Vertrauter war und ein enger Freund von dessen Sohn Ramfis, wurde von einer angesehenen spanischen Anwaltskanzlei verteidigt, die anscheinend von der Regierung des derzeitigen dominikanischen Präsidenten Héctor Bienvenido Trujillo Molina (dem Bruder seines Vorgängers Rafael) beauftragt worden war. »Die Tatsache, dass unser Mandant sich in dem Moment der Konfiszierung des Gemäldes in diesem Auto befand, ist rein zufällig. Er wusste nicht – konnte nicht wissen –, dass sich in diesem Wagen Diebesgut befand.«

»Der arme Bertrand«, sagte die Schwalbe seufzend. »Sie schieben ihm allein die Schuld in die Schuhe.«

Die Freundschaft zwischen Porfirio und Ramfis bestand schon lange, wie Pierre unterwegs erfuhr. Seit der Zeit, als die beiden zusammen ganz Hispaniola unsicher gemacht und unzählige junge Frauen verführt hatten. Zwei gutaussehende, elegante Kavaliere, die sie zum Trinken und Tanzen einluden und ihnen ein Universum unaussprechlicher Freuden gezeigt hatten, um sie dann einfach fallen zu lassen.

Ramfis war von seinem Vater bereits im Alter von zehn Jahren zum General der bewaffneten Truppen ernannt worden. Er hatte ihm eine Uniform auf den Leib schneidern und sämtliche Offiziere des dominikanischen Heeres und Mitglieder des diplomatischen Corps vor ihm defilieren lassen, um ihm die Ehre zu erweisen.

Ramfis war in Uniform aufgewachsen, bis er zum gefährlichen Verführer unschuldiger Mädchen und zum Albtraum von deren Väter wurde.

Porfirio, der zwanzig Jahre älter als Ramfis war, hatte dessen Vater, Rafael Leónidas Trujillo, beim Polospiel kennengelernt und hatte den Diktator derart eingewickelt, dass er ihm seine Tochter Flor de Oro zur Frau gab, ein verwöhntes junges Mädchen, das wie alle anderen in Liebe zu Porfirio entbrannte.

Obwohl diese Ehe blitzschnell wieder vorbei war, blieben Rubi und der Diktator eng befreundet, der ihn zuerst als Botschafter nach Berlin und dann für mehrere Jahre nach Paris schickte.

Rubirosas Zugehörigkeit zum diplomatischen Dienst hatte die Entscheidung des Polizeichefs natürlich beeinflusst, genau wie das Heer an Anwälten, Konsuln, Militärattachés, düsteren Geheimagenten und skrupellosen Mördern, das dem Festgenommenen zu Hilfe eilte. Und sie hatten ja einen Schuldigen. Wozu brauchten sie zwei?

»Er sieht auf dem Foto wirklich blendend aus«, stellte Gudula fest. »Anscheinend haben sie ihn im Gefängnis gut behandelt. Jetzt müssen wir nur noch den armen Bertrand da rausholen, bevor er zusammenbricht. Ich glaube nicht, dass er es lange im Gefängnis aushält.«

Pierre wandte den Blick von der Straße ab und richtete ihn auf die Schwalbe, die weiter unschuldig vor sich hinplapperte, als ob nichts wäre.

»Und dürfte ich fragen, wie du ihn ›da rausholen‹ willst?«, fragte er. »Vergiss nicht, dass dein armer Bertrand auf frischer Tat erwischt wurde, am Steuer seines Bentleys auf dem Weg nach Paris mit einem gestohlenen Gemälde im Kofferraum. Inzwischen hat die Polizei bestimmt schon alles über die illegalen Geschäfte von diesem Typ herausgefunden. Und du könntest dich selbst in Gefahr bringen, Gudula, sie werden dich als Komplizin oder Hehlerin anzeigen.«

»Bitte nenn ihn nicht ›diesen Typ‹!, fuhr sie ihm ärgerlich über den Mund. »Bertrand ist ein echter Kavalier. Ein Gentleman. Ein Dandy. Ein Bonvivant. Ein …«

»Ein Verbrecher, vergiss das nicht.«

Nachdem sie die Berge überquert hatten, wo es nach Thymian und Patschuli roch, und die Straße bereits im Dunkeln lag, sodass die entgegenkommenden Fahrzeuge ihre Scheinwerfer eingeschaltet hatten, näherten sie sich Paris, das aussah wie ein Feld voller Glühwürmchen, die aufgeregt um den Eiffelturm herumflogen. Die Schwalbe glättete ihr Gefieder und sagte, dass sie Hunger habe. Dass sie ein zauberhaftes Bistro an der Seine kenne, wo die besten Austern der Welt und, anders als in Monaco, echter französischer Champagner serviert wurden. Dass der Weg von dort zu ihrem Appartement in der Rue Cambon ganz zauberhaft sei, über Brücken und durch Parks, in denen es diese kleinen Musikbühnen mit Jazzmusik gab. Dass sie sich zum Nachtisch an einem dieser hübschen Stände ein Eis kaufen könnten, um es sich wie brave Kinder auf dem Weg nach Hause zu teilen.

»Ach, Paris!«, sagte sie seufzend.

Kapitel 23

Honoré hieß in Wirklichkeit natürlich nicht Honoré. Es war sein Deckname. Er hatte ihn zu Ehren von Honoré de Balzac, dem Autor von *Die Chouans*, angenommen, dem einzigen Buch, das er in seinem Leben je gelesen hatte. Es war ein Geburtstagsgeschenk seines Großvaters Martin gewesen, der beim Militär war.

Honoré war ein seltsames Kind und viel zu introvertiert für einen Jungen seines Alters. Freunde hatte er nur wenige, und Balzac war sein Vorbild, sein Meister gewesen. Dank ihm hatte er einen eisernen Willen, der auf Treue, Ehre und Opferbereitschaft beruhte. Und er hatte nicht bemerkt, dass ihn all diese Tugenden zum idealen Instrument der Mächtigen machten.

Denn Honoré war nicht nur naiv, sondern auch stark. Stark wie ein Bär.

Er konnte mit einer Hand locker fünfzig Kilo heben. Und seine muskulösen Beine waren lang und schnell wie die eines Windhundes. Außerdem war er imstande, jede Art von Waffen zu bedienen. Er verfügte über die Treffsicherheit eines Scharfschützen mit der Effizienz eines Artilleristen. Dazu war er in der Lage, sich jederzeit zu verstecken, sozusagen mit seiner Umgebung zu verschmelzen.

Angeblich hatte er an der Schlacht von Stalingrad teilgenommen, worüber er jedoch nie sprach. Am rechten Fuß fehlten ihm zwei Zehen, und er hatte eine lange Narbe auf der Stirn. Wenn er zum Trinken eingeladen wurde, bestellte er Wodka, aber er trank niemals allein. Die leidenschaftliche Liebe, von der in Balzacs Buch die Rede war, hatte er noch nicht gefunden, daher wartete er nach wie vor auf die Frau seines Lebens, die er heiraten wollte, um mit ihr eine große, glückliche Familie zu gründen.

Denn in seinem Innersten war er ein Romantiker.

Honoré de B. stürzte mit so viel Schwung durch die Drehtür des Hotel Negresco, dass der Kronleuchter eine gute Weile hin und her schaukelte. Dann rannte er mit großen Schritten die Treppe hinauf, um zur Suite Marie-Antoinette zu gelangen, in die er, ohne anzuklopfen, eindrang, nachdem er die hölzerne Tür – ein Kunstwerk aus dem neunzehnten Jahrhundert – aus den Angeln gehoben hatte. Zum Glück war die Suite zu diesem Zeitpunkt unbewohnt. Der Reinigungsdienst des Hotels hatte ganze Arbeit geleistet, sodass Honoré dort weder die beiden benutzten Champagnergläser vorfand noch den vollen Aschenbecher, das ungemachte Bett, den verlorenen Knopf, das Notizbuch, das Taschentuch im Papierkorb oder das Parfüm der Schwalbe, das noch im Raum hing, oder Pierres Fingerabdrücke auf dem Samt des Sessels, auf dem er gesessen und darauf gewartet hatte, dass Gudula aus ihrem tiefen Schlaf erwachte.

Also rannte Honoré – mit seiner Nadelstreifenhose und dem engen schwarzen Pullover – die Stufen wieder hinunter, und als er am Salon Royal vorbeikam, stieß er auf ein weißes Schoßhündchen und eine rothaarige Dame, die ihn fragte: »Gefällt Ihnen der Kronleuchter?«

Verblüfft blieb er stehen.

»Mein Name ist Jeanne Augier«, fuhr die Dame fort, während sie den Hund einfing, damit er Honoré nicht ansprang. »Es ist gut möglich, dass mein Vater in den nächsten Tagen dieses Hotel kaufen wird.«

Honoré de B. trank seinen Tee mit einem Schuss Milch und zwei Löffeln Zucker. Und als er die Tasse hielt, bemühte er sich, den kleinen Finger elegant abzuspreizen. Was er beinahe vergessen hätte. Er war auch kein guter Unterhalter. Aber bei Jeanne Augier war das nicht schlimm. Es reichte, lächelnd zuzuhören, lächelnd zu nicken und sich lächelnd zu wundern.

»Pierre Pierlot? Aber natürlich, mein Freund! Den können Sie in Paris finden. Im Haus des Prinzenpaars Bertrand und Gudula von Orléans, in der Rue Cambon Nummer zwölf. Ein wunderbares Haus mit Fensterläden aus Holz und Blumen auf dem Fensterbrett. Und die Wohnung liegt über einem Antiquitätenladen. Sie können sie gar nicht verfehlen.«

Daher befand Honoré sich nun seit drei Tagen in Paris. Er hatte sich vor dem Haus in der Rue Cambon postiert, in dem die Wohnung des Prinzen von Orléans lag, die er bereits genauestens durchsucht hatte, und wartete darauf, dass die Fensterläden geöffnet wurden, um in Aktion zu treten.

Und bis dahin hörte er sich um, ging auf und ab, studierte das Schaufenster des Antiquitätengeschäfts und hatte sich sogar in eine Taschenuhr mit silberner Kette verguckt, die ganz genau die Zeit anzeigte.

Er hatte auch bereits Bertrand Lacouture von Hohenzollern-Sigmaringen und von Orléans in seiner Zelle in der Santé im Vierzehnten Arrondissement besucht. Einem sauberen, angenehmen Zimmer in dem Flügel, der für aristokratische Häftlinge reserviert war. Ein Dienstbote hatte ihnen auf dem kleinen runden Tisch neben dem vergitterten Fenster ein kühles Getränk serviert.

»Pierre Pierlot?«, hatte sich der Prinz gewundert. »Nein, ich hatte noch nicht das Vergnügen, ihn kennenzulernen, junger Mann. Fragen Sie meine Frau. Sie kennt jeden.«

Wo Gudula sich in diesem Moment befand? Das wisse er nicht. Wahrscheinlich hatte sie sich vor der Polizei in Sicherheit gebracht. »Es tut mir sehr leid, dass ich Ihnen nicht weiterhelfen kann. Hoffentlich finden Sie Ihren Freund bald. Noch eine Limonade?«

Allmählich wurde Honoré ungeduldig, da er den ganzen Tag über nichts zu tun hatte und wie ein Clochard durch die Stadt strich, den Schatten der Bäume in den Parks aufsuchte, barfuß an der Seine entlangspazierte und in den heißen Nächten nicht schlafen konnte, während Robert de Foy, sein Chef, kurz davor war, die Nerven zu verlieren. Denn ihm saß Van Acker im Nacken, der wieder in sein Ferienhaus zurückgekehrt war, wo er, wie es schien, zweite Flitterwochen mit Anna verbrachte – bisher jedenfalls –, und das Einzige, was seinen Frieden störte, war diese Geschichte mit dem verschwundenen Agenten.

Und dann sah Honoré endlich mitten in der Nacht, als er wieder einmal an dem Haus in der Rue Cambon Nummer zwölf vorbeiging, dass die Fenster und die Fensterläden geöffnet wurden, woraufhin das Haus eine Staubwolke auf den Gehsteig spuckte.

Gudula und Pierre, die mitten in der verwüsteten Wohnung standen, sahen sich entsetzt an. Es sah furchtbar aus: Die Schubladen waren geöffnet, Bücher lagen auf dem Boden, die Blumentöpfe waren zerbrochen, die Erde trocken und die Blumen verwelkt. Jemand hatte die Wohnung bis in den letzten Winkel durchwühlt und schien das, was er gesucht hatte, nicht gefunden zu haben. Das war eindeutig nicht das Werk der Polizei – versicherte Pierre, der bereits an der ein oder anderen Hausdurchsuchung teilgenommen hatte –, sondern das eines Mörders oder eines Diebes, der, die Schönheit der kleinen Wohnung missachtend, grob und brutal vorgegangen war.

Gudula öffnete die Fensterläden und die Fenster, damit der Staub, der in der Luft lag, nach draußen ziehen konnte. Dabei achtete sie nicht auf den kräftigen Mann, der von der Straße aus zu ihr heraufsah und, kaum dass sie sich umgedreht hatte, mit großen Schritten auf die Haustür zuging, das Schloss aufbrach und in das Haus eindrang.

Bis zu diesem Moment war alles genauso abgelaufen, wie die Schwalbe und die Turteltaube es sich vorgestellt hatten. Paris hatte sie wie eine alte Freundin empfangen, mit gedecktem Tisch und Begleitmusik. Sie waren Hand in Hand zwischen Verliebten und Clochards am Ufer der Seine entlangspaziert und hatten sich in jeder dunklen Ecke geküsst. Gudula trug noch immer eines der Kleider, die sie in dem provenzalischen Ort auf dem Markt gekauft hatte, und wirkte, so schlicht und ätherisch, jünger, freier und sorgloser. Wie alt mochte die Schwalbe sein? Denn an diesem Abend sah sie nicht älter aus als zwanzig. Unterwegs fing sie immer wieder an zu tanzen. Sie drehte sich um sich selbst und lachte laut auf. Und sie zeigte Pierre jeden Winkel ihrer Stadt, als handelte es sich um einen Schatz: ein verstecktes Haus, eine goldglänzende Brücke, einen zauberhaften Garten, eine Kapelle mit kaleidoskopisch anmutenden Farben, »die zu dieser Uhrzeit sicher geschlossen ist, *amore*, aber morgen, bevor wir abreisen, werde ich sie dir zeigen, denn du kannst Paris nicht verlassen, ohne die Sainte Chapelle gesehen zu haben.«

Obwohl es bereits recht spät war, blieben sie an einigen Ständen der Bouquinisten stehen. Sie kauften Postkarten und Federzeichnungen. Ein Straßenkünstler wollte sie malen und konnte sie nur in Bewegung festhalten, da sie nicht stillhielten und sich ständig berührten. Als ob sie fürchteten, dass sie, wenn sie einander losließen, davonfliegen, vom Erdboden verschwinden könnten wie zwei mit Helium gefüllte Luftballons, die einem Kind entwischten und nach oben entschwebten, über den spitzen Vierungsturm von Notre-Dame und den Eiffelturm hinaus in den Himmel von Paris.

Danach waren sie schweigend weitergegangen, während ihre Sehnsucht nacheinander immer größer wurde. Vielleicht hatte Gudula diesen Moment gewählt, um endlich richtig geliebt zu werden. Und sie wollte nichts dem Zufall überlassen, weder den Luftzug, der ihr Haar aufwirbelte, wenn sie sich auszog, noch die Musik, die durchs Fenster hereindrang, die Glocken von Notre Dame, die in der Ferne ertönten, das Licht des Mondes auf der

Haut, die weißen Laken, die sie beide umfangen würden. Und all die Dinge, die sie sich sagen würden, da in ihrer Phantasie nur noch ein unverständliches Wort Platz fand, das Gudula leise aussprach, um seinen Namen in einer Sprache zu sagen, die sie nur für ihn erfunden hatte.

»Schnell weg, Pierre!«, schrie die Schwalbe, als sie den donnernden Schlag hörten, der wie der der Griechen an den Toren Trojas klang. »Aus dem Fenster!«

Und noch bevor es Honoré gelang, die Wohnungstür einzutreten, wagten Pierre und Gudula einen todesmutigen Sprung vom Balkon auf das Pflaster der Rue Cambon und rannten und rannten, bis sie das Auto erreichten, wobei sie den tödlichen Blick des Mörders im Rücken zu spüren glaubten. Mit einem Satz gelangten sie, ohne die Türen zu öffnen, in das Cabriolet, machten den Motor an, mischten sich über eine Seitenstraße in den Verkehr auf den Champs-Élysées und entflohen der Stadt wie einem brennenden Wald.

Erst zehn Kilometer nach dem Pont de Neuilly nahm Pierre vorsichtig den Fuß vom Gas. Und Gudula, die bis dahin stumm und wie gelähmt in ihrem Sitz gesessen hatte, explodierte.

»Hast du eine Ahnung, wer dieses Tier war?«, fragte sie.

»Nicht die geringste«, erwiderte er, »aber da er vor deiner Haustür auf uns gewartet hat, gehe ich davon aus, dass er hinter dir her war, Prinzessin, und nicht hinter mir. Ein wütender Kunde vielleicht?«

Gudula runzelte die Stirn und seufzte.

»Normalerweise mische ich mich nicht in Bertrands Angelegenheiten«, erklärte sie. »Ich vertraue ihm. Er hält sein Wort.«

»Aha. Aber er hat sich in düstere Gefilde gewagt, vergiss das nicht. Und dieser spanische Adlige, von dem du mir erzählt hast, der Nachfahre des Marquis von Balbases, der das Bild gekauft hat? Was, wenn er gekommen ist, um sich zu holen, was ihm zusteht?«

»Beltrán Alfonso Osorio y Díez de Rivera, der Herzog von Alburquerque?« Gudula lachte auf. »Nicht mal im Traum.«

»Kennst du ihn?«

»Er ist ein hervorragender Reiter und hat an den Olympischen Spielen und dem Grand National teilgenommen. Außerdem wurde er gerade zum Chef des Hauses von Don Juan de Borbón ernannt.« Gudula machte eine Pause. »Und Beltrán Alfonso, das lass dir gesagt sein, ist einer der integersten Menschen, die man im Leben kennenlernen kann.«

»Wenn er wirklich so ehrenhaft wäre, wie du sagst, hätte er doch niemals einen Kunsthändler mit dem Diebstahl eines Gemäldes betraut«, wandte Pierre ein.

»Er wusste nichts davon. Bertrand hat ihm versichert, dass der Verkauf legal ist. Ich selbst habe ihm geholfen, die Dokumente mit dem Briefkopf der Société des Bains de Mer zu fälschen. Wahrscheinlich hat er einen Riesenschrecken bekommen, als er die Wahrheit erfahren hat«, klagte Gudula. »*Poverino*, der arme Beltrán Alfonso!«

In diesem Moment leuchteten etwa hundert Meter hinter dem Mercedes zwei helle Scheinwerfer auf. Die Autobahn war zu dieser nächtlichen Stunde wie ausgestorben. Pierre trat das Gaspedal durch, und Gudulas Haar peitschte ihm ins Gesicht.

»Ich glaube, wir werden verfolgt«, sagte er beunruhigt.

Der Tacho zeigte hundertsiebzig Stundenkilometer an; Höchstgeschwindigkeit. Der andere Wagen blieb zurück, und schließlich war sein Licht nicht mehr zu sehen.

Die beiden Flüchtenden legten die dreihundert Kilometer bis nach Laeken in wenig mehr als zwei Stunden zurück. Es war drei Uhr morgens, als sie endlich die Lichter ihrer geliebten Stadt Brüssel in der Ferne sahen.

»Ich kenne ein kleines Hotel in der Nähe von Schloss Stuyvenberg«, erinnerte sich Pierre und hatte das Bild von Teresa oder

Martha *en deshabillé* vor sich. Er wusste nicht mehr, mit welcher von beiden er an diesem Ort gewesen war. »Wir könnten dort die restlichen Stunden der Nacht verbringen. Denn ich glaube nicht, dass es im Moment besonders sicher wäre, nach Hause zu fahren. Meine Wohnung wird bestimmt überwacht.«

»Wie schade!«, scherzte die Schwalbe. »Ich hätte so gern deine Wohnung kennengelernt. Sie ist sicher blitzblank und aufgeräumt.«

Pierre errötete. Er hatte sich noch nie besonders um die siebzig Quadratmeter große Dachwohnung in einem Altbau im Zentrum von Brüssel gekümmert, in der er lebte. Mit seinem gemütlichen breiten Bett, der funktionellen Küche, die er nie benutzte, und dem Wohnzimmer, das mit einem rosafarbenen Samtsofa, einer altmodischen Lampe und einer Bar ausgestattet war, war er vollkommen zufrieden. In einer Ecke befand sich ein Plattenspieler, auf dem Boden stapelten sich die Schallplatten, und in einem Holzregal standen die gebraucht gekauften Krimis, die seine Mutter ihm geschenkt hatte.

In Wahrheit konnte man diesen verlassenen Ort nicht wirklich ein Zuhause nennen, sondern eher eine Art Parkplatz nicht weit von seiner Arbeitsstätte und dem Gewühl der Großstadt gelegen. Wenn sie nun dorthin fahren würden, würden sie ein ungemachtes Bett, einen vollen Aschenbecher, schmutzige Gläser in der Spüle und einen leeren Kühlschrank vorfinden. Und womöglich hatte eine seiner Freundinnen ein intimes Wäschestück im Bett zurückgelassen.

»Das Hotel wird dir gefallen«, versicherte er Gudula, um das Thema zu wechseln. »Es ist von einem dicht belaubten Wald umgeben, und die Zimmer sind sehr komfortabel. Außerdem wird das Frühstück unter einer Pergola im Garten serviert.«

»Ich frage dich lieber nicht, woher du dieses Hotel kennst«, entgegnete die Schwalbe. »Obwohl ich es noch nicht gesehen habe, hasse ich es jetzt schon. Aber letztendlich haben wir wohl keine andere Wahl. Denn um diese Uhrzeit und so, wie wir aussehen, können wir unmöglich im Schloss auftauchen.«

So glitt der rote Mercedes beinahe lautlos über den Kiesweg zum Hotel, wo sie ihn vorsichtshalber in der hintersten Ecke des Parkplatzes unter einem efeubewachsenen Dach parkten, sodass er kaum zu sehen war. Pierre machte den Motor aus und küsste Gudula, dann stieg er aus und ging ritterlich um das Auto herum, um der Liebe seines Lebens die Tür zu öffnen.

Kapitel 24

»Leihst du mir deinen Smoking?«, fragte Gudula nach ein paar ruhigen nächtlichen Stunden und einem üppigen Frühstück im Garten.

»Jetzt?«

»Sicher. Wir müssen Königin Elisabeth unsere Aufwartung machen, und das einzige Kleid, das ich habe, ist dieses leichte Sommerfähnchen. Du könntest doch das weiße Jackett anziehen, das dir so gut steht.«

Schloss Stuyvenberg, die diskrete Residenz von Arcadie Claet, der jungen Geliebten von König Leopold I. und Mutter seiner beiden unehelichen Kinder, war Jahre später das Zuhause von Leopold III. und Königin Astrid gewesen. Doch nachdem diese tragisch und viel zu früh bei einem Autounfall starb, wollte sich zunächst niemand dieses Horts an glücklichen und schmerzhaften Erinnerungen annehmen.

Die königliche Familie ließ sich in Schloss Laeken nieder, und Schloss Stuyvenberg stand jahrelang leer. Bis die verwitwete Königin Elisabeth Gabriele in Bayern, entschieden und mutig, wie sie war, beschloss, dem zauberhaften neoklassizistischen Gebäude mit der weißen Fassade, dem französischen Dach aus blauem Schiefer und den Säulen am Eingang neues Leben einzuhauchen.

Seitdem war das Schloss zu einem eleganten Zufluchtsort für Musiker, Dichter und Maler geworden. Am Morgen führte ein Yogalehrer die Königin in die Geheimnisse der orientalischen Meditation ein, und am Abend bot Elisabeth Gabriele ihren Gästen im Ballsaal Violinkonzerte. Einige, wie ihr enger Freund Paul Casals, begleiteten sie am Klavier oder am Cello. Sie lasen Gedichte von Rabindranath Tagore, rauchten aromatische Kräuter, erzählten sich Liebesgeschichten im Licht der Kerzen und probierten unbekannte chemische Substanzen aus. Im Foyer roch es nach Weihrauch und im Garten nach Magnolien.

Am Morgen ihres achtzigsten Geburtstags war die Königin früh erwacht. Auf dem Schminktisch lag auf einem hölzernen Schmuckständer bereits die Tiara bereit, die sie nur bei besonderen Gelegenheiten trug. Die »Kokoshnik«, wie sie sie nannte, ließ sie sich wie eine russische Zarin fühlen, und sie kombinierte sie gern mit langen Perlenohrringen und einer Kette, die bis auf die Höhe des Bauchnabels reichte. An diesem Abend würde sie ein cremefarbenes Satinkleid mit einer riesigen Orchidee am Aufschlag tragen. Einige ihrer unterhaltsamen, außergewöhnlichen Freunde und fast alle der lästigen konventionellen Mitglieder ihrer Familie würden ihr helfen, die Kerzen auszupusten. Es würde Champagner serviert und nach der Musik eines Orchesters getanzt werden. Und wie es aussah, würde auf dem Platz vor dem Rathaus ein Feuerwerk entzündet, das man vom Schlossgarten aus würde sehen können.

In diesem Moment lief Elisabeth Gabriele in Bayern, in einen seidenen Morgenrock gehüllt, barfuß über den Rasen. Sie hatte einen Brief ihres alten Freundes Maurice Goudeket in der Hand, in dem er ihre freundliche Einladung ablehnte, da er – wie er erklärte – seit Colettes Tod in einem Meer aus Trauer trieb, das ihn nahezu erdrückte.

Die Königin näherte sich der Voliere, die sie an einem Ende des Gartens hatte errichten lassen, und tat etwas Seltsames. Sie öffnete die Gittertür und ließ einen wunderschönen Pirol mit leuchtend gelbem Gefieder heraus. Der Vogel überflog ein paarmal sein Gefängnis und kehrte nach einer Weile durch dieselbe Tür wieder zurück.

»Majestät, Ihr habt Besuch!«, verkündete die Gräfin Sobanska, eine der Hofdamen der Königin, von der Eingangstür aus.

»Wer ist es?«, fragte diese verwundert. »Ich kann mich nicht erinnern, für heute Morgen jemanden eingeladen zu haben.«

»Es ist Prinzessin Gudula von Orléans«, antwortete die Gräfin. »Sie sagt, es sei eine Überraschung. Sie trägt einen Smoking und ist in Begleitung eines feschen jungen Mannes gekommen«, fügte sie hinzu.

Als Elisabeth Gabriele in Bayern Gudulas Namen hörte, schreckte sie zusammen. Sie wurde zunächst bleich und lächelte dann.

»Sag ihr, dass sie herkommen soll. Aber bitte halte den Mann vorerst in der Empfangshalle zurück, wenn es geht.«

Gudula hatte sich ihr langes blondes Haar zu einem straffen Knoten hochgesteckt. Ihre Augen waren zwei schillernde Smaragde, die sich hell von ihrer in der Sonne der Riviera gebräunten Haut abhoben. Pierres Smoking war ihr etwas zu groß. Um nicht zu stolpern, hatte sie die Hose ein Stück hochgekrempelt, und das Jackett hing über ihren schmalen Schultern. Die Fliege lag wie eine Kette um ihren Hals. Sie sah aus wie ein kleines Mädchen auf einem Kostümball. Als sie bemerkte, dass die Königin barfuß ging, zog auch sie ihre Schuhe aus. Denn sie waren viel zu groß für ihre kleinen Porzellanfüße.

»Komm in meine Arme, Gudula!«, rief Elisabeth Gabriele in Bayern von ihrem Platz an der Voliere aus, und Gudula lief ihr entgegen, um auf halbem Weg durch den nach Blumen duftenden Garten mit ihr zusammenzutreffen.

Unterdessen hatten im Inneren des Schlosses bereits die Vorbereitungen für das Fest begonnen, das an diesem Abend stattfinden sollte. Gerade war ein Lastwagen voller Blumen vorgefahren, und eine große Anzahl sehr junger Männer war von dem Anhänger gestiegen, um die Sträuße und Gestecke ins Gebäude zu bringen. Dienstmädchen saugten mit modernen Staubsaugern, die einen Höllenlärm machten, die Teppiche. Die Butler reinigten das Silber, der Klavierstimmer beschäftigte sich mit dem Flügel, und aus Éperney kamen die Kisten mit Moët & Chandon.

Pierre rieb sich verlegen die Hände und fühlte sich so überflüssig wie ein Porzellankrug, der nichts anderes zu tun hat, als die dunkle Ecke unter der Treppe zu verschönern. Dabei hatte er gehofft, Königin Elisabeth Gabriele kennenzulernen. Er hatte die Absicht, sie in seinem nächsten Bericht zu erwähnen, unter dem Decknamen »die Löwin«, denn es könnte ja sein, dass er im Laufe des Gesprächs etwas Interessantes über den Königsadler und die Gazelle erfuhr. Ob Baudouin und Lilian auch zu der Feier eingeladen waren? Und bedeutete das, dass sein Aufenthalt an der Côte d'Azur beendet war? Ob wohl auch König Leopold und seine anderen Kinder kommen würden?

Er nahm seine letzte Zigarette aus dem silbernen Etui und hielt sie in den Fingern, ohne es zu wagen, sie anzuzünden. Er war sich nicht sicher, ob es sich schickte, hier zu rauchen, aber er hatte eine trockene Kehle, und bisher hatte ihm niemand auch nur ein Glas Wasser angeboten.

Der Haupteingang des Schlosses war weit geöffnet, und Pierre meinte, in der Ferne ein Auto zu sehen, das sich sehr langsam näherte und am Wegrand neben den Brombeerhecken anhielt. Den Fahrer konnte er im Schatten der Bäume und wegen der sich in der Windschutzscheibe spiegelnden Sonne kaum erkennen. Aber er bewegte sich nicht. Lauerte. Als ob er auf ein Signal warte, um in Aktion zu treten. Als ob er ein Fernglas auf dem Armaturenbrett und eine Pistole im Handschuhfach liegen hätte.

Doch dann schloss ein Diener die Tür und versperrte Pierre die Sicht. Was für ein Blödsinn!, dachte er, jetzt fange ich schon an, Gespenster zu sehen. Er griff nach seinem goldenen Feuerzeug und zündete sich die letzte seiner Gitanes an.

Honoré de B. hatte schnell begriffen, dass das Cabrio, in dem Pierlot und seine Entführerin saßen – diese mysteriöse Gudula, die von der Kriminalpolizei gesucht wurde –, wesentlich schneller war als sein Mietwagen. Etwa zehn Kilometer hinter dem Pont de Neuilly war es ihm gelungen, einigermaßen nah an sie heranzukommen, aber gleich danach hatten sie ihn abgehängt. Einige Hundert Kilometer weiter hatte er sie dann an einer Raststätte entdeckt und war ihnen von da an in sicherem Abstand und mit ausgeschaltetem Licht gefolgt. Um drei Uhr morgens hatte er gesehen, dass der rote Mercedes an der Abfahrt Laeken von der Autobahn abfuhr und auf einem Hotelparkplatz anhielt. Obwohl es sehr dunkel war, hatte er durch sein hochmodernes Fernglas, das de Foy ihm gegeben hatte, gesehen, dass die beiden dicht hintereinander – ihm kam es vor, als ob die Frau den Mann mit einer Pistole bedrohe – zum Hotel gingen. In derselben Haltung hatten sie dann das Gebäude betreten.

Honoré hatte die ganze Nacht nicht geschlafen, sondern vom Auto aus das Hotel überwacht, aber bis zum späten Vormittag nichts Verdächtiges bemerkt. Hin und wieder war er ausgestiegen, um sich die Beine zu vertreten, und der ländliche Geruch hatte ihn an seine Kindheit in den Ardennen erinnert und an seinen Großvater Martin, der beim Militär gewesen war und mit ihm durch Wälder und Hügel zog, um aus ihm einen mutigen Mann zu machen.

Es war bereits nach halb zwölf, als die beiden Zielpersonen endlich wieder auftauchten. Sie waren wieder dicht hintereinander zum Auto gegangen und dann losgefahren.

Honoré de B. war ihnen unbemerkt bis zum Eingang von Schloss Stuyvenberg gefolgt, wo Königin Elisabeth Gabriele in Bayern residierte, und hatte verblüfft zugesehen, wie sie am Haupteingang eingelassen wurden, ohne dass sie jemandem verdächtig erschienen. Tatsächlich hatte er sogar den Eindruck, dass die Wachleute der Königin sich freuten, sie zu sehen, als wären sie willkommene Gäste und würden für niemanden eine Gefahr darstellen. Angesichts dieser außergewöhnlichen Lage hatte Honoré entschieden, den Wagen stehen zu lassen und das letzte Stück bis zum Schloss zu Fuß zu gehen. Er hatte sich selbst noch einmal in Erinnerung gerufen, dass sein Auftrag darin bestand, Pierlot zu befreien, und genau das würde er tun. Egal, ob er ihn aus irgendeinem dunklen Verlies retten musste oder aus dem Salon eines Schlosses.

Er nahm seine Pistole aus dem Lederholster und versteckte sie in der Hosentasche, ließ seine Fingergelenke knacken und näherte sich im Schutz der Brombeerhecken vorsichtig dem Eingang. Als er an dem Lastwagen mit den Blumen vorbeikam, nutzte er einen Moment, in dem niemand auf ihn achtete, um sich einen riesigen Strauß Pfingstrosen zu nehmen, hinter dem er sich versteckte, um, leicht benommen von dem intensiven Duft der schönsten Blume der Welt, an sein Ziel heranzukommen.

Unterdessen hatte Königin Elisabeth Gabriele in Bayern im Garten des Schlosses auf einer Hollywoodschaukel unter einer weißen Markise Platz genommen und Gudula ein Zeichen gemacht, sich neben sie zu setzen. Dann hatte sie sanft zu schaukeln begonnen.

»Ich kann mir gut vorstellen, dass du mir viel zu erzählen hast«, sagte die Königin seufzend. »Aber sag mir erst eins: Konntest du deinen Auftrag an der Côte d'Azur erfüllen?«

»Ja, Majestät«, bestätigte Gudula. »Ich habe das getan, worum Ihr mich gebeten habt, und ich glaube, dass ich meine Mission an der Riviera erfüllt habe. Jetzt hoffe ich, dass Ihr Euer Wort haltet, was Bertrand angeht.«

»Aber natürlich, meine Liebe. Gleich morgen wird er die Santé verlassen. Schade, dass er dich nicht zu dem Fest heute Abend begleiten kann. Das wäre ein schöner Abschluss.«

»Und Ihr habt mir versprochen, dass auch ich meine Freiheit zurückbekomme. Bitte vergesst das nicht.«

»Du bist frei, Gudula«, entgegnete die Königin. »So frei wie ein Vogel.« Sie schaukelte etwas stärker, sodass es aussah, als ob sich der Garten mit seinen Blumen, Obstbäumen und der Voliere in den Wellen eines Meeres wiegte. »Aber bitte gib mir den Ring zurück«, fuhr Elisabeth Gabriele in Bayern fort. »Denn ich hänge daran, weißt du? Er war ein Geschenk von Lord Herbert, und ich möchte ihn nicht verlieren.«

Gudula erbleichte. Instinktiv legte sie die Hände übereinander, um das Fehlen des Schmuckstücks zu verbergen. Sie musste den Ring irgendwann während ihrer Romanze mit Pierre verloren haben, zwischen dem ersten und dem letzten Kuss wahrscheinlich.

»Sicher«, log sie. »Ihr werdet ihn sofort wiederbekommen, wenn ich in die Villa Favorite zurückkehren kann. Denn ich musste das Haus überstürzt verlassen und konnte nur das mitnehmen, was ich anhatte, wie Ihr sicher schon bemerkt habt«, sagte sie in Anspielung auf Pierres Smoking.

»Der Ring ist aus Ägypten«, erklärte die Königin. »Habe ich dir schon mal erzählt, wie Lord Carnavon und ich am 16. Februar 1923 zusammen mit Howard Carter und dem guten Bertrand das Grab von Tutanchamun betreten haben?«

»Ja, Majestät, Ihr habt es bereits mehrfach erzählt.«

»Aber in allen Einzelheiten?«

»Bei einer dieser Gelegenheiten habt Ihr mir einen dreistündigen Vortrag gehalten. Auf einem Schiff auf der Donau, erinnert Ihr Euch nicht? Ich kann Euch versichern, dass ich kurz davor war, mich über Bord zu stürzen.«

Die Königin lachte. Es klang so vergnügt wie Vogelgezwitscher, und auch Gudula fiel mit ihrem glockenhellen Lachen ein.

»Und nun erzähl mal, meine liebe Gudula … Stimmt das Gerücht, das hier in Brüssel die Runde macht? Haben mein Enkel

Baudouin und seine Stiefmutter Lilian wirklich eine heimliche, inzestuöse Liebesaffäre, die so skandalös ist, dass sie den belgischen Thron zum Wackeln bringen könnte?«

Elisabeth Gabriele in Bayern hielt die Hollywoodschaukel abrupt an. Die Vögel und die Glocken schwiegen. Und eine äußerst beredte Stille ließ die Trommelfelle erbeben. Gudula wandte sich der Königin zu, die sie mit großen Augen ansah. Sie nahm ihre Hände sanft in die ihren und sagte:

»Es ist eine Lüge, Majestät!«

Erleichtert stieß die Königin die Hollywoodschaukel wieder an und lächelte. »Ich habe es gewusst«, murmelte sie, und dann ergriff Gudula wieder das Wort: »Während meines Aufenthalts an der Côte d'Azur habe ich die beiden oft in der Villa Ephrussi de Rothschild besucht und nicht ein einziges Mal ist mir eine zärtliche Berührung zwischen ihnen aufgefallen, die über die aufrichtige Zuneigung einer Mutter ihrem Sohn gegenüber oder eines Sohnes der einzigen Mutterfigur gegenüber, die er bisher in seinem Leben kennengelernt hat, hinausging. Es stimmt, dass Baudouin sehr schüchtern ist, und man könnte sagen, dass er sich gern hinter den Röcken seiner Stiefmutter versteckt. Er ist für den Umgang mit Frauen nicht wirklich geschaffen. Denn er ist sofort verlegen, und wenn eine junge Frau ihn anspricht, werden seine Ohren feuerrot. Daher verbringt er die Zeit mit Büchern. Die Gesellschaft interessiert ihn nicht. Die Sonne genauso wenig oder die üblichen Zerstreuungen von jungen Menschen seines Alters. Ich würde sagen, dass er die Villa Ephrussi de Rothschild nicht ein einziges Mal …«

»Und sie?«

»Die Prinzessin von Réthy?«

»Hat sie das Haus hin und wieder wegen einer geheimen Verabredung verlassen? Ist sie vielleicht in eine Verschwörung mit den italienischen Kommunisten oder dem russischen Geheimdienst verwickelt? Wie du weißt, wimmelt es an der Côte d'Azur von Spionen jeglicher Art: Amerikaner. Sowjets, Spanier, Araber … Jeder überwacht jeden, verschlüsselte Nachrichten werden ausgetauscht, um den Status quo zu durchbrechen. Es gibt Doppelagenten und sogar Triple-Agenten. Männer, Frauen, Aristokraten, Bauern, Alte und Kinder. Bitte sag mir, Gudula, gehört meine Schwiegertochter, die Prinzessin von Réthy, zu ihnen?«

»Majestät«, antwortete Gudula langsam, »die Prinzessin ist derzeit nicht imstande, eine der von Euch erwähnten Tätigkeiten auszuüben. Damit will ich nicht behaupten, dass sie sich der Krone gegenüber niemals illoyal verhalten hätte. Aber in letzter Zeit ist das auf keinen Fall so. Nicht in ihrem Zustand. Denn die Prinzessin von Réthy ist im achten Monat schwanger. Sie hat heftige Ischiasschmerzen, und ihre Fußknöchel sind so angeschwollen, dass sie kaum noch laufen kann.«

Die Königin hielt den Atem an. Ihr Blick verlor sich am Horizont, von dem zwischen den Schlossmauern nur ein kleines Stück zu sehen war. Sie verharrte eine ganze Weile schweigend, die bloßen Füße im frischen Gras, als suchte sie während eines schlimmen Unwetters einen Halt.

»Schon wieder!«, schimpfte sie. »Wie will sie sich so um meinen Enkel Alexander kümmern, das arme kranke Kind, das sie so sehr braucht, und um die kleine Daphné?«

Gudula runzelte die Stirn. Sie hielt noch immer die Hände der Königin in den ihren.

»Aber das ist doch eine gute Nachricht«, widersprach Gudula. »Ein Baby ist immer eine gute Nachricht.«

»Dann krieg doch selbst eins!«, entgegnete die Königin noch immer erzürnt.

»Das werde ich«, erklärte die Schwalbe lächelnd, »aber zuerst muss ich mich scheiden lassen. Darf ich Euch daran erinnern, dass meine Ehe mit Eurem Neffen auf dem Papier noch immer besteht?

Das habt Ihr Euch ausgedacht, um mich an die Côte d'Azur schicken zu können, ohne Verdacht zu erregen, aber die Aufgabe, die Ihr Bertrand und mir übertragen habt, ist jetzt erfüllt. Die Antwort ist Nein. Es gibt keine Romanze und keine Verschwörung. Kann ich jetzt also meine Freiheit wiederhaben? Tatsächlich bin ich, was das angeht, ein wenig in Eile, Majestät. Denn ich möchte so bald wie möglich wieder heiraten.«

In diesem Moment war aus dem Schloss ein lautes Krachen zu hören. Eines der Fenster zum Garten zersplitterte und zwischen den Scherben sprang ein Mann hindurch, der mit einem eleganten weißen Jackett bekleidet war, und rannte um sein Leben. Direkt hinter ihm folgte der Teufel in Menschengestalt, der eine Nadelstreifenhose, einen engen schwarzen Pullover und einen Dreitagebart trug, eine Pistole in der Hand hielt und mit donnernder Stimme rief: »Agent Pierlot, bleiben Sie stehen!«

Und schon tauchten die Wachleute der Königin auf, die bis dahin, hinter Dächern und Büschen versteckt, nicht zu sehen gewesen waren.

Insgesamt waren es vier Männer, alle bis an die Zähne bewaffnet, die jedoch, als sie den Ort des Verbrechens erreichten, nicht wussten, was sie tun sollten. Welcher der beiden war der Feind? Der Verfolgte oder der Verfolger?

Daraufhin zog Gudula blitzschnell ihre kleine weiße Damenpistole aus einer der Smokingtaschen und schoss auf den breitschultrigen Kerl, der ihren Pierre bedrohte. Dabei erwischte sie ihn am Fußknöchel, und das Geräusch, als die Kugel in den Knochen drang, hörte sich an, als ob ein Stein in einen Fluss fiele.

Honoré stolperte und verlor das Gleichgewicht, und alle vier Leibwächter stürzten sich gleichzeitig auf ihn.

»Ich bin Spezialagent Honoré de B.«, protestierte der Riese, der bäuchlings auf dem Rasen lag. »Ich bin auf Anweisung von Robert de Foy hier, mit dem Auftrag, diesen Mann zu retten und ihn lebend zurück ins Ministerium zu bringen.«

Dummerweise konnte niemand verstehen, was er sagte, denn mit dem Gesicht am Boden hörten sich seine Worte an wie das Blöken einer ganzen Schafherde.

Dieses ganze Chaos spielte sich innerhalb weniger Sekunden ab: Pierre hatte sich gerade seine letzte Zigarette angezündet, als einer der Blumenboten mit einem riesigen Pfingstrosenstrauß ins Schloss kam. Der Mann fiel ihm auf, weil er, anders als seine Kollegen, anstatt des grünen Overalls eine Nadelstreifenhose trug. Pierre wunderte sich, dass der Bote so elegant gekleidet die Pflanzen hereinbrachte. Doch in diesem Moment hatte der Mann die Blumen fallen gelassen, deren Vase auf dem Marmorboden zerbrach, und Pierre hatte entsetzt festgestellt, dass er eine Pistole in der rechten Hand hielt. Daraufhin hatte Pierre sich spontan umgedreht, geschaut, wo das Licht von draußen hereinfiel, und war durch das Fenster zum Garten hinausgestürzt.

Nach dem ersten Schock hatte er sich in einem Scherbenhaufen wiedergefunden und weiter hinten im Garten, neben einer riesigen Voliere, seine Schwalbe entdeckt, die mit Königin Elisabeth Gabriele in Bayern auf einer Hollywoodschaukel saß.

Er war verzweifelt in ihre Richtung gerannt, weil er wollte, dass das Letzte, was er im Leben sah, Gudulas grüne Augen waren. Sonst hatte er nichts mehr wahrgenommen. Alles verschmolz zu einer grünen Wolke, die ihn schließlich verschluckte. Er hörte weder den Schuss noch das Geschrei des am Boden liegenden Honoré de B. Er sah nur Gudulas Gesicht irgendwo am Ende des Tunnels.

»Du hast mir das Leben gerettet!«, brachte die Stimme der Königin ihn schließlich in die Wirklichkeit zurück. Sie war von der Hollywoodschaukel aufgestanden und hatte eine Hand pathetisch auf ihr Herz gelegt.

»Nein, nicht Euch, sondern meinem zukünftigen Ehemann«, klärte Gudula die Königin auf. »Dieser Kerl ist uns seit Paris gefolgt. Zweifellos wollte er Pierre umbringen. Er scheint ein Spion zu sein. Ist das nicht aufregend?«

»*Mon amour!*«, rief Pierre beglückt aus. »Hast du gerade ›zukünftiger Ehemann‹ gesagt?«

Inzwischen war er bei der Schwalbe angekommen. Die Löwin fixierte ihn mit der Intensität eines Raubtiers, das seine Beute verspeisen will. Dann wanderte ihr Blick zwischen den beiden Liebenden hin und her.

»Na ja«, meinte die Schwalbe, »du hast mir ja noch keinen Antrag gemacht. Und das ist nur vernünftig, da ich derzeit ja noch verheiratet bin. Aber keine Sorge, Pierre, mein Liebster, gleich morgen, wenn Bertrand aus dem Gefängnis entlassen wird, reichen wir offiziell die Scheidung ein.«

Pierre stiegen die Tränen in die Augen. Er brachte kein Wort heraus und traf dann eine überraschende Entscheidung: Er fiel auf die Knie.

Die Königin trat zwei Schritt nach hinten. Die Prinzessin zwei Schritte nach vorn.

»Willst du meine Frau werden?«, fragte Pierre seine Schwalbe.

Er steckte eine Hand in die Hosentasche und nahm einen glitzernden Ring heraus, den er ihr entgegenhielt wie einen wertvollen Schatz.

»Aber sicher!«, rief Gudula aus. Dann betrachtete sie den Ring genauer und runzelte die Stirn. »Aber dieses Schmuckstück kann ich nicht annehmen«, meinte sie dann entschuldigend, »es ist mir zu groß, und ich verliere es immer wieder. Es ist wohl besser, wenn wir es seiner rechtmäßigen Besitzerin zurückgeben.«

Königin Elisabeth Gabriele in Bayern klatschte erfreut in die Hände, als hätte sie gerade einem sehr guten Zaubertrick zugesehen. Feierlich nahm sie das ägyptische Kunstwerk – ein Geschenk von George Herbert – aus den Händen ihrer Agentin Gudula von Orléans entgegen und steckte es sich an den Ringfinger, wo es den weißen Streifen verdeckte, den es dort hinterlassen hatte.

»Majestät«, unterbrach sie in diesem Moment ein Polizist mit ernstem Gesicht. »Was sollen wir mit dem Eindringling machen? Er schwört, dass er für den belgischen Geheimdienst arbeitet.«

»Ich werde Ihnen sagen, was wir machen werden«, entgegnete die Königin, »bringen Sie mir ein Gummiband, einen Verband, warmes Wasser und Schmerzmittel. Und bewegen Sie ihn nicht. Das Wichtigste ist jetzt, die Wunde zu versorgen. Sehen Sie mich nicht so an. Sie müssen wissen, dass ich in Possenhofen als Krankenschwester gearbeitet habe und während des Krieges leider die Gelegenheit hatte, viel Erfahrung zu sammeln. Wenn ich nicht den König geheiratet hätte, wäre ich die beste Krankenschwester von ganz Belgien geworden. Mein enger Freund Albert Einstein erinnert mich oft daran.«

Honoré de B. lag leichenblass auf dem Rasen. Seltsamerweise hätte er schwören können, dass die Königin ihn höchstpersönlich verarztete. Denn er sah in ihre glänzenden Augen und auf ihre rot geschminkten Lippen, bevor er in der Blutlache, in der er lag, endgültig das Bewusstsein verlor.

Kapitel 25

Achille und Anna hatten sich gerade geliebt. Sie summte noch vor sich hin, während er erschöpft auf dem Bett in ihrem Schlafzimmer unter dem Dach lag. Jenseits des Fensters schimmerte das blaue Wasser des Sees. Ihr kleines Boot lag am Steg und schien auf sie zu warten. Der Picknickkorb war schon gepackt, genauso wie die Rute und die anderen Dinge, die er zum Angeln brauchte. Wenn er einen schönen Barsch fangen würde, würden sie ihn im Garten grillen und dazu einen Wein aus der Region Hageland trinken.

Möglicherweise würden sie sich am Abend noch einmal lieben. Achille fühlte sich deutlich jünger in den letzten Tagen. Er pflückte Wildblumen für seine Frau, las ihr im Kerzenlicht Gedichte vor, und irgendwie war ihm gar nicht mehr so wichtig, wo sich Pierlot aufhielt und wie es um seine Mission an der Côte d'Azur stand. Dem Jungen wird schon nichts zugestoßen sein!, hatte er während der Gartenarbeit überlegt, wahrscheinlich genießt er das süße Leben mit dieser geheimnisvollen Schwalbe, in die er sich verliebt hat. Honoré würde ihn schon finden und ohne einen Kratzer zurückbringen, damit sie ihn gesund und munter seiner Mutter übergeben konnten. »Konzentrieren wir uns lieber auf die Pflanzen im Garten, nicht wahr, *lieverd*?«

Anna lehnte sich aus dem Fenster und atmete tief die saubere Luft unter dem blauen Himmel von Four à Verre ein. Dabei verlor sich ihr Blick jenseits des Sees, der Wälder und der grünen Weiden am Horizont.

Plötzlich sah sie in der Ferne auf der Linie, die die Landstraße zwischen den Kronen der Korkeichen zeichnete, einen grauen

Punkt in einer Rauchwolke, der sich ihnen näherte. Sie konzentrierte ihren Blick auf dieses seltsame Insekt und stellte fest, dass es sich um einen Motorradfahrer in Militäruniform handelte.

»Achille«, verkündete sie verärgert. »Wir kriegen Besuch.«

Ein paar Minuten später salutierte der Bote vor dem Premierminister und übergab ihm einen Brief mit dem königlichen Siegel. Dann verbeugte er sich leicht vor seinem Vorgesetzten, stieg wieder auf das Motorrad, dessen Motor noch lief, und fuhr dorthin zurück, woher er gekommen war.

»Was kann das sein?«, wunderte sich Anna, die hinter ihrem Mann stand und über dessen Schulter auf den geheimnisvollen Umschlag sah.

Achille öffnete den Brief. Er enthielt zwei oder drei Bögen Seidenpapier, die in einer eleganten Schrift mit einem Füllfederhalter beschrieben waren. Der Text begann mit einem informellen *Lieber Achille* und war mit *Königin Elisabeth Gabriele in Bayern* unterschrieben.

Dabei war die Beziehung zwischen dem Premierminister und der verwitweten Königin nicht besonders eng. Sie hatten sich dreißig Jahre zuvor bei der Eröffnung des belgischen Parlaments kennengelernt. Das war im Jahr 1927 gewesen, als der junge Achille nicht mehr als ein kurzsichtiges, leicht übergewichtiges Mitglied der Belgischen Arbeiterpartei gewesen war und vom höfischen Protokoll keine Ahnung hatte.

Damals hatte er vor der Königin einen sehr weiblichen Knicks gemacht. »Schonen Sie Ihre Gelenke«, hatte sie ihm daraufhin mit ihrem sympathischen Lächeln zugeflüstert, das sich seitdem nicht verändert hatte.

Van Acker war der Erste gewesen, der ihr nach dem Tod von König Albert I. am 17. Februar 1934 sein Beileid ausgesprochen hatte. Das hatte sie ihm gedankt, indem sie ihm im Kabinett den

Platz neben sich zugewiesen hatte. »Sagen Sie es niemandem, aber ich teile einige Ihrer sozialistischen Ideen«, hatte sie ihm an jenem Tag gestanden. Dann hatte sie ihm recht schonungslos von dem tragischen Unfall ihres Mannes berichtet, der ein wagemutiger Bergsteiger gewesen war und in der Nähe des Ortes Marche-les-Dames in der Provinz Namur auf dem Rocher du Vieux Bon Dieu in eine Schlucht gestürzt war. Der König war ein begeisterter Anhänger diverser Risikosportarten gewesen, und vor allem Skifahren und Bergsteigen waren seine große Leidenschaft. Daher war er oft mit seinem Filzhut auf dem Kopf und Bergstiefeln an den Füßen im Gebirge gewesen, wenn auch vorsichtshalber immer in professioneller Begleitung. »Nur an jenem Unglückstag ist er allein gewesen«, klagte die Königin tränenüberströmt. »Finden Sie das nicht auch merkwürdig?«

Später richtete die Königin es stets so ein, dass sie, wenn sie während eines offiziellen Termins aufeinandertrafen, ein paar Worte mit Van Acker wechseln konnte. Sie wusste von seiner in Brügge geschlossenen Ehe mit Anna Verhé und von seinen drei Kindern. Und zu Weihnachten schickte sie der Familie stets eine Karte, die sie eigenhändig mit ihrem Füllfederhalter schrieb, mit dem sie nun auch die seltsame Nachricht verfasst hatte, die Achille und Anna mit gerunzelter Stirn betrachteten.

Der belgische Premierminister in seinen Shorts und seine Frau im geblümten Kleid sahen in diesem Moment aus wie ein Ehepaar vom Land kurz vor der Pensionierung.

»Warte, ich hole deine Brille«, bot Anna, aufmerksam wie immer, an.

»Bitte bring die Pfeife mit, wenn es dir nichts ausmacht«, bat Van Acker sie, der ein wenig besorgt wirkte.

Ein paar Minuten später lasen sie, am Klapptisch unter der Birke sitzend, neugierig den Brief.

Lieber Achille begann der Text.

Dann bat die Königin mit einfachen Worten darum, den Inhalt dieses Schreibens absolut vertraulich zu behandeln, und anschließend erklärte sie, dass sie diesen Brief am Tag ihres achtzigsten Geburtstags geschrieben habe, den sie in wenigen Stunden mit Familie und Freunden auf Schloss Stuyvenberg feiern wolle, wo sie residierte und wohin sie Achille gern einmal einladen wolle. *Daher können Sie die Bitte, die ich nun an Sie richte, gern als eine Art Geburtstagsgeschenk betrachten*, schrieb sie.

Im Folgenden erläuterte sie die schwierige Lage, in der sich ihr angeheirateter Neffe Bertrand Lacouture von Hohenzollern-Sigmaringen und von Orléans befand, der seit mehreren Tagen in der Pariser Santé inhaftiert war und auf sein Gerichtsurteil wartete.

Tatsächlich wurde er erwischt, als er versucht hat, ein an der Côte d'Azur gestohlenes Bild aus Frankreich auszuführen, um es auf dem Schwarzmarkt zu verkaufen. Daran besteht kein Zweifel. Aber bitte kümmern Sie sich darum. Der arme Junge ist das Kind eines angeblichen illegitimen Sohnes Ihrer Hoheit Marie Luise Alexandra Karoline von Hohenzollern-Sigmaringen, Prinzessin von Belgien und Mutter meines verstorbenen Mannes, König Albert. Und er hat nicht gerade ein leichtes Leben gehabt. Sein angeblicher Großvater, Pierre-Antoine Lacouture von Orléans, war ein richtiger Mistkerl. Er hat Marie Luise Alexandra Karoline entehrt, als diese noch sehr jung und unerfahren war, und sie danach einfach sitzen lassen. Und Bertrands angeblicher Vater, Anton von Hohenzollern-Sigmaringen, ging nach Amerika, um dort ein Vermögen zu machen, heiratete aber angeblich eine Betrügerin, die ihm weismachte, die Tochter von John D. Rockefeller zu sein, und die ihn dann endgültig ruinierte. Dieser verarmte Zweig unserer Familie hat uns schon immer sehr leidgetan, und wir haben versucht, ihn finanziell zu unterstützen und ihm zu mehr Ansehen zu verhelfen. Außerdem würde es der belgischen Monarchie schaden, wenn ein angeblicher Onkel zweiten

Grades von König Baudouin sein Geld tatsächlich mit solch illegalen Geschäften verdienen müsste. Daher habe ich Bertrand, nachdem wir zusammen mit Lord George Herbert de Carnavon und Howard Carter das Grab Tutanchamuns untersucht haben, eine jährliche Apanage zukommen lassen und dafür gesorgt, dass er sowohl in Paris, wo er ein Antiquitätengeschäft betreibt, als auch an der Riviera, wo er seine freien Tage verbringt, über eine würdige Unterkunft verfügt. Mein angeheirateter Neffe Bertrand Lacouture von Hohenzollern-Sigmaringen und von Orléans ist schon längst kein Kind mehr. Tatsächlich hat er das gleiche Alter wie ich: gesegnete achtzig Jahre. Er leidet unter Gicht, Bluthochdruck und Rheuma. Und seine junge Frau Gudula hat mir gerade erzählt, dass sie sich von ihm scheiden lassen will, sobald der Unglückliche aus dem Gefängnis entlassen wird. Denken Sie nicht auch, dass er mit all dem genug gestraft ist?

Das Delikt, dessen er sich schuldig gemacht hat, ist ein unschöner Vorfall und geziemt sich nicht für jemanden, der mit einem Königshaus verwandt ist. Aber es ist nicht so schlimm, dass man deshalb einen Achtzigjährigen zum sicheren Tod verurteilen sollte. (Ich kenne ihn, er ist äußerst sensibel und wird es nicht überleben, länger in der Santé eingesperrt zu sein.)

Inzwischen dürften Sie, geschätzter Achille, ahnen, worauf ich hinauswill.

Sie sollten dringend ein diplomatisches Schreiben nach Paris schicken, um diesen Vorfall diskret mit der französischen Regierung zu verhandeln.

Das von Jusepe Leonardo stammende Gemälde mit dem Titel Die Kapitulation von Jülich *wird der hoch angesehenen Pinakothek Museo del Prado übergeben werden, und die Kopie wird weiterhin in der Villa La Vigie in Roquebrune-Cap-Martin hängen. Die Société des Bains de Mer wird eine großzügige Entschädigung erhalten, die »offiziell« von der spanischen Regierung stammt, und alle werden zufrieden sein.*

Die letzten Abschnitte des Briefes enthielten liebe, an den Premierminister gerichtete Abschiedsworte. Die Königin erkundigte sich nach seinem wohlverdienten Sommerurlaub und vergaß auch nicht, einen freundlichen Gruß an Van Ackers Frau Anna zu richten.

»Ach du grüne Neune«, fasste Achille das Ganze zusammen, dem wegen der Feuchtigkeit und der Hitze die Brille beschlug.

»Sie ist wirklich bezaubernd, diese Königin«, meinte Anna ihrerseits, »wer hätte gedacht, dass sie sich an meinen Namen erinnert. Wir müssen ihr ein schönes Geburtstagsgeschenk zukommen lassen. Vielleicht eine Tischuhr oder eine Bronzestatue. Denkst du nicht?«

»Wie wäre es mit einer hübschen Begnadigung ihres Neffen, *lieverd*?«, meinte Achille ironisch.

Die Maschinerie der Diplomatie wurde sofort in Gang gesetzt und überrollte wie ein schwerer Panzer alles, was sich ihr entgegenstellte. Die Angelegenheit war so heikel, dass sich der Chef der *Brigade de Voie Publique* zum Rücktritt gezwungen sah und der Kulturattaché in der französischen Botschaft in Brüssel eine Panikattacke erlitt. Aber nach wenigen Tagen wurde Bertrand tatsächlich entlassen, und weil es ein angenehm kühler Nachmittag war, gönnte er sich einen langen Spaziergang zu seiner Wohnung in der Rue Cambon.

Kapitel 26

Das Militärkrankenhaus Saint-Jean am Stadtrand von Brüssel war ein rotes Backsteingebäude, das zu Beginn des Ersten Weltkriegs eilig errichtet worden war.

Nun, in Friedenszeiten, wurden dort die körperlichen, aber vor allem die seelischen Leiden von Kriegsveteranen und ihren Familien behandelt. Daher kam es nicht oft vor, dass Patienten mit Schusswunden, wie Honoré de B. eine hatte, eingeliefert wurden, und schon gar nicht in einem offiziellen Fahrzeug und in Begleitung einer derart bunten Truppe.

Dem Rolls-Royce der Königin entstiegen – in dieser Reihenfolge – zwei Leibwächter, eine Frau in einem Herrensmoking, ein Mann mit Grasflecken auf der Hose und ein Hüne mit Schmerzen und einem verwundeten Bein, einem sehr gut angelegten Verband und einem Empfehlungsschreiben von Königin Elisabeth Gabriele in Bayern, in dem sie den Chefchirurgen bat, sich eilig um diesen im Kampf verwundeten tapferen Soldaten zu kümmern.

Der Eingriff dauerte nicht lange. Die Kugel wurde mit äußerster Präzision entfernt, und das Projektil hatte keinen allzu großen Schaden angerichtet. Oder in den Worten des Arztes: eine Sehnenverletzung, ein gesplitterter Knochen und eine Blutung, die von demjenigen, der in diesem Fall erste Hilfe geleistet hatte, äußerst geschickt, sozusagen professionell, verbunden worden war.

Doch trotz all dem blieb Gudula unbeweglich auf dem unbequemen Metallstuhl neben dem Bett sitzen und weigerte sich, von der Seite des Patienten zu weichen. »Zumindest bis er aufwacht, damit ich mich entschuldigen kann, wie es sich gehört«, meinte sie.

Und natürlich ließ Pierre seine frisch Verlobte mit den grünen Augen und dem langen blonden Haar, das sie zu einem Knoten hochgesteckt hatte, nicht allein.

Flüsternd schworen sich die Turteltaube und die Schwalbe ewige Liebe. Sie stellten sich ihre zukünftigen Kinder vor, die über saftige grüne Wiesen rannten, Häuser auf dem Land, die an einem See lagen, Ausflüge zum blauen Meer und ins verschneite Gebirge, fröhliche Weihnachtstage und laue Sommernächte. Das Einzige, worin sie sich nicht einig waren, war die Frage, welches Haustier ihr Glück krönen sollte: Gudula war für einen Hund und Pierre für eine Katze.

In den nächsten Tagen würden sie nach Châtelet fahren, um Agatha die Nachricht von der bevorstehenden Hochzeit mitzuteilen. Die gute Frau lebe bescheiden und sorglos in einem Häuschen auf dem Land, erklärte Pierre, und sei davon überzeugt, dass ihr Sohn als Beamter in Brüssel arbeitete und sich derzeit im Urlaub auf der Insel Ios befand.

»Robert de Foy lässt ihr hin und wieder eine von mir unterschriebene Postkarte zukommen«, erzählte er. »Und sie darf niemals erfahren, was ich wirklich mache, denn sie hat es im Leben schon schwer genug gehabt, die Arme.«

In Gudulas Leben dagegen gab es niemanden, dem sie die freudige Nachricht hätte überbringen können. Denn ihre Eltern waren gestorben, als sie noch ein kleines Mädchen war. Ein Unglück, wie es während des Krieges viele Menschen ereilt hatte.

»Ich habe meinen Bruder verloren«, murmelte Pierre, von plötzlicher Traurigkeit erfasst.

»Älter oder jünger als du?«

»Jünger. Zu jung. Er hieß Alexandre und war gerade siebzehn Jahre alt geworden, als wir uns auf einem geheimen Flugplatz in der Nähe von Brügge voneinander verabschiedet haben. Sein Auftrag bestand darin, sich in die feindlichen Linien einzuschleichen und sich als Grenadier der Wehrmacht auszugeben, um diese für die Résistance auszuspionieren. Wir haben nie wieder etwas von ihm gehört, obwohl wir eine Weile voller Hoffnung waren. Zuerst galt er als vermisst, und es wurden mehrere Rettungseinheiten ausgeschickt. Aber mit den Jahren mussten wir akzeptieren, dass er sicher nicht mehr lebt.«

»War er so gutaussehend wie du?«

»Er war groß und blond, hatte helle Augen und dichte, sehr dunkle Wimpern. Hast du schon mal von einem jungen, noch nicht so bekannten amerikanischen Schauspieler namens Steve McQueen gehört? Denn, Liebste, ich habe ihn mal in einem Film gesehen und kann dir versichern, dass er meinem Bruder sehr ähnlich sieht. Beide haben ein Muttermal auf der linken Wange und das gleiche Lächeln, die gleichen vollen Lippen und das gleiche feine blonde, raspelkurz geschnittene Haar. In der Groupe G wurde er ›die Katze‹ genannt, weil er so schlau war und sich so geschmeidig bewegte. Wenn er von einem Dach gesprungen ist, ist er immer auf den Füßen gelandet. Und er konnte vollkommen lautlos gehen. Er war leise, schlau und schnell. Und beim Pokern ein unschlagbarer Falschspieler. Er sagte immer so was wie ›Pokern ist Krieg, und die Leute …‹«

»›… denken immer, dass es ein Spiel ist.‹«

Honoré de B. war gerade aus der Narkose erwacht. Seine Stimme klang belegt, als käme sie aus einem Grab. »Die Leute denken immer, dass es ein Spiel ist«, wiederholte er. Er öffnete die Augen und richtete seinen Blick auf Pierre.

»Komm her, Junge«, bat er, »gib mir einen Schluck Wasser.« Er trank in großen Schlucken und wischte sich den Mund mit dem Ärmel seines Pyjamas ab. »Ich hab mit deinem Bruder in Stalingrad gekämpft«, sagte er dann.

Pierre spürte, wie seine Seele sich von seinem Körper löste. Dass sie aufstieg und im Zimmer schwebte. Er sah sich selbst von der

Decke aus, unbewegt, willenlos, außer Kontrolle. Aber er sah auch die Worte, die Honoré de B. gerade gesagt hatte, Buchstabe für Buchstabe, immer wieder neu in die Luft geschrieben. Er bemühte sich, wieder in seinen Körper zurückzukehren.

»Stalingrad. Alexandre«, wiederholte er.

Die Schwalbe begriff, dass Pierre kurz vor einem Kollaps stand. Honoré, der erneut die Augen geschlossen hatte, hatte die Katze im August 1942 kennengelernt. An Bord eines Militärlastwagens, in dem deutsche Soldaten zur Ostfront gefahren wurden. Erst nach zwei Monaten begriff er, dass sie Landsleute waren. »Dein Bruder hat im Schlaf gesprochen. Wenn einer dieser Kerle ihn gehört hätte, hätten sie ihm auf der Stelle die Kehle durchtrennt. Aber er hatte das Glück, dass er sich mit mir den Schlafplatz teilen musste.«

»Hatten Sie sich auch in die deutschen Reihen eingeschmuggelt?«, wollte Gudula wissen.

»Ich rede nicht gern von Stalingrad.«

»Dann erzählen Sie mir von Alexandre«, bat Pierre.

Alexandre, der unglaublich beweglich war, hatte dank seiner Fähigkeit, mit der Umgebung zu verschmelzen, mehrere Hinterhalte überlebt. Einmal hielt er sich länger als eine Stunde in einem Sumpf versteckt und atmete durch ein Schilfrohr, während die Deutschen mit ihren Panzern durch den Morast fuhren. Und bei einer anderen Gelegenheit gelang es ihm, die feindlichen Linien zu durchqueren, indem er wie eine Schlange über ein Minenfeld kroch.

Er überwand jeden Zaun, passte durch jeden Spalt. Die Katze gelangte von Schützengraben zu Schützengraben wie ein Schatten, wie ein Windhauch, wie das Pfeifen eines Zuges, das sich in der Ferne verlor.

»Haben sie ihn entdeckt? Haben sie ihn gefangen genommen? Ihn gefoltert?«

Fragen über Fragen kamen Pierre in den Sinn. Seine Angst wuchs wie der Inhalt eines Kochtopfs, der kurz vor dem Überkochen war. Sein Gesicht hatte eine unbeschreibliche Farbe angenommen, eine Mischung aus Erde, Asche und Schlamm.

»Wie ist er gestorben? Was waren seine letzten Worte?«

»Er floh in der Nacht in die Stadt. Die Katze konnte im Dunkeln sehen wie eine Eule. Sie lief lautlos über die Dächer, kroch in Kamine und schaffte es, von irgendeinem Versteck aus, das nur er kannte, seine Berichte zu verschicken. Ich hatte den Verdacht, dass ihm jemand half, der ihn auch mit Zigaretten, Schokolade und Seife versorgte, wahrscheinlich eine Frau. Im Schlaf sprach er Französisch, wie ich schon gesagt habe. Deshalb habe ich versucht, wach zu bleiben, während er schlief. Denn wenn ihn jemand gehört hätte … Und irgendwann sagte er ihren Namen. Ihr Name war Lídija, aber Alexandre nannte sie Lily. Sie war Jagdfliegerin bei der sowjetischen Luftwaffe, gerade mal zwanzig Jahre alt, blond, lebhaft, kokett und zart wie eine Lilie. In jenem Sommer flog sie eine Lawotschkin La-5, die an ihre gerade mal ein Meter fünfzig angepasst war, und schoss damit einen der geschicktesten deutschen Piloten ab, einen gewissen Maier, der drei Mal mit dem Eisernen Kreuz ausgezeichnet worden war. Aber ihr konnte er nichts anhaben, nicht Lídija Litvjak.«

»War sie es, die die Leiche meines Bruders gefunden hat? Was haben sie mit ihm gemacht? Hat ihn jemand beerdigt?«

»Ihre Kameraden nannten sie ›die weiße Rose von Stalingrad‹. Jemand malte eine Lilie auf den Rumpf ihres Flugzeuges, was gut zu ihr passte. Und wenn die Katze nachts über die Dächer lief, die Kamine hinabkroch, über Trümmer sprang, sich durch Ritzen zwängte und Zäune überwand, traf er sich mit ihr irgendwo im Mondlicht, entkleidete sie, liebte sie, liebte sie noch einmal … und danach übergab er ihr seine Berichte, damit sie sie in ihrem Flugzeug zum Hauptquartier mitnahm. Weißt du, was dein Bruder mit Tinte und einem Messer getan hat? Er hat sich eine Lilie auf die Brust tätowiert, direkt neben dem Herzen.«

»Wo ist sein Grab? Wann ist er gestorben? Wer war bei ihm?«

Doch plötzlich war Honoré, der nie über die Schlacht von Stalingrad sprach, die Luft ausgegangen. Wie ein losgelassener Luftballon, der durch die Luft tanzt und dann erschlafft in einer schmutzigen Pfütze landet, verlor er die Luft, die zu lange in seinem Inneren aufgestaut gewesen war.

»Bitte!«, flehte Pierre, dessen Kehle auf einmal wie zugeschnürt war. »Sagen Sie mir, wie mein Bruder gestorben ist!«

Mit übermenschlicher Kraft gelang es Honoré de B. fünf Worte auszustoßen, bevor er erneut das Bewusstsein verlor:

»Dein Bruder ist nicht tot.«

Die Turteltaube und die Schwalbe sahen sich an. Gudula umarmte Pierre, der zitterte wie Espenlaub. Tränen liefen ihnen übers Gesicht, und eine Krankenschwester, die vorbeikam, ermahnte sie: »Dies ist nicht der richtige Ort für Liebesbekundungen! Schämen Sie sich! Und das in der Gegenwart eines Sterbenden!«

»Er ist nicht …«, setzte Gudula zu einer Erklärung an, aber die Frau war schon weitergegangen und brummte vor sich hin: »Schamlos ist das, einfach schamlos!«

Daraufhin trat Pierre, der noch ein Glas Wasser in der Hand hielt, ans Bett und schüttete Honoré die Flüssigkeit ins Gesicht.

Der arme Mann schreckte noch einmal auf. Er kam zu sich, als kehrte er gerade aus dem Krieg zurück.

»Er ist nicht gestorben! Alexandre ist mit Lily geflohen!«, rief er aus. Mit rauer Stimme beendete Honoré de B. seinen Bericht über Alexandres Schicksal in Stalingrad. »Es war mitten in der Nacht«, erinnerte er sich. »Wir alle hörten den Motor der Lawotschkin über uns. Jemand rief: ›In Deckung!‹ Zuerst dachten wir, es handelte sich um einen Überraschungsangriff, doch dann merkten wir, dass es nur ein einsamer Wolf war, der möglicherweise vom rechten Weg abgekommen war. Das Flugabwehrgeschütz schoss eine Salve ab. Jedoch ohne Erfolg. Letztlich verschwand der Jagdflieger aus unserem Blickfeld, und niemand kümmerte sich weiter darum. Doch dann brach Alexandre auf. Er verwandelte sich in die geschmeidige Katze und schlich sich lautlos in den Wald zurück. Ich folgte ihm genauso leise bis zu einer Lichtung, wo Lily neben ihrem Flugzeug stand und auf ihn wartete. Ich sah, wie die beiden sich umarmten und dann zu zweit auf den Pilotensitz kletterten. Sie saß zwischen seinen Beinen, und das Flugzeug fuhr los bis zu einem breiten Weg zwischen zwei Weizenfeldern, wo es gegen den Wind startete und davonflog und einen langen Schatten auf die Ähren warf. Das war das letzte Mal, dass ich Alexandre sah. Und heute ist das erste Mal, dass ich darüber spreche.«

»Warum?«, fragte ihn Pierre vorwurfsvoll. »Warum haben Sie diese Geschichte nicht direkt nach dem Krieg erzählt? Mein Gott, wir haben ihn für tot gehalten!«

»Zu seiner eigenen Sicherheit«, murmelte Honoré. »Und auch du solltest mit niemandem über deinen Bruder und Lily reden. Es ist besser, wenn du sie vergisst. Der Alexandre, den du gekannt und geliebt hast, ist in Stalingrad gestorben. Der, der in die Lawotschkin gestiegen ist, war ein anderer, mit einer neuen Identität und einer ganz besonderen Mission, die alles andere in den Schatten stellte: sein Zuhause, seine Mutter, sein Vaterland und natürlich … seinen Bruder. Mach die Augen auf, Junge. Die Katze war und wird für immer unser bester Geheimagent auf der anderen Seite des Eisernen Vorhangs sein.«

Kapitel 27

Da Gudula es von ihm erwartete, schob Pierre seinen Schmerz beiseite, wischte sich die Tränen ab und tat so, als wäre nichts geschehen. Als wäre Alexandre mit zwanzig Jahren gestorben, als wäre er nur noch ein Haufen Knochen, verwesendes Fleisch, um den feindlichen Boden zu nähren, ein Weizenkorn, Mehl, um Brot zu backen. Sie hatte zu ihm gesagt: »Also bis gleich, wir sehen uns um Punkt sieben im Foyer. Mach dich schick.« Und dann war sie gegangen, um sich ein Abendkleid und ein Paar elegante Schuhe zu kaufen.

Pierre horchte in sein Inneres. Er schämte sich. Dabei hätte er doch glücklich sein sollen. War es denn keine gute Nachricht, dass sein Bruder lebte, eine Russin liebte, eine Jagdfliegerin, die mit ihrem Flugzeug den Himmel teilte? Er hatte gewartet, bis Gudula gegangen war, und war dann in Tränen ausgebrochen. Hatte bitterlich geweint. Die Stirn ans Fenster gelehnt. Die Kronen der Bäume bewegten sich nicht, es gab keine frische Brise, die seine Hitze kühlte. Zwei Fliegen in der Gardine, eine Blume, die in einer Vase vor sich hinwelkte.

Pierre Pierlot, der nicht einmal so hieß, sondern H. wie sein Großvater, hatte sich eine neue Identität zugelegt, ohne Vergangenheit, ohne seinen Bruder, ohne den Krieg, um zu vergessen, wer er war. Weil es so wehtat.

Und nun, da alles vorbei war, merkte er, dass seine Rüstung zerbrach, dass sein Ich keinen Schatten hatte, dass es in Rauch aufgegangen war und dass H.s Leben in dem Moment zu Ende gewesen war, als er die Stromleitungen sabotierte, dass er in gewisser Weise immer noch dort war, an einem Elektrozaun oder einem Strommast hing.

»Wer bin ich?«, fragte er sich erschrocken, ballte die Hände zu Fäusten und betrachtete sie, als gehörten sie zu einem anderen. »Bin ich der, der von der anderen Straßenseite das Regierungsgebäude bewacht? Der, der unter dem mickrigen Baum vom Regen nass wird und wieder trocken? Der Mann, den niemand beachtet, als wäre er nur ein Windhauch, der Schatten eines Vogels auf dem Asphalt oder ein Regentropfen auf einem Hut.«

Und dann sah er sie. Eine Schwalbe hatte sich auf dem Vordach des Krankenhauses niedergelassen, mit weißer Brust, schwarzen Flügeln, braun-rotem Gesicht und einem Insekt im Schnabel.

Sie hatte Pierre noch nicht entdeckt, der noch immer mit der Stirn an der Scheibe lehnte, so unbeweglich und traurig, dass man ihn für Oscar Wildes Statue des Glücklichen Prinzen hätte halten können, der keine Saphire, kein Gold und keine Rubine mehr hatte.

Etwa zwei Meter weiter rechts befand sich das Schwalbennest. Ein aus Lehm gebautes Kunstwerk an der Hauswand mit vier oder fünf nackten Jungen, die nach Nahrung verlangten und auf ihre Mutter warteten.

Pierre liebte sie. Nicht diese Schwalbe mit Schnabel und Federn, sondern die andere. Der er selbst in der Nacht, in der er sie kennengelernt hatte, diesen Namen gab: kühn und abenteuerlustig, hatte er sich damals gesagt, ohne zu wissen, wie naiv sie sein konnte.

»Ich kann dich nicht heiraten«, gestand er ihr, als sie vom Einkaufen zurückkam und schon ihr cremefarbenes Abendkleid und die Satinschuhe trug.

»Red keinen Blödsinn«, entgegnete Gudula. »Natürlich kannst du.«

»Es ist nur … Ich bin nicht der, für den du mich hältst.«

Sie sah auf die Uhr. Wurde ungeduldig. »Wir kommen zu spät zum Geburtstag der Königin«, meinte sie streng. »Das ist jetzt nicht der richtige Moment, um kalte Füße zu kriegen!« Und dann ließ sie ihn stehen und eilte voraus.

Diese unvernünftige Schwalbe!

Es war schon nach acht. Über den golden schimmernden Feldern Belgiens ging die Sonne unter. In Châtelet beendete Philippe Depée die Gartenarbeit. Er sog den feuchten Duft seiner Tomatenpflanzen ein, brachte das Werkzeug in den Schuppen und verschloss das kleine Tor im Zaun, damit keine Kaninchen eindringen konnten, um das Gemüse zu fressen. Dann überquerte Philippe die Straße und rief nach Agatha.

»Es ist Zeit für unseren Spaziergang, meine Liebe.«

Sie stand am Küchenfenster und beobachtete ihn durch die Scheibe. Zu ihren Füßen schlief Ginger, die jeden Tag dicker und träger wurde und sich seit Freds Verschwinden weigerte, ihr Frauchen auf ihrem täglichen Spaziergang zu der kleinen Brücke zu begleiten. Die arme Katze!, dachte Agatha, das dumme Ding wird noch vor Trauer sterben. Und dann seufzte sie bei dem Gedanken, dass auch sie verlassen worden war, und das nicht nur einmal, sondern zweimal, von beiden Vätern ihrer Söhne.

»Ich bin gleich da, Philippe, komm rein und trink eine Limonade«, sagte sie, »du hast sicher Durst.«

In diesem Moment klingelte das Telefon. Agathas Herz machte einen Sprung, und alle Muskeln ihres Körpers spannten sich an, als ob sie ins Leere springen wollte. Diese Reaktion auf das durchdringende, falsche Hoffnung schürende Geräusch war wie eine Krankheit. Noch schlimmer war es, wenn es sie aus dem Schlaf schreckte. Denn dann sprang sie mit einem Satz von der Matratze.

Sie war eine Geisel des Telefons, sagte sie sich. Sie fühlte sich schon wie Doris Day und James Stewart in *Der Mann, der zu viel wusste*, wenn sie auf den Anruf der Entführer ihres Sohnes wartete.

»Wer ist dran?«, fragte sie, nachdem sie hastig den Hörer abgenommen hatte.

»Ich bin's, Marguerite de Foy«, verkündete eine fröhliche Stimme am anderen Ende der Leitung. »Ich habe gute Nachrichten: Wir haben Pierre gefunden.« Agatha machte Philippe aufgeregt ein Zeichen, und er kam zu ihr und stellte sich neben sie. So, fest umarmt und die Köpfe dicht beieinander, hörten sie sich den Rest der Geschichte an. »Ich habe dir versprochen, dass ich dich anrufe, wenn der Junge wieder auftaucht, und glaub mir, Agatha, ich habe jeden Moment an dich gedacht, seit wir uns kennengelernt haben. Wie du weißt, hat Robert einen seiner Männer an die Côte d'Azur geschickt, um nach deinem Sohn zu suchen, einen Agenten mit der Lizenz zum Töten, dessen Deckname Honoré de B. ist. Also, wie sich herausgestellt hat, ist unser Mann Pierres Spur zuerst nach Paris und dann weiter nach Brüssel gefolgt, genauer gesagt, bis nach Laeken, wo er heute Morgen an ihn herangekommen ist. Es hat einen Schusswechsel gegeben, muss ich leider sagen, und eine Kugel hat Honoré am Fußknöchel getroffen, aber die Verletzung ist nicht allzu schlimm. Er wird bald wieder auf dem Damm sein. Doch das Wichtigste ist: Dein Sohn ist gesund und munter.«

»Wo ist er? Wann kommt er zurück nach Hause?«

»Mehr weiß ich nicht. Ich muss Schluss machen, Robert weiß nicht, dass ich dich angerufen habe. Die ganze Sache ist ja geheim. Aber sobald ich etwas Neues höre, melde ich mich wieder.«

»Marguerite …«

»Du ahnst nicht, wie sehr ich mich für dich freue, meine Liebe.«

Sie legte auf, und Agatha brach mit dem Telefonhörer in der Hand in Tränen aus. Und wenn Philippe nicht da gewesen wäre, um sie zu stützen, wäre sie wahrscheinlich vor Erleichterung ohnmächtig geworden.

»Das sind doch gute Nachrichten, Liebling«, sagte Philippe dicht an ihrem Ohr.

Als Agatha sich wieder erholt hatte, führte sie ihren Nachbarn in das kleine Zimmer neben der Küche. Der Raum wurde von dem Bücherregal dominiert, in dem ihre Krimis standen. Dutzende. Und ganz oben ragte zwischen den Büchern ein sehr altes Fotoalbum heraus. Agatha zog es mühsam hervor und wischte den Staub ab.

»Komm, Philippe, setz dich neben mich«, bat sie. »Ich will dir die Bilder meines Lebens zeigen.«

Sie legte sich das Album auf den Schoß und öffnete es vorsichtig, als ob sie eine Brust aufschnitte, um das noch schlagende Herz herauszunehmen.

Vor ihren Augen tauchte ein Foto in Sepia auf, das ein Hochzeitspaar zeigte. Die junge Frau saß lächelnd im Vordergrund, während der Bräutigam, ein eleganter, hochgewachsener junger Herr mit einem breiten Schnurrbart, ihr liebevoll die Hände auf die Schultern gelegt hatte. Er hatte den Kopf leicht zur Seite geneigt, und seine Kleidung war tadellos.

»Das ist meine Mutter, Ariadne Oliver, die unzählige Krimis geschrieben hat. Und der hier ist mein Vater. Der Detektiv Hercule Poirot.«

»Der Name kommt mir bekannt vor.«

»In England war er ziemlich berühmt. Er hat einige aufsehenerregende Fälle gelöst. Darunter den berühmten Mord an Robert Ackroyd im Jahr 1926. Vielleicht kennst du seinen Namen daher.«

»Lebt er noch?«

»Er ist vor sechzehn Jahren gestorben. Angeblich an einer Lebensmittelvergiftung. Wie es aussieht, hat er eine heiße Schokolade getrunken, die nicht mehr gut war.«

»Das tut mir leid.«

»Anfang 1917, während der deutschen Besatzung, sind meine Eltern nach London ins Exil gegangen. Leider konnte ich sie nicht begleiten, denn ich musste mich um mein Baby kümmern.«

Agatha schlug die Seite des Albums um, und ein neues Bild kam zum Vorschein. Darauf war ein pummeliges Kleinkind mit lockigem Haar zu sehen, das fest in die Kamera blickte.

»Das ist H. Erkennst du ihn wieder? Als dieses Foto gemacht wurde, war er gerade ein Jahr alt.«

»Das heißt, dass der richtige Name deines Sohnes Hercule Poirot ist? Du hast ihn nach seinem Großvater benannt?«

»Genau. Ich war immer sehr stolz auf meinen Vater«, sagte Agatha seufzend. »Deshalb tut es mir so weh, dass H. seinen richtigen Namen verleugnet. Er besteht darauf, dass auch ich ihn Pierre Pierlot nenne und hat den Namen x-mal wiederholt, damit ich ihn nicht vergesse. Daraufhin habe ich ihn gefragt, wieso ein Regierungsbeamter einen Decknamen braucht? Mein Gott, wir sind doch nicht mehr im Krieg!«

Ihren Ärger mühsam unterdrückend, zeigte Agatha Philippe das nächste Bild.

Auf diesem waren zwei Jungen zu sehen; bei dem größeren handelte es sich zweifellos um H., was an seinem intelligenten Blick zu erkennen war. Der jüngere war ein pummeliges Engelchen mit so blondem Haar und so weißer Haut, dass er aussah, als wäre er aus Porzellan.

»Und das«, sagte Agatha seufzend, »ist Alexandre, mein Kleiner.«

»Du hast mir noch nie von ihm erzählt.«

»Weil es zu sehr schmerzt.«

Der Tag ging vorbei. Das Zimmer lag im Halbdunkeln. Schließlich ging das Schweigen, das sich im Raum eingestellt hatte, auf Zehenspitzen durch die Tür in die Küche, und Agatha ergriff wieder das Wort. Ihre Stimme war rau und klang wie eine Rassel oder eine Kurbel, wie man sie früher benutzte, um den Motor eines Autos zu starten.

»Alexandre war noch keine siebzehn Jahre alt, als er sich der Résistance anschloss«, erzählte sie. »Und das Letzte, was wir von ihm wissen, ist, dass er, als deutscher Soldat verkleidet, mit dem Fallschirm über Berlin abgesprungen ist, um sich als Spion in die Wehrmacht einzuschmuggeln. Bis zum Ende des Krieges haben wir die Hoffnung nicht aufgegeben. Doch die Jahre vergingen, und Alexandre kehrte niemals zurück … genau wie Hercule.«

»Was willst du damit sagen? Natürlich ist Hercule zurückgekommen.«

»Der, der zurückgekommen ist, war nicht Hercule, sondern ein gewisser Pierre Pierlot. Ein anderer Mensch, der nicht in der Lage ist, sich einer Sache hinzugeben, für sein Glück zu kämpfen oder erfolgreich zu sein, und sich mit einer langweiligen Stellung als Beamter zufriedengibt, in einem seelenlosen Appartement lebt und jegliche Hoffnung verloren hat. Und weißt du, warum?«

»Warum?«

»Weil er sich schuldig fühlt. Deshalb.«

Kapitel 28

Pierre blieb stur und machte keine Anstalten, seine Fliege gerade zu rücken. Gudula richtete sie ihm zärtlich und klopfte ihm leicht auf die Schulter.

Ein Page in Uniform kümmerte sich um den Mercedes. Die Gäste hatten auf dem Weg zu Schloss Stuyvenberg eine Parfümwolke hinterlassen.

Bei Gelegenheiten wie dieser blühte Gudula auf und fühlte sich wie ein Fisch im Wasser, wie zu Hause, wie ein Kind mit neuen Schuhen. Sie grüßte nach links und rechts, manchmal mit echter Freude, andere Male mit gespielter Höflichkeit. Wenn es nötig war, machte sie vor dem ein oder anderen Mitglied des Königshauses eine respektvolle Verbeugung.

Pierre folgte ihr wie ein leicht desorientierter Hund, aber bereit, jedem die Zähne zu zeigen oder in den Knöchel zu beißen, der seiner Schwalbe zu nahe kam.

Königin Elisabeth Gabriele in Bayern empfing sie mit einem schelmischen Lächeln. »Wie geht es dem glücklichen Paar?«, fragte sie und bat sie verschwörerisch, näher zu kommen.

»Gleich, wenn ich alle begrüßt habe, treffen wir uns an der Voliere im Garten«, sagte sie leise.

In diesem Moment erschienen ihre Tochter, Prinzessin Marie-José, und ihr Schwiegersohn, Umberto von Savoyen, das im Exil lebende italienische Königspaar, zusammen mit Prinzessin Maria Pia, die vor Kurzem Alexander von Jugoslawien geheiratet hatte, und ihren drei jüngeren Geschwistern, Viktor Emanuel, Maria Gabriella und Maria Beatrice.

»Es ist so schade!«, sagte Gudula seufzend, während sie sich von der Gruppe entfernten, damit alle der Großmutter gratulieren konnten. »Ich weiß nicht, inwieweit du informiert bist, aber Umberto und Marie-José haben nur dreiunddreißig Tage regiert. Sie wohnen jetzt in einer sehr schönen Finca im portugiesischen Sintra-Gebirge, in einem Ort namens Aldeia da Piedade. Kennst du Sintra, *amore*? Eine der schönsten Städte der Welt, wie ich finde. Vielleicht sollten wir unsere Hochzeitsreise dorthin machen.«

Der Garten hatte sich in einen märchenhaften Ort verwandelt: Hunderte Lichter schmückten die Bäume, mit Damasttischdecken, Kerzen und Blumen gedeckte Tische waren aufgestellt worden, der Brunnen war beleuchtet, ein Streichquartett spielte Musik von Mozart, und ein Heer an Dienstboten kümmerte sich um die vielen Gäste: Prinzen und Prinzessinnen, Aristokraten, Militärangehörige, Künstler, Unternehmer, schöne Frauen, junge Töchter aus flämischen und wallonischen Adelsfamilien … Eine lange Liste an Namen und Gesichtern, die Gudula aufzählte, als betete sie den Gotha herunter:

»Das dort in dem eleganten Abendkleid ist Großherzogin Joséphine Charlotte! Wenn man sie sieht, hält man es kaum für möglich, dass sie zwei Kinder hat! Das jüngste, Henri, ist gerade ein Jahr alt geworden … Und da ist ihr Ehemann, Jean von Luxemburg, der mit dem attraktiven Schnurrbart.«

»Und die Dicke, vor der sich alle verbeugen?«

»Die mit dem Leinenkleid?«

Bei all dem Hin und Her verlor Pierre die Übersicht und auch ein wenig den Boden unter den Füßen. Daher sah er sich nach einer abgelegenen Ecke um, wo er sich hinsetzen und seine Gedanken ordnen konnte. Er fand sie am Ende des Gartens unter einer Glyzinie auf einer leichten Anhöhe, sodass er einen hervorragenden Ausblick auf das Fest hatte. Von dort sah er zu, wie die

Schwalbe über die Wiese flatterte, ein wenig herumpickte und etwas trank und dabei fröhlich lachte, so, wie sie eben war, sorglos und frei.

Für ihn dagegen hatte das Leben gerade eine so abrupte Wendung genommen, dass er das Gefühl hatte, sich anstatt auf einem Ball im Schützengraben zu befinden. Sein totgeglaubter Bruder Alexandre ging ihm nicht aus dem Kopf. »Unser bester Geheimagent auf der anderen Seite des Eisernen Vorhangs«, hatte Honoré gesagt. Es waren nur wenige Stunden vergangen, seit er die Wahrheit erfahren hatte, und schon lief sein Gehirn auf Hochtouren, und er sah vor seinem geistigen Auge selbstmörderische Einsätze und unmögliche Rettungsmissionen in jener feindlichen Umgebung voller Gefahren.

Die Sache war nicht gerade einfach. Vor allem wegen der unvorstellbaren Ausdehnung der Sowjetunion, die sich über ganze 22,4 Millionen Quadratkilometer erstreckte, auf denen mehr als zweihundert Millionen Menschen lebten. Und der Versuch, Alexandre in diesem riesigen Land zu finden, bedeutete, die sprichwörtliche Nadel im Heuhaufen zu suchen.

Dazu kam, dass Pierres Zugehörigkeit zum Geheimdienst das Ganze noch verkomplizierte. Wenn er in Russland einreisen wollte, müsste er sich als jemand anderer ausgeben, die Grenzkontrollen überwinden, sich der dortigen Polizei stellen, den Politikern, den Geheimnissen, dem KGB … Und vor allem durfte er nicht auffliegen, denn dann wäre sein eigenes Leben in Gefahr, das seiner Kollegen, die in anderen kommunistischen Staaten aktiv waren, und die Position Belgiens gegenüber dem sowjetischen Riesen. Vielleicht sollte er vorsichtshalber eine dieser Zyankalikapseln im Mund verstecken.

Die dritte Schwierigkeit war, dass Alexandre eine neue Identität hatte. Sicher hatten nicht nur die Jahre sein Gesicht verändert, sondern auch die Hand eines plastischen Chirurgen, der ihm ein anderes Aussehen verpasst hatte, damit er nicht auffiel, wenn man ihm auf dem Roten Platz begegnete. Und selbst wenn er seinen Bruder erkennen würde, vielleicht an der Farbe seiner Augen, dem vertrauten Körpergeruch oder dem Muttermal auf dem linken Wangenknochen, könnte er ihn nicht einmal umarmen, ohne ihn damit zum Tode zu verurteilen.

Und dann war da noch …

»Sind Sie nicht Monsieur Pierlot?« Eine Stimme, die ihm bekannt vorkam, riss ihn aus seinen Gedanken. »Erinnern Sie sich an mich? Ich bin Giannalisa Gianzana Barzini. Wir haben vor einigen Tagen gemeinsam im Café de Paris zu Mittag gegessen. Und später haben Sie uns in der Villa La Vigie besucht.«

Pierre runzelte die Stirn. Natürlich wusste er, wer Giannalisa war, nämlich die letzte Person, nach der ihm in diesem Augenblick der Sinn stand.

»Haben Sie schon gehört, in welchen Skandal Ihre Freundin, Prinzessin Gudula, durch die kriminellen Machenschaften ihres Mannes geraten ist?« Giannalisa senkte die Stimme, als wollte sie ihm das größte aller Geheimnisse verraten. »Es hat sich herausgestellt, dass Bertrand mit gestohlenen Kunstwerken gehandelt hat. Er wurde auf frischer Tat erwischt, als er gerade mit einem der Gemälde aus der Villa La Vigie im Kofferraum unterwegs war. Ist das nicht unglaublich?« Pierre ließ Giannalisa weiterreden, ohne ihren Monolog zu unterbrechen. »Gudula sollte sich von diesem Halunken, so schnell es geht, scheiden lassen. Diese Ehe war sowieso eine Farce. Ich bin sicher, dass es eine lange Liste von Anwärtern gibt, die nur auf die Gelegenheit warten …«

»Hat Ihr Sohn Giangiacomo die Hütte denn inzwischen verlassen?«, unterbrach Pierre sie schließlich doch.

Giannalisa lachte schallend.

»Er konnte dieser Frau schließlich völlig ausgemergelt und am Ende seiner Kräfte entfliehen«, scherzte sie. »Jetzt will er nach

Russland reisen. Können Sie sich das vorstellen? Um diesen Pasternak aufzusuchen, den mit dem Roman. Es ist ihm gelungen, Sergio d'Angelo davon zu überzeugen, ihm ein Visum zu besorgen.«

Pierre spürte einen Funken Hoffnung in sich aufflackern.

»Ein Visum!«, rief er aus. »Das ist genau das, was ich brauche!«

»Wollen Sie etwa auch nach Russland reisen? Was, zum Teufel, will alle Welt denn nur an diesem grässlichen Ort?«

»Können Sie mir sagen, wie ich d'Angelo kontaktieren könnte?«

»Über Radio Moskau, schätze ich.«

Mit diesen Worten beendete Giannalisa Gianzana Barzini das Gespräch mit Pierlot, das für sie inzwischen äußerst langweilig geworden war.

Sobald sie sich ein paar Meter von Pierre entfernt hatte, trat eine nur allzu bekannte Gestalt hinter der Glyzinie hervor.

»Uff! Beinah hätte sie mich gesehen!«, sagte Gudula erleichtert.

»Warum hast du dich versteckt?«, wunderte sich Pierre.

»Ich habe dich gesucht«, entgegnete sie ohne weitere Erklärung. »Hast du gesehen, wie jung König Baudouin ist? Sieh ihn dir an.« Sie zeigte auf die andere Seite des Gartens. »Er ist gerade zusammen mit seinem Vater, König Leopold, und der Prinzessin von Réthy eingetroffen. Und er sieht aus wie ein verschrecktes Kind.«

In diesem Augenblick fiel Pierre Pierlot wieder ein, welche geheime Mission der Premierminister ihm aufgetragen hatte: Baudouin und seine Stiefmutter zu überwachen und seine Vorgesetzten im Laufe des Sommers über jeden Ortswechsel auf dem Laufenden zu halten. Und aus welchem Grund? Ein absurdes Gerücht, das in den Brüsseler Friseursalons die Runde machte. Ein Skandal ungeheuren Ausmaßes. Eine beunruhigende Information, die die junge belgische Monarchie in ihren Grundfesten erschüttern könnte. »Wie es aussieht, versteht Baudouin sich sehr gut mit seiner Stiefmutter. Zu gut«, hatte Van Acker in seinem Büro gesagt. »Verstehen Sie? Verstehen Sie, was ich meine, wenn ich sage, er ›versteht‹ sich zu gut mit seiner Schwiegermutter?«

Und da, direkt vor seiner Nase, war nun die Antwort. Man brauchte nur auf den gewölbten Leib der Frau von König Leopold zu schauen, um zu verstehen, dass sie in anderen Umständen war. Und man musste schon eine sehr lebhafte Phantasie haben, um zu vermuten, dass sie in diesem Zustand eine Affäre mit ihrem kümmerlichen Stiefsohn hatte. Die Prinzessin von Réthy schritt am Arm ihres Mannes einher und konnte sich wegen der fortgeschrittenen Schwangerschaft nur mühsam fortbewegen.

»Die Arme«, sagte Gudula mitleidig. »Sie hat Ischias und ihre Fußknöchel sind so angeschwollen, dass sie ohne Hilfe kaum noch laufen kann. Deswegen hat sie sich den ganzen Sommer über in Gesellschaft ihres Stiefsohnes ausgeruht und die Villa Ephrussi de Rothschild kaum verlassen. Wie langweilig! Der Junge macht den ganzen Tag nichts anderes, als Gebetbücher, Gedichte und Essays zu lesen. Er interessiert sich kein bisschen für die Gesellschaft, die Sonne oder irgendwelche Zerstreuungen, denen junge Leute seines Alters normalerweise nachgehen.«

»Gudula …«

»Wir sollten schon mal zur Voliere rübergehen«, wechselte sie das Thema, ohne Pierre die Zeit zu lassen, diese Information zu verdauen. »Ich bin extrem neugierig auf das, was die Königin vorhat.«

Sie gingen zu einer strategisch günstigen Stelle zwischen der Hollywoodschaukel und der riesigen vergoldeten Voliere. Sie waren ein schönes Paar, die Schwalbe und die Turteltaube, beide in Abendgarderobe und mit einem Glas Champagner und einer Zigarette, die sie sich teilten. Dass Giannalisa herumging und die Nachricht von der Festnahme Bertrands von Orléans verbreitete, schien ihnen nichts auszumachen. Ihre Welt endete dort, wo der Blick des anderen anfing.

»Meine Liebste«, sagte Pierre schließlich mit zitternder Stimme, »ich kann dich wirklich nicht heiraten. Eine Frau wie du hat einen aufrichtigen Mann verdient. Und keinen Betrüger namens Pierre Pierlot. Unsere Hochzeit muss warten. Zuerst muss ich nach Russland reisen, meinen Bruder finden und ihn zurück nach Hause bringen. Wenn ich das nicht tue, werde ich ein Leben lang das Gefühl haben, deiner nicht würdig zu sein. Bitte versteh das, Prinzessin.«

»Aber was redest du denn da, *amore* …«

»Ich möchte, dass du mich von jetzt an Hercule nennst, denn das ist mein richtiger Name. Der Name eines Helden, eines Göttersohnes für eine Königin des Olymps, wie du eine bist.«

Auf diese Worte hin kippte Gudula, ohne dass Pierre es sah, den Rest des Champagners ins Gras. »Du hast genug getrunken!«, diagnostizierte sie. »Zu viele Emotionen für einen einzigen Tag.«

Zum Glück ließ Königin Elisabeth Gabriele in Bayern nicht allzu lange auf sich warten. Noch bevor sie die letzte Zigarette aufgeraucht hatten, machte sie ihnen von der anderen Seite der Voliere ein Zeichen.

Es war ihr gelungen, sich ihres Gefolges zu entledigen, nachdem sie diese Leute abgelenkt und sich hinter einer Buchsbaumhecke versteckt hatte. Dann war sie gebückt die wenigen Meter bis zu Pierre und Gudula hinübergelaufen. Dabei hatte ihre Frisur ein wenig gelitten, wie sie feststellten, als sie sich flüsternd an sie wandte, nachdem sie sich vergewissert hatte, dass niemand zuhörte.

»Ich freue mich, dass ihr zu meiner Geburtstagsfeier kommen konntet«, sagte die Königin, »weil ich euch eine wichtige Mission anvertrauen möchte.« Sie sprach noch leiser, woraufhin Gudula und Pierre so nah an sie herantreten mussten, dass es aussah, als würden sie sich küssen. »In ein paar Tagen findet in Warschau das Internationale Klavierfestival zu Ehren Chopins statt, dessen

Werk ich sehr bewundere«, wisperte die Königin, »und ich habe beschlossen, dorthin zu fahren.«

»Schon wieder, Majestät!«, rief Gudula mit leicht erhobener Stimme aus.

»Psst!«, machte die Königin ärgerlich. »Ich bin gerade achtzig Jahre alt geworden und denke, dass für mich endlich die Zeit gekommen ist, das zu tun, worauf ich Lust habe, ohne irgendjemandem eine Erklärung zu schulden.«

»Aber, Madame!« Gudula ließ nicht locker. »Darf ich Euch an den Tumult von vor drei Jahren erinnern, der entstand, als bekannt wurde, dass die belgische Königin sich auf der anderen Seite des Eisernen Vorhangs befand …«

»Ach, Chopin!« Königin Elisabeth Gabriele in Bayern seufzte und verdrehte sehnsüchtig die Augen. »Wenn ihr wie ich in Polen über die Tasten seines Flügels gestrichen und seine Musik eingeatmet hättet, diese sinnliche, unsterbliche Musik, garantiere ich euch, dass ihr der Versuchung genauso erlegen wäret wie eure Königin.«

»Aber das könnte einen schwerwiegenden diplomatischen Konflikt heraufbeschwören; stellt Euch vor, was Präsident Eisenhower sagen würde, wenn er erfährt, dass Ihr erneut kommunistisches Gebiet betreten habt … Ganz abgesehen von Eurer persönlichen Sicherheit, Eurer Gesundheit, Madame, und dem mangelnden Komfort …«

»Dummes Geschwätz!«

Das Lächeln auf Pierres Gesicht wurde immer breiter. Königin Elisabeth Gabriele in Bayern war entschlossen, noch einmal den Eisernen Vorhang zu durchqueren, und diesmal würde sie es nicht allein tun, sondern in Begleitung von zwei der mutigsten Agenten des belgischen Geheimdienstes: der Turteltaube und der Schwalbe mit der Lizenz zum Fliegen.

War das nicht die Gelegenheit, auf die Pierre Pierlot gehofft hatte, um Hercule Poirot wiederauferstehen zu lassen und Alexandre zu finden?

Wenn er erst in Polen war, so sagte er sich, war der Weg nach Stalingrad kein Problem mehr. Er musste nur etwa zweitausend Kilometer der eisigen sibirischen Steppe überwinden. Während die Königin Chopins Flügel liebkoste, würde er nach seinem Bruder suchen, ihn und seine geliebte Lily finden und sie unter dem Schutzschirm der Königin mit in die freie Welt nehmen. Das war ein todsicherer Plan. Es gab nichts zu befürchten. Und dieser ausgeprägte Optimismus hatte garantiert nichts damit zu tun, dass Pierre bereits vier oder fünf Gläser des frisch aus Épernay eingeführten Moët & Chandon getrunken hatte.

»Madame, Sie können auf Hercule Poirot zählen, stets zu Diensten, Eure Majestät!«, rief er aus.

»Lass dich umarmen, Junge!«, entgegnete die Königin. »Du hast eine ausgezeichnete Wahl getroffen, Gudula«, fügte sie hinzu. »Dein Zukünftiger ist ein mutiger Mann. Ich wünsche euch eine glückliche Ehe.«

Die Schwalbe konnte nicht glauben, was in diesem Garten gerade vor sich ging: Pierre und die Königin hatten ihren Pakt mit einer Umarmung besiegelt und offenbar beide den Verstand verloren.

»Aber eines noch«, sagte die Königin, nachdem sie Pierre wieder losgelassen hatte, »ihr müsst so schnell wie möglich heiraten. Ich kann unmöglich mit einem Paar verreisen, das in Sünde lebt. Das wäre wirklich ein Skandal.«

»Wir können noch nicht …«, versuchte Gudula einzuwenden.

»Gleich morgen früh erwarte ich euch in der Kathedrale St. Michael und St. Gudula. Lasst mich nur machen. Ich werde mit Kardinal Jozef-Ernest van Roey sprechen. Wir sind eng befreundet.«

»Aber, Madame, darf ich Euch daran erinnern, dass ich noch mit Bertrand verheiratet bin?«, versuchte Gudula es noch einmal.

»Ach, Liebes, das macht doch nichts! Ihr habt ja nicht in der Kirche geheiratet, sondern auf dem Standesamt. Vor Gott seid ihr frei. Und das mit der Scheidung regeln wir dann schon noch mit den französischen Behörden.«

»Außerdem hat Pierre sich in den Kopf gesetzt, dass er mich nicht heiraten kann, wegen irgendeiner alten Geschichte, die …«

»Natürlich wird er dich heiraten, du Dummerchen! Stimmt doch, mein Junge, oder?«

Pierre Pierlot, der sich wie durch Zauberhand bereits in Hercule Poirot (junior) verwandelt hatte, atmete tief die laue Nachtluft ein. Er wollte gerade sagen, dass das doch selbstverständlich sei, als am Himmel über Laeken ein riesiges Feuerwerk explodierte und Schloss Stuyvenberg, den Garten, das Orchester, das Buchsbaumlabyrinth, die Glyzinien, die Blumenbeete, die Hollywoodschaukel, die Voliere und die belgische Königin mit ihren Gästen, die verzückt auf das zerberstende Firmament blickten, in einen Regen von Blitzen und Funken hüllte.

Kapitel 29

Wie schnell die zwölf Wochen Ferien, die ihnen das neue Urlaubsgesetz ermöglichte, vorüber waren! Wie im Flug war der Sommer vergangen, und erneut sah Anna sich der anstrengenden Aufgabe gegenüber, alles rechtzeitig in Kisten zu packen. Sie war ein wenig nervös, weil der Umzugswagen, der in Kürze nach Brüssel aufbrechen würde, bereits hoch voll war – mit den Bänden der Enzyklopädie, den Haushaltsgeräten, ein paar Möbeln, der ganzen Tischwäsche – und sich noch mehrere Kisten mit Obst in der Küche stapelten, für die der Möbelpacker nach einem Platz im Hänger suchte. Die Erde und die Ufer der Seen von Eau d'Heure waren fruchtbar und freigebig. Nun, Ende September, schillerten die üppig mit Aprikosen, Sternenfrüchten, Nektarinen und Pfirsichen behangenen Bäume in tausend Farben. Die Brombeerhecken waren voller dunkler Beeren, die Feigenbäume voller süßer Früchte, die Wälder voller Champignons und die grünen Felder voller reifer Maiskolben oder Sonnenblumen mit unzähligen Kernen.

Achille setzte sich zum letzten Mal auf den Lehnstuhl unter der Birke, um seine Pfeife mit dem Captain-Black-Tabak zu rauchen, wobei ihm auffiel, dass zwischen dem Gras keine Margeriten mehr wuchsen. Ach, der Sommer, was für ein Schatz!, sagte er sich. Nun hatten die Birken und die Korkeichen bereits die ersten gelben Blätter, und an den Nachmittagen senkte sich die Dunkelheit immer früher über das Land wie ein Samtvorhang am Ende eines wunderbaren Theaterstücks.

Anfang August waren die Kinder zu Besuch gewesen – eine anstrengende Zeit, da sie die kleinen Enkel mitgebracht hatten, die nachts weinten und tagsüber lärmend durch den Garten rannten. Die Enkel verstanden noch nicht, was es bedeutete, ein wichtiger Mann mit ernsten Sorgen zu sein, und erwarteten, dass ihr Opa mit ihnen segeln und angeln ging, Picknick im Wald machte, im See schwamm, Fahrrad fuhr, Spatzen jagte, Mäuse fing, Kaninchen verfolgte ... ohne ihm auch nur eine Minute Zeit zu lassen, sich auszuruhen.

Und so war er den ganzen Tag mit heraushängender Zunge hinter ihnen hergerannt, hatte schlecht geschlafen, hatte Muskelkater in den Beinen gehabt und immer unter dem Druck gestanden, die lieben Kleinen am Ende des Tages gesund und munter wieder den Eltern zu übergeben. Es war eine Freude, wenn sie kamen, und eine Wohltat, wenn sie wieder abfuhren, um in ihre Häuser und Schulen zurückzukehren.

Ein paar Tage später hatten sie dann Robert und Marguerite empfangen, die in der Abenddämmerung mit dem Motorrad kamen (ihr Auto war noch in der Werkstatt) und zwölf Stunden lang ihr Zimmer nicht verlassen hatten. Robert hatte sich den Schnurrbart abrasiert, und Marguerite hatte ein wenig zugenommen. Beide lächelten strahlend, als sie zum Frühstück herunterkamen, und verschlangen hungrig ein ganzes Tablett voller Rührei mit Speck und Pilzen, eine frisch gebackene Brioche mit Butter und einen Liter Milchkaffee.

Danach hatten die Damen sich am Seeufer gesonnt, während die beiden Herren lieber einen Spaziergang durch die Umgebung machten. Als sie ein Stück gegangen und die Stimmen von Anna und Marguerite nur noch schwach zu hören waren, bat Robert de Foy Achille, einen Moment stehen zu bleiben, weil er ihm etwas Wichtiges zu erzählen habe.

»Setzen wir uns doch einen Moment auf den Baumstamm dort auf der Lichtung«, schlug er vor. »Schauen Sie, was ich Ihnen mitgebracht habe.«

Der Chef des Geheimdiensts nahm einen zusammengefalteten weißen Umschlag aus der Tasche und übergab ihn dem Premierminister, als dieser sich neben ihn setzte. Das Dokument darin hatte keinen Briefkopf oder sonst etwas, was seine Herkunft verriet. In dieser landschaftlichen Idylle wirkte der geheime Austausch beinahe deplatziert. Van Ackers Puls beschleunigte sich.

»Ist es das, was ich glaube?«

»Der fünfte Pierlot-Bericht, ja.«

»Und was steht drin?«

»Ich weiß es nicht, mein Freund, da ich den Umschlag ohne Sie nicht öffnen wollte.«

Achille riss den Umschlag auf und hielt das Blatt einen Moment spielerisch in den Fingern. Dann setzte er sich die Brille mit den dicken Gläsern auf, die er wegen seiner Kurzsichtigkeit brauchte, räusperte sich und begann vorzulesen:

Monsieur André,
dieser Bericht, die fünfte Briefsendung, die die Turteltaube von einem romantischen Schloss am Rande der Hauptstadt »des Waldes« verschickt, wird für lange Zeit der letzte sein. Ich erkläre meine Mission an der Côte d'Azur für abgeschlossen, nachdem ich zu einem eindeutigen Schluss gekommen bin: Ginger und Fred sind sich zugetan, ja, aber ihre Liebe ist rein, unschuldig, schön. Es gibt keinen Brand, der zu löschen wäre. Es lodert kein Feuer der Leidenschaft zwischen dem Königsadler und der Gazelle, und der Grund dafür, dass sie in diesem heißen Sommer für eine Weile das Nest geteilt haben, liegt nicht in irgendwelchen anstößigen Absichten, sondern – im Falle des Königsadlers – an seiner Fürsorglichkeit und – in dem der Gazelle – an ihrer Bedürftigkeit.

Ginger befindet sich in diesem Moment im Zustand fortgeschrittener guter Hoffnung. Die Niederkunft wird noch in diesem Monat erwartet.

Ihr Aufenthalt an dem abgelegenen Zufluchtsort, den wir, wenn Sie einverstanden sind, weiterhin »das Nest« nennen wollen, ist vor einigen Tagen zu Ende gegangen. Anschließend haben beide an der Feier des achtzigsten Geburtstags der Löwin teilgenommen, wo ich Zeuge des Respekts wurde, den sie sich entgegenbringen. Diese Wahrung einer gesunden Distanz könnte unter anderen Bedingungen möglicherweise gestellt wirken, ist unter den vorhandenen Umständen jedoch, wie Sie verstehen werden, bar jeden Zweifels.

Daher, Monsieur André, stelle ich hiermit meine geheimen Aktivitäten ein und spreche meine Kündigung aus, um mich gewissen persönlichen Angelegenheiten widmen zu können, die mich für eine nicht abzusehende Zeitspanne von »dem Wald« fernhalten werden.

Die Schwalbe hat meinen Heiratsantrag angenommen. Gestern wurden wir in der Kathedrale St. Michael und St. Gudula vor Gott getraut, bis dass der Tod uns scheidet. Und bereits morgen werden wir zu einer neuen Mission aufbrechen – deren Ziel der absoluten Geheimhaltung unterliegt –, diesmal jedoch gemeinsam und als Mann und Frau.

Und damit möchte ich mich, ohne dass es einen Grund zur Beunruhigung gibt, bis auf Weiteres von Ihnen verabschieden.

Hochachtungsvoll

Pierre Pierlot.

PS: Von nun an werde ich nicht mehr meinen Decknamen benutzen, sondern zu meiner wahren Identität zurückkehren, was vor allem meine Mutter sehr freuen wird.

Nach der Lektüre dieses definitiv letzten Pierlot-Berichts folgte eine lange Stille, die nur vom Krächzen irgendeines Seevogels in der Ferne unterbrochen wurde. Van Acker nahm die Brille ab, klappte sie zusammen und steckte sie in die Brusttasche seines

Sommerhemds. De Foy hatte seinen verlorenen oder vielleicht auch konzentrierten Blick auf den leeren Horizont gerichtet.

Beide blieben sie noch eine ganze Weile reglos auf dem Baumstamm sitzen. Wobei sich ihre Gedanken, ohne dass sie es wussten, zu einem einzigen Knäuel verstrickten.

»Was halten Sie davon, de Foy?«, brach Van Acker schließlich die Stille.

»Was meint er wohl mit ›der Wald‹?« Der Premierminister zuckte mit den Schultern »Und ich weiß noch immer nicht, wer ›die Schwalbe‹ oder ›die Löwin‹ ist.«

»Ich würde sagen, dass Pierlot geheiratet hat.«

»Ja, das ist eindeutig.«

»Oder er hat den Verstand verloren.«

»Auch möglich.«

»Ich komme jedenfalls zu dem Schluss, dass der König und seine Stiefmutter keine unschickliche Romanze haben.«

»So scheint es«, bestätigte de Foy seufzend.

Erneute Stille trat ein. Über ihren Köpfen flog ein Kranich, der einen noch lebenden, sich windenden Fisch im Schnabel hatte.

»Aber ...«

»Ja?«

»Vielleicht sollten wir weiterhin wachsam sein. Bis der König heiratet zum Beispiel.«

»Das wird wohl nicht mehr sehr lange dauern, würde ich meinen.«

»Nein, wenn er erst diese gewisse Person kennenlernt ...«

»Was wollen Sie damit andeuten, de Foy?«

»Ich habe von einer irischen Nonne gehört, deren Name Veronica O'Brien ist und die in Belgien den katholischen Laienorden Legion Mariens eingeführt hat. Sie könnte uns sehr nützlich sein, da sie viele junge europäische Adlige kennt, die streng gläubig, seriös und wohlerzogen sind.«

»Dann sollten wir mit Schwester O'Brien einen Termin in meinem Büro vereinbaren.«

»Sie können sich auf mich verlassen.«

»Aber bitte gehen Sie diskret vor, de Foy.«

»Seien Sie unbesorgt.«

Seit de Foys Besuch trug Achille Van Acker aus irgendeinem unerfindlichen Grund den letzten Bericht Pierlots in seiner Tasche mit sich herum. Nicht dass er oft darin las. Tatsächlich hatte er ihn nur ein weiteres Mal gelesen, in der Intimität seines Schlafzimmers im Licht der Nachttischlampe neben Anna. Sie hatte ihm gestanden, dass das Ergebnis von Pierlots Untersuchung bei ihr eine Mischung aus Erleichterung und Schuldgefühl verursacht hatte. Erleichterung bei der Feststellung, dass das Gerücht nicht stimmte. Und Schuldgefühl, weil sie dazu beigetragen hatte, dass es sich wie ein Lauffeuer verbreitete und mit seinem beißenden Rauch alles vergiftete.

Inzwischen war die Sache mit dem König und seiner Stiefmutter zu einem eher unbequemen Gesprächsthema zwischen Anna und Achille geworden, das sie nach und nach in stillem Einvernehmen zu meiden begannen, bis sie die ganze unerfreuliche Sache schließlich in eine dunkle Ecke verbannten.

Achille nahm einen langen Zug von seiner Pfeife und atmete das Aroma nach altem Holz und schottischem Whisky ein. Er hatte die Angewohnheit, seine Pfeife nur mit Streichhölzern anzuzünden. Deshalb hatte er neben dem Tabak und den Pfeifenreinigern immer eine Schachtel Zündhölzer dabei.

Und nun entzündete er ein extra langes Streichholz und näherte die Flamme dem Stück Papier. Er sah zu, wie der fünfte Pierlot-Bericht verbrannte, sich in der Flamme leise knisternd krümmte, sich, wie man hätte meinen können, beschwerte, während die Worte nach und nach ihren Sinn verloren und wieder zu dem luftigen Nichts wurden, aus dem sie einmal entstanden waren.

Langsam wurde es dunkel. Der Möbelwagen fuhr los. Die Vögel am Wasser suchten nach einem Unterschlupf für die Nacht, und Anna beugte sich aus dem Fenster und rief: »*We zijn laat, lieverd*«, was, wie wir wissen, bedeutete, dass sie spät dran waren.

Kapitel 30

Gegen Ende des Tages kühlte es in Châtelet ein wenig ab. Agatha und Philippe hatten ihren täglichen etwa einstündigen Spaziergang ein wenig vorgezogen. Als sie nach Hause zurückkehrten, setzten sie sich an den Tisch, um etwas Warmes zu trinken, und kuschelten sich dann unter einer Decke zusammen aufs Sofa. Philippe hatte ein Faible für Ariadne Olivers Romane entwickelt und las sie – zu Agathas Freude – dank seiner guten Augen mit seiner Baritonstimme laut vor. Und die Katze Ginger schnurrte vor Wohlbehagen, während sie in ihrem Unterschlupf unter der Decke des Couchtischs um ihre Beine strich.

Auf diese angenehm friedliche Art und Weise verlief ihr Leben nun, was unter anderem daran lag, dass Agatha mittlerweile wusste, wo sich ihr Sohn Hercule aufhielt.

Ende Juli, nicht lange nach Marguerite de Foys Anruf, war am frühen Morgen der Briefträger erschienen und hatte nach ihr gefragt. Er brachte ein Einschreiben aus Brüssel, auf dem in großen Buchstaben *Persönliche Zustellung* stand.

Agatha hatte es nicht ausgehalten, auf Philippe zu warten, den Umschlag gleich geöffnet und mit zitternden Händen einen Brief und ein Foto herausgenommen.

Auf dem Bild lächelte Hercule ihr entgegen und umarmte eine hübsche blonde Frau mit aufgestecktem langem Haar, die unter einem weißen Schleier direkt in die Kamera blickte.

Auch das Kleid, das sie trug, war weiß, gerade geschnitten, kurz, tief dekolletiert und eng an der Taille. Und der Schleier war so kurz, dass er ihr kaum auf die Schultern reichte. Ihre Lippen waren leuchtend rot, und zum Überfluss trug sie auch noch weiße Handschuhe. Diese Maskerade erinnerte eher an die heimliche Hochzeit von Marilyn Monroe und Arthur Miller als an die feierliche Zeremonie, die sie sich so oft für ihren Sohn ausgemalt hatte. In Agathas Vorstellung trat sie dabei als die perfekte Trauzeugin auf, in ihrem karierten Kostüm und mit Federn am Hut. Sämtliche Einwohner Châtelets hätten dabei sein sollen, wenn das Paar sich in der Kirche St. Peter und Paul mit ihren schönen Glasfenstern und den stabilen Säulen das Jawort gab. Die einzige Glocke, die den Krieg überlebt hatte (die anderen beiden waren offensichtlich eingeschmolzen worden, um Waffen daraus zu machen – welche Ironie!), sollte läuten, während das Paar die Kirche verließ, und ein Chor mit hellen Stimmen sollte Schuberts *Ave Maria* singen, während ein Regen aus Rosenblättern auf die Frischvermählten niederging.

In letzter Zeit war in ihren Vorstellungen zusätzlich die elegante Gestalt Philippe Depées aufgetaucht, an dessen Arm sie unter den bewundernden und neidischen Blicken ihrer Nachbarinnen durch das Kirchenschiff schritt.

Auf die Rückseite des Fotos hatte Hercule geschrieben: *Madame und Monsieur Poirot. 26.07.1956.*

Bevor sich Agatha dem Brief zuwandte, dem das Bild beigelegt war, hatte sie das Bedürfnis, ins Haus zu gehen, ein Glas kühles Wasser zu trinken und sich hinzusetzen. Sie merkte, dass ihr Puls unregelmäßig schlug und sie weiche Knie bekam.

Bei dem Gedanken, dass sie nun niemals mehr die Gelegenheit haben würde, einen solch schönen Tag zu erleben, stiegen ihr Tränen in die Augen. Unglücklicherweise war ihr nur ein Sohn geblieben, der ihr, verdammt noch mal, eine der wenigen Freuden vermasselt hatte, die die Zukunft hätte bringen können.

Philippe erschreckte sich zu Tode, als er ins Haus trat und seine Liebste weinend in der Küche vorfand, während der noch ungelesene Brief zitternd in ihrem Schoß lag.

»Ach, Philippe!«, rief Agatha aus, als sie ihn sah. »Jetzt hat es den armen Hercule doch noch erwischt!« Unzählige Horrorvorstellungen gingen ihm durch den Kopf, bis sie fortfuhr: »Er hat geheiratet. Eine Doppelgängerin von Marilyn Monroe!«

Dann zeigte sie ihm das Foto, und Philippe lächelte.

»Hercule sieht glücklich aus. Und sie ist entzückend.«

»So eine Enttäuschung!«, klagte Agatha weiter, während Philippe das Schreiben vorsichtig von ihrem Schoß nahm, um Hercules Brief zu lesen, in dem er ausführlich beschrieb, wie er die Frau seines Lebens kennengelernt hatte.

Und das, was Philippe las, war so romantisch und poetisch, dass sogar er, der es doch gewohnt war, jegliche Emotion zu verbergen, merkte, wie ihm die Stimme brach und er sich nach einem Schluck Wein und einem Taschentuch sehnte, damit der Kloß in seinem Hals verschwand.

Nach und nach sahen Agatha und Philippe all die Bilder dieser wunderbaren Geschichte an ihren Augen vorüberziehen, so als handelte es sich um einen Hollywoodfilm: die aufregenden Tage an der Côte d'Azur, das Schwalbennest in den Bergen von Menton, die Flucht im Auto über die Grande Corniche, die warmen Sonnenaufgänge in der Provence, die goldene Voliere im Schlossgarten, in der ein Pirol gefangen war, und die heimliche Trauung durch den Kardinal Van Roey in einer kleinen Seitenkapelle der Kathedrale St. Michael und St. Gudula nur in Anwesenheit der Trauzeugen: einer mysteriösen Dame, die ihr Gesicht hinter einem weißen Schleier versteckte (was, wie man weiß, in Anwesenheit des Heiligen Vaters nur katholischen Königinnen erlaubt ist), und eines kräftigen Mannes, dessen Hinken daher rührte, dass seine spektakuläre Schussverletzung noch nicht ganz ausgeheilt war.

Gudula und ich werden morgen zu einer geheimen Mission aufbrechen, über die ich absolutes Stillschweigen bewahren muss. Leider wird es auch nicht möglich sein, ein Lebenszeichen zu übermitteln. Denn dort, wo wir uns befinden werden, gibt es keine sicheren Leitungen.

Aber wir werden bald wieder zurückkehren, liebe Mama, und das wird dann der glücklichste Tag unseres Lebens sein. Hab Vertrauen in deinen Sohn, der dich sehr liebt.

Hercule Poirot

Dreißig Tage waren vergangen, seit der Postbote die Nachricht von Hercules Hochzeit überbracht hatte. Und Freds Verschwinden war bereits über zwei Monate her, als Agatha und Philippe eines kühlen Nachmittags, einen Roman von Ariadne Oliver lesend, auf dem Sofa neben dem Couchtisch saßen, während jenseits des Fensters die Sonne unterging.

Ginger, die jeden Tag dicker und fauler wurde, lag schnurrend unter der langen Tischdecke. Wie es schien, war sie nicht in der Lage, das Verschwinden ihres Lebensgefährten zu verwinden. In den ersten Tagen hatte sie ihr Frauchen auf dem Spaziergang zu der kleinen Brücke noch begleitet. Hatte am Wegrand und im Wald nach ihm gesucht, laut miauend, als ob sie nach ihm riefe. Danach jedoch, vor allem seitdem Philippe Depée sich dem Spaziergang angeschlossen hatte, hatte Ginger es vorgezogen, zu Hause zu bleiben und, in einer Ecke zusammengerollt, ihre Wunden zu lecken. Und noch immer ließ die arme verwitwete Katze stets den Kopf hängen.

»Ich mache mir Sorgen um Ginger«, sagte Agatha seufzend an jenem Tag Ende August. »Sie liegt die ganze Zeit unter dem Tisch und schläft. Als hätte sie jegliche Lebensfreude verloren.«

»Sie wird eben älter.« Philippe zuckte mit den Schultern. »Wie lange leben Katzen eigentlich?«

»Ginger ist gerade mal sieben Jahre alt«, entgegnete Agatha leicht beleidigt. »Sie hat durchaus noch ein paar Jahre vor sich.«

In diesem Moment begann die Katze zu miauen, zu stöhnen und zu klagen, drehte sich um sich selbst und leckte sich, als würde sie von einem Bienenschwarm angegriffen.

»Was ist mit Ginger los?«, fragte Agatha erschreckt und hob die Tischdecke an. »Sie hat einen Anfall!«

Philippe beugte sich hinunter, so weit es sein Rücken erlaubte, und trug einen Kratzer an der Nase davon.

»Vielleicht hat sie Tollwut!«, sagte er alarmiert.

Ängstlich standen Agatha und Philippe vom Sofa auf und entfernten sich von dem Tier, das immer lauter maunzte.

Erst einige Minuten später, die den beiden endlos erschienen, beruhigte sich Ginger wieder. Plötzlich war es so still, dass sie schon fürchteten, das Tier wäre gestorben. Würden sie unter der Tischdecke nur noch ihren Kadaver finden?

Leise näherte sich Agatha dem Couchtisch. Dann hob sie vorsichtig die Tischdecke an und sah, dass Ginger, offenbar genauso überrascht wie ihr Frauchen, ein neugeborenes kohlrabenschwarzes Kätzchen leckte.

»Meine Güte, Philippe, du wirst nicht glauben, was gerade passiert ist!«

Die Niederkunft dauerte mehrere Stunden, was sehr anstrengend für die arme Ginger war. Nach dem ersten wurden noch drei weitere Katzenkinder geboren. Alle waren schwarz, ohne die geringste Ähnlichkeit mit ihrer rothaarigen Mutter.

»Die sehen alle aus wie der Vater. Was meinst du?«

»Dieser Mistkerl! Er hat sie geschwängert und sich dann aus dem Staub gemacht.«

Agatha nahm ihre geliebte Ginger in den Arm und hielt sie ganz fest. Dann flüsterte sie ihr ins Ohr: »Keine Sorge, meine Freundin, das Leben ist unvorhersehbar, und die Liebe altert nicht. Eines Tages wirst du den Kater deines Lebens finden. Schau mich an. Als ich schon jegliche Hoffnung verloren hatte, ist auf einmal

Philippe aufgetaucht, und jetzt bin ich die glücklichste Frau auf Erden. Und du hast jetzt Kinder, vier wunderbare Babys. In der nächsten Zeit wirst du dich intensiv um sie kümmern müssen. Da wird dir nicht viel Zeit bleiben fürs Liebesleben. Aber schneller als du denkst, werden deine Kinder groß und verlassen das Nest. Genieße die Zeit mit ihnen. Liebe sie. Und hilf ihnen beim Start in die Welt, wenn es so weit ist. Aber vergiss niemals, zu Hause immer ein Licht brennen zu lassen, um ihnen, wenn es nötig ist, den Heimweg anzuzeigen.«

Kapitel 31

Obwohl Achille Van Acker zwölf Wochen lang sein Büro nicht von innen gesehen hatte, fühlte er sich gleich wieder wie zu Hause. Er atmete die leicht abgestandene, etwas staubige Luft ein, die wie immer nach Whisky und Captain-Black-Tabak roch, und ließ den Blick über die Regale mit den wirtschaftlichen, historischen und juristischen Fachbüchern, die Ledersessel, den Schreibtisch aus Nussbaumholz und das silberne Schreibtischset wandern. Dann öffnete er mehrere Schubladen, als hoffte er, dort einen versteckten Schatz zu finden, und ihm fiel auf, dass er vor der Abreise vergessen hatte, das Ölen der Türangeln anzuweisen.

Er ging zum Fenster hinüber, um zu lüften, wobei ihm auffiel, dass unter dem schiefen Baum auf der anderen Straßenseite ein anderer Agent seinen Dienst tat. Der neue war blond und schlaksig, und jede Ähnlichkeit mit Pierlot wäre reiner Zufall. Doch nicht aus diesem Grund schob Van Acker den Gedanken an den Agenten, den er in geheimer Mission an die Côte d'Azur geschickt hatte, gleich wieder von sich. Denn um die Arbeit des jungen Mannes beurteilen zu können, musste er Robert de Foys Auswertung abwarten. Tatsache war jedoch, dass Pierre Pierlots letzter Bericht ihn ziemlich verwirrt hatte. Er hatte das Gefühl, dass der junge Mann das Ganze durchaus zu seinem Vorteil ausgenutzt hatte. Hatte er eigentlich den Mercedes zurückgegeben? Das goldene Feuerzeug, das silberne Zigarettenetui, das Fernglas, das Geld und die Telekommunikationsausrüstung? Aber was sollte es? Die unliebsame Angelegenheit war geklärt. Falscher Alarm. Hurra! Alle kehrten an ihren Platz zurück, und die Bedrohung war vom Tisch.

An die Arbeit, meine Damen und Herren, zum Wohl des belgischen Staates!

Tatsächlich waren seine Beamten sehr gut ohne ihn klargekommen, dachte er. Möglicherweise konnte er sich im Laufe des Jahres ja sogar noch mehr freie Tage erlauben. Vielleicht sollte er das Urlaubsgesetz noch einmal überarbeiten und vorschlagen, dass die Leute neben den zwölf Wochen Sommerurlaub im Jahr noch ein paar Urlaubstage dazubekamen, die man aus unterschiedlichen Gründen nehmen konnte. Zum Beispiel, wenn in der Familie eine Hochzeit stattfand oder eines der Enkelkinder Geburtstag hatte. Vielleicht konnte man den Passus im Gesetz auch so umschreiben, dass es nicht nötig war, den Anlass jedes Mal zu begründen, zum Beispiel einfach nur als »persönliche Angelegenheiten« und fertig.

Mit diesen Gedanken beschäftigte sich der Premierminister gerade, als die Tür mit einem Höllenlärm geöffnet wurde – die blöden quietschenden Angeln! – und seine Sekretärin mit einer Kiste voller Dokumente eintrat.

Ohne sich nach seinem Urlaub zu erkundigen – angeblich hatte sie selbst sich keinen einzigen Tag freigenommen –, knallte sie ihm den Karton auf den Schreibtisch. Dabei stieg eine Staubwolke auf, die Achille in der Nase kitzelte.

»Ihre liegen gebliebene Korrespondenz, Akten und sonstige Dokumente, und alles ist höchst dringend«, erklärte sie geschäftig. »Alles chronologisch geordnet, das heißt die ältesten Sachen unten und die neuesten oben. Und auf dem Gang wartet eine Frau. Sie behauptet, um acht Uhr einen Termin bei Ihnen zu haben. Vorsichtshalber sei sie etwas früher gekommen. Es handelt sich um eine Nonne, würde ich sagen. Als sie sich hingesetzt hat, ist ihr Habit ein wenig hochgerutscht, und ich habe gesehen, dass sie graue Kniestrümpfe trägt.«

»Hat sie einen Schnurrbart?«

»Würde mich nicht wundern. Soll ich sie einlassen?«

»Noch nicht. Warten wir noch bis acht, damit ich mich wenigstens eine halbe Stunde mit dem Papierkram beschäftigen kann.«

Die Sekretärin verließ das Büro und hinterließ den gewohnten Geruch nach Desinfektionsmittel. Achille machte es sich in seinem Sessel bequem, holte den Tabak heraus, zündete sich seine Pfeife an, nahm ein paar Züge, richtete seine Brille und öffnete den ersten Umschlag. Es handelte sich um eine verschlüsselte Mitteilung, die Ende August von einer geheimen Funkstation aus abgegeben und zufällig aufgefangen worden war. Der Geheimdienst hatte sich mit dem Fall ausführlich beschäftigt und versucht, die Botschaft zu entschlüsseln, was ihm jedoch nicht gelungen war.

Da de Foy gerade seinen wohlverdienten Urlaub machte und sich in einer nordafrikanischen Stadt befand, wo er nur schwer zu erreichen war, war beschlossen worden, die Botschaft unter dem Namen »Akte X« zu archivieren und direkt an das Büro des Premierministers zu schicken, damit er entschied, ob es nötig war, dass der Chef des Geheimdiensts seinen Urlaub unterbrach oder ob man seine Rückkehr in zwölf Wochen abwarten konnte.

Was man herausgefunden hatte, war der Ort, von dem die Nachricht abgeschickt worden war. Es handelte sich um einen Schuppen am Eingang – oder Ausgang, es kam auf die Perspektive an – des wallonischen Ortes Châtelet.

Die Botschaft lautete folgendermaßen: *Ginger Mutter, Fred Vater. Pierre Pierlot dringend gesucht.*

In diesem Moment begannen die Glocken der Kathedrale zu läuten. Das sorgte für einen Höllenlärm, zumal sogleich alle anderen Kirchen der Stadt einfielen, sodass der Lärm bald ohrenbetäubend war.

Der Premierminister trat aus seinem Büro, um sich nach dem Grund zu erkundigen.

»Was ist los?«, rief er aus. »Werden wir angegriffen?«

Sein Blick fiel auf eine kleine Frau mittleren Alters, die mit unbedeckten Knien auf einem Stuhl im Gang saß. Sie blickte ihn mit seligem Blick und dem Lächeln einer Heiligen an, trug graue Kniestrümpfe und hielt einen Rosenkranz in den Fingern. Ob sie tatsächlich einen Damenbart hatte, konnte der kurzsichtige Achille auf die Entfernung nicht erkennen.

»Die Glocken läuten zu Ehren der Prinzessin von Réthy«, sagte die Nonne mit einem beruhigenden Lächeln. »Sie verkünden die Geburt eines neuen Königskindes. Es ist ein Mädchen mit dem Namen Maria-Esmeralda Adelheit Liliane Anna Leopoldine. Die Taufe findet morgen auf Schloss Laeken statt. Die Taufpaten sind …«

»Entschuldigen Sie, Schwester«, unterbrach Van Acker sie da. »Wir wurden einander noch nicht vorgestellt. Ich bin Premierminister Achille Van Acker.«

»Sehr erfreut, Sie kennenzulernen«, entgegnete die Nonne und erhob sich. »Ich bin Schwester Veronica O'Brien von der Legion Mariens in Belgien. Ich weiß sehr gut, wer Sie sind, und wie Sie merken, bin ich bestens im Bilde.«

Das Jubelkonzert der Glocken, die jenseits der Fenster dröhnten, steigerte sich zu einer unangenehmen Kakofonie. Wie es schien, hatten die Küster in Brüssel sich nicht abgesprochen, und jeder hatte die Klangfolge ausgewählt, die ihm am passendsten erschien. Das Ergebnis war jedenfalls eine Katastrophe.

»Das Baby wiegt drei Kilo und zweihundert Gramm. Sowohl der Mutter als auch dem Kind geht es hervorragend. Die Prinzessin ist endlich von ihren furchtbaren Ischiasschmerzen befreit. König Leopold hat seiner Frau in den letzten Minuten der Entbindung zur Seite gestanden.«

»Und Baudouin?« Van Acker knüllte das Papier zusammen, das er in der rechten Hand hielt.

»Er hat die ganze Nacht über nicht geschlafen und in der Palastkapelle gebetet, dass sich keine Komplikationen einstellen. Sie wissen ja, dass unser König sehr an seiner Stiefmutter hängt.«

»Vielleicht zu sehr …«

»Ja«, sagte Veronica O'Brien seufzend. »Was der junge Baudouin braucht, ist eine liebevolle, wohlerzogene Frau aus einer guten, frommen, seriösen Familie, die in der Lage ist, ihm die Vorzüge der christlichen Liebe und des Sakraments der Ehe aufzuzeigen.«

»Bitte kommen Sie doch in mein Büro, Schwester«, forderte der Premierminister die Nonne mit einer einladenden Geste auf.

Und hinter seinem Rücken versteckt, damit Schwester O'Brien es nicht sah, entledigte er sich des zusammengeknüllten Papiers, das er immer noch in der Hand hielt, indem er es entschieden in einem Papierkorb entsorgte.

Epilog

»Alles zu seiner Zeit«, hatte die Schwalbe immer gesagt. Doch in jener Nacht, ihrer Hochzeitsnacht, war es nicht nötig, sie zu überreden, mit äußerster Sinnlichkeit einen Knopf nach dem anderen ihres weißen Kleides zu öffnen, bis es ihr auf die nackten Füße fiel.

Durch das geöffnete Fenster drang der frische Duft von Jasmin und Magnolien herein.

Der Himmel über Brüssel war voller Sterne, und aus dem Garten war das Zirpen der Grillen zu hören. Hercule Poirot Junior machte seiner Ehefrau Platz unter dem Laken und nahm sie in die Arme.

»Jetzt fängt unser Abenteuer erst an«, flüsterte er ihr ins Ohr.

Doch sie verschloss ihm die Lippen mit einem Kuss und erklärte das Gespräch für beendet. Alles war gesagt. Auch dass er ihr noch einen Ring schuldete, woran sie ihn im Laufe des Tages mehrfach erinnert hatte.

Am nächsten Tag würden sie zusammen mit der Königin diskret einen Zug besteigen, der sie zuerst nach Köln und dann nach Berlin bringen würde. Von da an würden die Verbindungen des alten Adels ihnen helfen, ein Netz aus Beziehungen zu weben, das es ihnen erlauben würde, unbemerkt hinter den Eisernen Vorhang zu gelangen und anschließend im Schlafwagen weiter nach Polen zu fahren; sechshundert Kilometer weite Ebene, die sie zu dieser Jahreszeit in strahlendem Grün empfangen würde – der Farbe der Hoffnung, welch wunderbare Ironie!

Geplant war, dass die Turteltaube und die Schwalbe in Warschau bleiben würden, um die Löwin zu beschützen, bis Ende Oktober oder Anfang November der erste Schnee fiel. Anschließend würden sie in absoluter Heimlichkeit die Rückreise organisieren.

Denn würde diese erneute Reise der Königin in eine sozialistische Republik in ihrem Heimatland bekannt werden, würde ihr das belgische Volk dies sicher sehr übelnehmen. Ganz zu schweigen von dem diplomatischen Konflikt zwischen den USA und ihren europäischen Verbündeten, den dies auslösen könnte.

Daher war es ungemein wichtig, dass niemand – weder die Kommunisten noch die Kapitalisten – jemals davon erfuhr, um den Kalten Krieg nicht noch weiter anzuheizen und eine Eskalation zu vermeiden.

Hercule jedoch hatte andere Pläne, was seinen Aufenthalt in der Sowjetunion anging.

»Woran denkst du?«, fragte Gudula, die mit ihrer weichen Haut, ihren feuchten Lippen, ihren zarten Fingern und dem blonden Haar, in das er sich zu gern verstrickte, neben ihm lag.

»Ich denke an dich«, flüsterte Hercule ihr ins Ohr. »Daran, wie schön du sein wirst, wenn du dich in ein Eisbärfell hüllst oder wenn ich dich umarme, falls du in der sibirischen Steppe zu frieren beginnst. Und daran, wie du am Feuer tanzen wirst, wenn wir unterwegs einem Trupp fröhlicher Schausteller begegnen, oder in welche Datscha wir uns im Kreise der verbotenen Schriftsteller und Dichter flüchten. Welche Geschichte werden wir in einem abgelegenen Dorf auf der Sarpinski-Insel wohl schreiben, Gudula? Ich denke an uns«, sagte Hercule seufzend. »Daran, dass wir zu Helden werden. Du und ich.«

»Alles zu seiner Zeit, *amore.*« Sie streichelte ihn, liebeshungrig, durstig wie ein schwarzer Panther mit grünen Augen. »Alles zu seiner Zeit.«

Elisabeth Gabriele in Bayern hatte sich dem Taubenpaar (wie sie die beiden nannte. Warum wohl?) gegenüber großzügig gezeigt und ihm für den Rest des Tages und die ganze Nacht freigegeben, damit es seine eilige Vermählung angemessen feiern konnte.

»Aber«, hatte sie gewarnt, »unser Zug fährt um acht Uhr morgens vom Hauptbahnhof aus los. Bitte seid so pünktlich wie ein Schweizer Uhrwerk.«

Also waren sie, um mögliche Probleme zu vermeiden, bereits um halb acht am Bahnsteig und mussten dort noch eine ganze Weile warten. An diesem Tag Ende Juli war viel los am Bahnhof. Die Einwohner der belgischen Hauptstadt flohen vor der Hitze aus der Stadt, Kinder, Kindermädchen und Haustiere hinter sich herziehend, in Richtung Brügge oder zu den Seen von Eau d'Heure. Der einzige Zug, der nach Osten fuhr, stand bereits am Bahnsteig und wirkte nicht gerade komfortabel. Er war alt und ein bisschen schmutzig, und die wenigen Reisenden an den Fenstern verabschiedeten sich traurig von ihren Familien. Sie hatten keinen Urlaub vor sich, sondern würden in den Fabriken von Lüttich arbeiten.

Inmitten des ganzen Hin und Her erschien kurz vor acht das kleine Gefolge, das Elisabeth Gabriele in Bayern begleitete.

Zwei Männer beförderten das Gepäck – mehrere Kisten, Koffer, Hutschachteln und sonstige Behältnisse, einige in der unverwechselbaren Form von Geigen, Flöten oder Oboen. Zwei weitere Bedienstete eskortierten die vornehme Dame, die sich erfolglos bemühte, in ihrer nostalgischen, ägyptisch anmutenden Aufmachung mit Hut, Sonnenschirm, dem knöchellangen weißen Rock und den Schnürschuhen nicht aufzufallen. Und an ihren Arm geklammert folgte im Gleichschritt und in unübertrefflicher Würde die eleganteste Frau der Welt.

»Wer ist denn diese Schneekönigin?«, fragte Hercule bewundernd und kniff die Augen zusammen, um besser zu sehen.

»Meinst du die mit den Pelzmanschetten? Um Gottes willen, mitten im Sommer!«

Hercule war nicht in der Lage, den Blick von dieser beeindruckenden Erscheinung abzuwenden, und machte ein dummes Gesicht, als diese plötzlich entschieden auf sie zukam.

»Das ist Róża Maria Sobańska, die bevorzugte Gesellschaftsdame der Königin. Sie ist mit Graf Karol Ludwik Luitpold Orłowski verheiratet, dem Großneffen des berühmten Violinisten Antoni Orłowski, der zusammen mit Chopin in Warschau zur Schule gegangen ist und ihn zur Zeit der Cholera-Epidemie oft in Paris besucht hat«, sagte Gudula, als betete sie einen langweiligen Auszug aus einem Geschichtsbuch herunter. »Ich fürchte, dass …«

Doch ihr beflissener Ehemann kam ihr mit seinem gutgläubigen Lächeln, das er immer auflegte, wenn er einer schönen Frau begegnete, zuvor, um der göttlichen Erscheinung die Hand zu schütteln.

»Keine Begrüßung!«, protestierte die Königin. »Das machen wir später. Tun Sie mir bitte den Gefallen und helfen Sie meinem Pagen, all das in den Zug zu laden«, drängte sie Hercule, »beeilen Sie sich, junger Mann, worauf warten Sie?«

Was Gudula ein süffisantes Lächeln der Befriedigung auf die Lippen zauberte.

Die Königin und die Komtess Orłowska machten es sich in ihrem privaten Abteil bequem, schlossen die Tür ab und verließen es erst wieder, als sie sich der Grenze näherten. Gudula, die sich vor Eifersucht verzehrte, ging den Gang auf und ab und presste hin und wieder das Ohr an die Tür, um etwas von dem Gespräch aufzuschnappen, das auf der anderen Seite mit leiser Stimme geführt wurde.

Am Nachmittag blieb der Zug, nachdem sie sechs unendlich scheinende Stunden hin und her geruckelt waren, plötzlich stehen. Ein Offizier der belgischen Armee stieg ein und bat alle Reisenden freundlich, ihre Visa vorzuzeigen. Dann erklärte er ihnen, dass er sich darum kümmern würde, dass sie ohne Probleme die Grenze überqueren konnten.

»Komtess Orłowska, Monsieur und Madame Poirot«, zählte er auf, »… und Mademoiselle Sobańska«, schloss er und richtete den Blick aus seinen blauen Augen auf die dunklen Augen der Königin.

»In der Tat«, flötete die Komtess daraufhin mit ihrer melodiösen Stimme. »Meine geliebte Tante Teresa.«

Zum Glück mussten sie beim Zoll keine unbequemen Fragen beantworten. Offensichtlich hatte der Offizier ganze Arbeit geleistet.

In Berlin wechselten sie den Zug. Erneut mussten sämtliche Hutschachteln und Geigenkästen verladen werden. Und in der dunkelsten und tristesten Nacht ihres Lebens liefen Bettler und Vagabunden über die Gleise, ohne sich um den ohrenbetäubenden Lärm der Züge zu kümmern.

Diesmal bestiegen sie einen Nachtzug, der in jedem Abteil mit Betten aus Holz und einem kleinen Badezimmer ausgestattet war. Erneut zog die Königin die Gesellschaft der Komtess vor.

»Das ist doch verständlich«, versuchte Hercule seine wütende Schwalbe zu beruhigen. »Schließlich sind wir frisch verheiratet. Es ist eine höfliche Geste uns gegenüber, dass sie uns diese wertvollen Stunden der Zweisamkeit schenkt. Warum kommst du nicht endlich zu mir in dieses äußerst bequeme Bett?«

»Diese Komtess gefällt mir überhaupt nicht!«

Ohne Zwischenfälle passierten sie den Eisernen Vorhang mitten in der Nacht. Vielleicht bemerkten sie ein leichtes Ruckeln oder das Quietschen der Bremsen oder etwas, was sich anhörte wie das Geräusch eines dieser modernen Überschallflugzeuge, wenn sie die Schallmauer durchbrachen. Aber Tatsache war, dass keiner der Reisenden aufwachte. Alle schlummerten in einem tiefen, grenzüberschreitenden Schlaf.

Am nächsten Morgen stellten sie fest, dass die Luft, die sie atmeten, auf der anderen Seite genauso war wie im Rest der Welt, dass das Licht, das durch die Vorhänge vor den Abteilfenstern fiel, auf die gleiche Art glitzerte, der Himmel genauso blau war und das Gras genauso grün wie auf den belgischen Wiesen.

Unfähig, sich auch nur noch eine Minute länger zurückzuhalten, trat Gudula nach dem gemeinsamen Frühstück mit Hercule in den Gang und legte das Ohr an die Tür zum Abteil der Königin. Und sie hatte den Eindruck, dass dahinter jemand weinte.

Daher blickte sie durch das Schlüsselloch. Mit den besten Absichten natürlich und nicht, um die Königin bloßzustellen.

Róża Maria Sobańska klammerte sich tränenüberströmt an die Königin wie an ein Rettungsboot. Dabei bebte ihr ganzer Körper wie ein Grashalm im Wind.

»Gleich sind wir da«, stöhnte sie, »dort, hinter der Kurve, liegt Warschau. Und auf diesem Hügel befindet sich das Haus, wo sie mir meine Kinder entrissen haben«, klagte sie. »Meine Kinder, meine armen Kinder!«

Gudula wandte sich zum Fenster, und das, was sie zu ihrem Entsetzen draußen sah, erklärte Róża Maria Sobańskas Verzweiflung. Denn jenseits der Fensterscheibe, wo sich die Stadt Warschau befinden sollte, mit ihren edlen Palästen, hohen Kathedralen, den Plätzen mit den fröhlichen bunten Häusern, den Straßenbahnen, den fruchtbaren Ufern der Weichsel, den filigranen Brücken und natürlich mit all den freundlichen, optimistischen gutsituierten Einwohnern, erhob sich nun ein graues Gespenst aus Trümmern und Ruinen.

Gudulas Kehle war auf einmal wie zugeschnürt. Sie bekam keine Luft. Der Zug näherte sich unaufhaltsam diesem Bild der Zerstörung, und je näher sie ihrem Ziel kamen, desto mehr verschwanden die Farben und das Leben spielte sich in traurigen Grautönen ab.

Um die Schwalbe nicht zu erschrecken, näherte Hercule sich ihr lautlos, nahm sie in die Arme und flüsterte ihr ins Ohr:

»Eigentlich sollte Warschau komplett dem Erdboden gleichgemacht werden. Das waren nicht nur die Bombardierungen, sondern ganze Häuserblocks wurden zerstört.«

»Nichts ist geblieben«, sagte Gudula zutiefst entsetzt.

»Ihr Stolz ist geblieben«, entgegnete Hercule, »und ihre Würde. Siehst du all diese Maschinen? Sie haben bereits mit dem Wiederaufbau begonnen. Bald wird Warschau aus der Asche neu erstehen.«

»Und was machen wir hier?«, fragte Gudula, die plötzlich zu verstehen schien. »Wir sind nicht wirklich zu einem Klavierfestival gekommen, oder?«

Hercule schloss sie noch fester in die Arme. So fest, dass ihre Herzen im Einklang schlugen.

»Nein, mein Liebling«, gestand er ihr leise. »Ich fürchte, dass weder du noch ich noch Königin Elisabeth oder die Komtess Orłowska auch nur das geringste Interesse an Chopin haben.«

Daraufhin griff sich die Schwalbe, unberechenbar wie sie war, tollkühn und wagemutig, an die Taille und strich mit den Fingern über die kleine weiße Pistole, die sie immer bei sich trug. Sie stellte sich vor, dass sie diese Nacht vielleicht in den Trümmern eines alten Palasts verbringen würden und dass am Tag darauf das aufregendste Abenteuer ihres Lebens begann. Und dann schaute sie Hercule an und lächelte.

Nachwort

Wenn man ein Buch schreibt, ist es mit das Schönste, der Phantasie freien Lauf zu lassen, Welten zu erschaffen und Personen und Handlungen zum Leben zu erwecken.

Wie bei meinen früheren Romanen habe ich in Büchern, Zeitschriften und Filmen über die Zeit und den Ort, in denen dieses Abenteuer angesiedelt ist, eine Reihe faszinierender Persönlichkeiten entdeckt, deren wahres Leben die Fiktion bei Weitem übertrifft. Kennen Sie die Geschichte des Verlegers Giangiacomo Feltrinelli und des Romans *Doktor Schiwago*? Oder die heldenhafte Lidija Litwjak, die »weiße Rose von Stalingrad«? Haben Sie schon von Porfirio Rubirosas ereignisreichem Leben in Hollywood gehört? Oder von der heimlichen Warschaureise von Königin Elisabeth Gabriele in Bayern zur Zeit des Kalten Krieges? Oder von den seltsamen Notizen des belgischen Premierministers Achille Van Acker über König Baudouin und seine Stiefmutter?

Viele von diesen Menschen erscheinen auf diesen Seiten und spielen eine Rolle in der Geschichte. Aber bitte vergessen Sie nicht, dass diese sich in der Wirklichkeit niemals abgespielt hat. Es wurde niemals in Auftrag gegeben, den belgischen König zu überwachen, und auch all die sommerlichen Liebeswirren sind reine Phantasie.

Nicht einmal die wunderbaren Ferien des Monarchen an der Côte d'Azur haben stattgefunden und auch nicht jener Kostümball oder der Handel mit den gestohlenen Gemälden … und leider existieren auch Pierre Pierlot und seine Schwalbe nicht, noch seine Mutter Agatha oder Monsieur Depée, genauso wenig wie Bertrand

Lacouture von Hohenzollern-Sigmaringen und von Orléans, Honoré oder Alexandre. Und auch Ginger und Fred nicht.

Aber all die Orte, an denen meine Geschichte spielt, die gibt es wirklich, all die Villen, Strände, Gärten, Hotels, Restaurants, Dörfer, Paläste, Landstraßen, Märkte …

Alle Menschen in diesem Roman haben einen ganz besonderen Platz in meinem Herzen. Und dass ich sie zu fiktiven Persönlichkeiten gemacht habe, um diese Geschichte erzählen zu können, ist mit Respekt, Sympathie und Zuneigung geschehen.

Die Übersetzung dieses Buches wurde mit freundlicher Unterstützung
von Acción Cultural Española, AC/E realisiert.

ISBN 978-3-85179-470-0

Titel der spanischen Originalausgabe: *Costa Azul*

Umschlaggestaltung: Christina Krutz, Biebesheim am Rhein
Satz: Christine Paxmann • text • konzept • grafik, München
Druck und Bindung: CPI Books GmbH, Leck

www.thiele-verlag.com